청명 淸明

淸明時節雨紛紛
路上行人欲斷魂
借問酒家何處有
牧童遙指杏花村

청명절에 비 어지럽게 내리니
길 가는 나그네는 시름겨워지네
술집이 어디 있는가 물으니
목동이 멀리 살구꽃 핀 마을을 가리키네

舞

천룡신무

천룡신무 8

월인 新무협 판타지 소설

초판 1쇄 찍은 날 § 2006년 7월 24일
초판 1쇄 펴낸 날 § 2006년 7월 31일

지은이 § 월인
펴낸이 § 서경석

편집장 § 문혜영
편집책임 § 장상수
편집 § 최하나 · 문정흠

펴낸곳 § 도서출판 청어람
등록번호 § 제1081-1-89호
등록일자 § 1999. 5. 31
어람번호 § 제2-0965호

주소 § 경기도 부천시 원미구 심곡1동 350-1 남성B/D 3F (우) 420-011
전화 § 032-656-4452   팩스 § 032-656-4453
http://www.chungeoram.com
E-mail § eoram99@chollian.net

ⓒ 월인, 2005

ISBN 89-251-0232-3 04810
ISBN 89-5831-616-0 (세트)

舞

천룡신무

월인 新무협 판타지 소설

8

창룡금시(蒼龍金匙)

도서출판 청어람

목차

第七十四章
귀가(歸家)

귀가(歸家)

"아이쿠! 이놈이 아예 집안을 말
아먹으려고 작정을 했구나!"

고함과 함께 노인은 탁자를 내려쳤다.

탁자 위에 있던 찻잔이 깜짝 놀라 펄쩍 튀어 올랐다가 모로 쓰러졌
다.

"고, 고정하십시오, 노야!"

공 집사는 땀을 뻘뻘 흘리며 노인의 흥분을 가라앉히려 애를 썼다.

계속 이렇게 고성을 지르다 가주라도 오면 큰일이다.

'복도 지지리도 없지.'

공 집사는 노인의 분기가 가라앉기를 간절히 빌며 자신의 불행을 한
탄했다.

언제까지 감추어질 일도 아니었고, 누군가로부터 알게 될 일이었지

만 왜 하필 자신인가 말이다. 당분간은 비밀로 하라는 가주의 엄명을
거역하는 역할은 왜 계속 자신이 맡게 되는지 정말 곡할 노릇이었지만
서슬 퍼런 노인의 질문에 거짓을 고할 수도 없었다.

거듭되는 악역 덕택에 가주의 따가운 눈총을 받은 것이 며칠 전이었
는데, 오늘 또 한 건을 했으니 이젠 밥숟가락 떨어질 날도 멀지 않았다
는 기분이 들었다.

공 집사의 그런 심정과는 아랑곳없이 노인의 분기는 가라앉지 않았
다.

"다시 한 번 말해보게. 그놈이 정녕 그놈인가 말일세."

노인은 벌써 세 번이나 들었던 답변을 한 번 더 요구했다.

공 집사는 연신 얼굴에 흐르는 땀을 닦았다.

질문이 반복되고 똑같은 답변이 반복될수록 노인의 반응은 점점 더
격렬해졌다.

한 번 더 대답히면 그만큼 더 그게 디져 니은 노성이 가주의 귀에까
지 들어가게 될지도 모른다.

'무슨 노인이 갈수록 원기가 왕성해지는지 원……'

공 집사는 내심 한숨을 쉬었다.

"어서 대답하지 못할까!"

"예? 예! 그렇다고 합니다."

짧은 상념에 빠졌던 집사 공만호(公萬湖)는 깜짝 놀라며 네 번째로
똑같은 대답을 했다.

"이, 이 천하의 난봉꾼 같은 놈. 왜 하필 그곳의……"

공만호의 예상대로 노인은 더욱 큰 고함과 함께 가슴을 쳤다.

예나 지금이나 꼬장꼬장한 성격은 여전했다.

　가문의 모든 일을 아들에게 물려주었지만 고함을 치기 시작한다면 가주보다는 노인의 말을 따르는 사람이 더 많을 것이다.

"그래서?"

노인이 다시 목소리를 높였다.

"예?"

공만호는 반문했다.

"그래서 가주는 어떻게 한다던가?"

"아… 그러니까……."

"잡소리는 빼고 대답만 간략하게 하게나!"

노인의 고성에 공만호는 찔끔 눈을 내리며 급히 입술을 움직였다.

"가주께서는 큰공자의 혼례에 작은공자를 참석하게 하려고 무림맹에……."

"뭐가 어쩌고 어째? 황실에서 눈에 불을 켜고 찾아다니는 묵제성의 제자를 우리 집에 들인단 말인가? 황실의 노여움을 샀다가 하루아침에 몰락한 가문이 한둘이 아님을 몰라서 하는 소린가? 당장 가주에게 가세나!"

노인의 고함에 공만호는 도살장으로 끌려가는 소처럼 노인의 뒤를 따랐다.

"지금의 북제성은 예전과 다릅니다. 황실과의 오랜 은원을 청산한다고 선언했고, 이젠 무림맹주를 배출한 문파가 되어 황실에서도 함부로 할 수 없을 위치에 있습니다. 그래서 중원의 모든 상가들은 지금 우리 가문을 하염없이 부러운 눈으로 쳐다보고 있습니다."

"부럽긴 뭐가 부럽단 말인가? 황실의 철퇴를 맞아 우리 가문이 어서

망하기를 바라는 눈빛을 자네가 잘못 읽은 것인 게야.”

진장월의 말을 가로막으며 노인이 버럭 고함을 질렀다.

“세월이 많이 바뀌었습니다. 황실도 예전 같은 활력을 찾지 못하고 있습니다. 이젠 황실보다는 강호의 새로운 맹주로 부상한 무림맹이 우리 상계에도 훨씬 더 큰 영향력을 발휘할 것입니다. 그런 면에서 우리 가문은 많이 유리하지요. 벌써 청이 놈에게 청혼이 들어오고 있습니다. 어릴 때는 돈을 싸들고 가서 정혼을 해달라고 해도 퇴짜를 맞았는데 말입니다.”

진장월의 차분한 설명에 노인은 분기를 조금 누그러뜨렸다.

“그런데 왜 가주는 지금까지 그 사실을 내게 비밀로 했는가?”

노인은 하얗게 탈색된 눈썹을 역팔자로 모으며 물었다.

“혁이 놈 혼사 준비로 바빠 차차 말씀드리려 했습니다. 아니, 그것보다는 좀 더 정확히 확인하고 난 후 말씀드리려 했습니다. 저 역시 아버님처럼 도무지 믿어지지지 않는 사실이라서.”

진장월은 믿어지지 않는다는 말에 힘을 주며 답했다.

노인은 그 대답에는 전적으로 수긍하는지 반박하지 않았다.

잠시 후 노인이 다시 입술을 움직였다.

“안 믿어질 것도 없네. 그 시절 은자 오만 냥이 뉘 집 강아지 이름이던가? 투자를 했으면 그만큼 돈값을 해야지. 하지만 북제성의 제자가 되었다는 사실은 여전히 맘에 걸려. 하고 많은 곳 중 왜 북제성인가…….”

노인은 한탄하듯 말했다.

“자네, 또 고자질인가?”

부친의 방을 벗어난 정원에서 진장월은 공만호를 노려보며 소리쳤다.

"형님, 그게 아니라……."

"아니면 뭔가? 일전에도 사돈 될 집에 보낸 예단 목록을 아버님께 고자질해서 내 처지를 곤란하게 하지 않았나?"

"형님, 그것도 그게 아니고……."

"또 그전에는 투자금을 회수 못한 것도 고자질해서 아버님의 호통을 받게 만들었지, 아마?"

"아이고, 형님! 그건 정말……."

"이젠 내 차례구만. 며칠 전에 자네가 어느 술집에 다녀왔는지 자네 안사람에게 넌지시 알려줘야겠네."

"혀, 형님, 차라리 날 죽이시오."

공만호는 이번에도 도살장으로 끌려가는 소처럼 진장월의 뒤를 따랐다.

"자넬 죽여서 내게 이득 되는 게 뭐가 있겠나. 그런데 어떻게 아버님의 귀에까지 들어가게 되었는가? 혁이 놈 혼례 때 나타나면 말씀드리려 했는데……."

진장월은 심히 의심스런 눈빛으로 말했다.

"저도 그게 이상합니다. 누군가 첩자가 있는 것이 틀림없습니다. 노야께서는 저보다 더 소상히 알고 계셨습니다."

"쯧쯧! 우린 아직 아버님을 따라가려면 멀었네. 가만히 앉아서도 구만리를 내다보고 계시지 않은가? 청이를 산으로 보낼 때도 그랬지. 모두들 내가 노인에게 애원해서 보낸 줄 알고 있지만, 실은 아버님께서 노인의 옷자락을 잡고 애원하셔서 노인이 제자로 맞은 것이네. 그때 이미 아버님께서는 노인의 비범함을 꿰뚫고 계셨다는 생각이 드네."

진장월은 신중한 목소리로 말했다.

"그랬습니까?"

공만호는 눈을 크게 떴다.

"안 그랬다면 내가 어떻게 선뜻 오만 냥을 내놓을 수 있었겠나. 그 땐 가주도 아니었는데."

진장월의 목소리가 더욱 신중해졌다.

*　　　　*　　　　*

"휴우——"

긴 한숨을 토한 진우청은 어깨를 쭉 펴며 쓰고 있던 죽립을 벗었다.

이젠 어둠이 짙게 깔렸으니 더 이상 죽립 속에 머리를 파묻고 있지 않아도 될 터였다.

보통 사람들에 비해 몇 배는 더 인상적인 덩치 때문에 이런 수고를 무릅쓰지 않고는 남의 이목을 피할 수가 없었다. 이곳에서 자신을 알아보는 사람이 있으랴 하는 생각도 들었지만 넓고도 좁은 곳이 세상이었다.

죽립을 부채 삼아 몇 번 흔들던 진우청은 청력을 돋우었다.

따라오겠다고 바득바득 우기던 을지소소와 경설형 등을 애원 반, 위협 반으로 떼어놓았지만 안심이 되지 않았다. 을지소소의 성격이라면 나중에 치도곤을 당하더라도 절대로 포기하지 않을 것이다. 그래서 작은 개울도 이리저리 반복해서 건너고, 나무 위로 날아올라 다른 나무로 건너뛰는 활극도 벌여야 했다.

"일단은 성공했군."

한참 동안 청각을 돋우었지만 미행의 낌새를 느끼지 못한 진우청은 안도의 표정을 지었다.

그러나 그건 잠시뿐일 것이다. 종적을 놓친 그녀가 흑풍이나 백왕, 설아의 도움을 받는다면 결국 따라잡을 것이다.

"사숙 말을 안 듣다간 고생만 한다는 걸 깨닫게 해주어야겠군."

씨익, 웃은 진우청은 겉옷을 벗어 얼굴에 흐른 땀을 닦은 후 그것을 죽립 속에 쑤셔 넣고 턱 끈으로 고정시켰다.

죽립을 흔들며 거리를 가늠한 진우청은 저 멀리 보이는 장원을 향해 던졌다.

휘익—

한가운데에 적당한 무게가 실린 죽립은 부드럽게 날아가 어느 장원 복판에 있는 정원의 수풀 속에 안착했다.

잠시 후 한줄기 바람이 미풍처럼 불어왔다.

민들레 홀씨처럼 둥실 떠오른 진우청의 신형이 어둠 속으로 녹아들었다.

"보기와는 전혀 딴판으로 용의주도한 사람이네요."

조송령은 얼굴에 흐르는 땀을 닦으며 투정처럼 말했다.

진우청의 예상대로 을지소소는 조송령과 함께 은밀히 진우청의 뒤를 밟았지만 여러 번 흔적을 놓쳤다. 고생고생을 하며 끊어진 흔적을 다시 찾기를 반복하다 결국 포기하고 흑풍의 도움을 받아 이곳까지 왔다.

"보기에는 어떤데?"

을지소소는 쓴웃음을 지으며 물었다.

“그냥 곰 같을 줄 알았는데…… 벌써 몇 번째 골탕을 먹었잖아요.”

“곰……? 킥킥!”

조송령의 대답에 을지소소는 터져 나오는 웃음을 참으려 애를 썼다.

처음 대면했을 땐 자신도 그렇게 느꼈지만 흑풍의 목 안으로 주먹을 쑤셔 넣는 모습을 보며 바로 지워 버렸는데, 조송령은 아직 그런 인상을 떨치지 못한 모양이었다.

“좀 더 지내봐. 얼마나 능청스러운지 알게 될 거야. 그건 그렇고……”

을지소소는 담장 밑에 붙어선 흑풍에게로 시선을 돌렸다.

본능적으로 어둠에 녹아들어 있는 흑풍은 바로 옆에서 보아도 찾을 수 없을 정도였다.

척백대의 소후산에 당한 후 한동안 떨어졌던 흑풍의 후각은 이젠 완전히 예전의 능력을 되찾았다. 그래서 그 향취가 어디에 있더라도 찾을 수 있었다.

“왜 그래, 흑풍?”

을지소소는 고개를 갸웃거렸다.

방향을 잡던 흑풍이 잠시 혼란스러운 몸짓을 하고 있었다. 담장 너머로 먼저 뛰어들어야 할지, 아니면 저쪽 성시 방향으로 먼저 가야 할지 갈등하는 모습이었다.

“저 안에서도 냄새가 풍긴다는 말이지? 우선은 가까운 곳부터 살펴야지.”

흑풍의 몸짓을 읽은 을지소소는 발끝으로 땅을 박찼다.

휘이익—

을지소소의 몸이 화살처럼 허공으로 쏘아졌다.

"엉덩이도 무거워 보이는데 정말 가볍게 날아오르네!"

감탄사를 토한 조송령도 을지소소를 따라 허공으로 솟구쳤다.

나뭇가지에서 용마루 끝을 몇 번 박찬 두 여인은 야조처럼 정원의 수풀 속으로 내려앉았다.

"또 속았어."

진우청의 상의가 쑤셔 박힌 죽립을 주워 든 을지소소는 허탈한 표정을 지었다.

"아유, 짜증 나! 벌써 몇 번째야. 곰이 아니라 너구리네요, 정말."

조송령도 미간을 찌푸리며 목덜미에 흐르는 땀을 닦았다.

북제성의 추적술로 누군가를 쫓으며 이런 고생을 하기는 처음이었다.

처음 흔적이 끊어진 곳에서 을지소소가 한참 더 먼 거리까지 가서 수색하는 것을 보고는 설마 한 번 도약에 저 정도까지 하고 생각했지만 설마가 사람 잡는 상황이 벌어졌었다. 그리고 그 다음도 그랬다. 하지만 그것만으로 자신들의 추적을 이렇게 쉽게 뿌리치고 흑풍의 도움을 받게 만든 건 아니었다. 경공술이 뛰어나면 추적 범위를 조금 늘리면 되니까…….

정작 어렵게 만든 것은 자연과의 동화였다.

진우청은 마치 물이 흐르듯 자연과 일체가 되며 그 속으로 녹아들었다.

아무렇게나 이동하는 것 같으면서도 대기의 호흡 속으로 녹아드는 움직임!

그것 때문에 흑풍마저도 몇 번이나 주춤거렸다.

"다시 흑풍의 도움을 받아야겠어."

을지소소는 죽립을 부채처럼 부치며 고개를 쭉 뺐다.

잠시 인기척을 살핀 후 왔던 길을 그대로 밟아 나갈 생각이었다.

휘익―

미세한 파공음만 남긴 채 두 여인은 왔던 길을 되밟아 나갔다.

마지막 용마루 끝을 박차려던 을지소소는 뭔가를 발견하고 지붕 위에 납작 엎드렸다.

쏘아져 나가던 조송령은 을지소소를 따라 급히 방향을 틀다가 중심이 기우뚱 흔들렸다.

겨우 지붕 끝에서 몸을 멈춘 조송령은 어리둥절한 표정으로 을지소소를 쳐다보았다.

주변에 위험 요소가 전혀 없는 데도 불구하고 급히 몸을 움츠리며 그 자리에 멈춘 그녀의 행동이 전혀 이해되지 않은 것이다.

"왜 그러세요, 사저?"

조송령이 전음으로 물었다. 그러나 을지소소는 지붕 아래 장원 한쪽으로 시선을 고정시킨 채 미동도 않고 있었다.

조송령은 을지소소의 시선을 따라 안력을 돋우었다.

저 앞쪽 정원 가운데 몇 명의 사내들이 눈에 띄었다.

을지소소는 그중 한 사내에게 시선을 고정시키고 있었다.

'누구지?'

잔뜩 끌어올렸던 공력을 억지로 누그러뜨린 조송령은 초조한 마음을 달랬다. 이렇게 죽치고 있는 시간이 길어질수록 진우청을 따라가기가 더 힘들어질 것이다.

그런 그녀의 마음과는 달리 문밖으로 나온 사내들은 얼른 사라지지 않고 머리를 맞댄 채 한참 동안 쑥덕댔다.

"아는 사람인가요, 사저?"

조송령이 재차 전음으로 질문을 날리자 을지소소는 가볍게 고개만 끄덕인 채 시선을 한 사내에게 고정시키고 있었다.

잠시 후 사내들이 제각각의 방향으로 흩어졌다.

'저놈이 이곳에 왜?'

을지소소는 서서히 멀어져 이젠 뒤통수밖에 보이지 않는 사내에게 여전히 시선을 고정한 채 당혹감에 빠졌다.

"누군데 그러세요, 사저?"

조송령이 다시 전음을 펼쳤다.

너무 가까이서 펼치는 전음에 을지소소는 눈살을 찌푸리며,

"여긴 분명 하북이 아니지?"

사내들이 모두 사라지고 나자 을지소소는 모기 소리만하게 물었다.

"하북이라니요? 하북은 여기서 열흘은 더 경공을 날려야 해요."

의구심 가득한 음성으로 조송령이 답했다.

"그런데 저놈이 왜?"

"누구 말인가요?"

"저번에 내가 말했지? 하북팽가의 그 멍청이 말이야."

"아— 무림맹 창맹식 비무대회 때 사숙의 첫 상대로 나와 칼 한 번 제대로 뽑아보지 못하고 개망신을 당했다던 하북팽가의 소가주 말인가요?"

"그래, 그 자식!"

을지소소의 음성과 눈빛에는 객점에서 팽정기를 처음 만났을 때의 분기가 되살아나 있었다.

“그럼, 아까 저쪽으로 사라진 사람들 중에 그놈이 있었단 말인가요?”

“틀림없어.”

을지소소의 눈이 반짝 빛을 발했다.

“대체 그놈이 이곳에 왜 왔을까? 하북에 있어야 맞는 것 아냐?”

“사저도 참! 그럼 사저는 장안에 있지 않고 왜 이곳에 왔나요? 여기가 그놈 친척 집이든지, 아니면 다른 볼일이 있어서 올 수도 있겠지요. 어서 사숙 흔적이나 쫓아요.”

잔뜩 움츠렸던 몸을 일으켜 세운 조송령은 다시 공력을 끌어올렸다.

“아니야. 그렇게 생각하기에는 뭔가 수상해. 방금 저쪽으로 사라지던 그놈의 표정은 마치 독사 같았어. 이곳에서 뭔가 나쁜 짓거리를 꾸미고 있는 것이 틀림없어.”

을지소소는 금방이라도 날아오를 듯한 조송령을 도로 주저앉힌 후 손짓을 일깨우며 주변을 살폈다.

“넌 여기서 망을 봐. 난 저놈들이 누구인지, 그리고 팽가 놈은 여기에 왜 와 있는지 알아볼 테니까.”

“사저, 정말.”

“시키는 대로 해. 내 예감은 이제껏 틀린 적이 없어. 그래서 몽고 초원에서 여기까지 별 탈 없이 올 수 있었어.”

뭐라고 반박하려는 조송령의 말을 막은 을지소소는 신속히 몸을 날려 건물 한쪽의 음영 속으로 파묻혔다.

“모든 것은 서왕문, 팽가가 주도하는 것으로 일을 꾸미고 우리는 드러나지 않아야 한다.”

짙은 흑의를 입은 사내가 쉰 목소리로 말했다.

"무림맹이나 북제성이 그걸 모를까요?"

"후후! 심중은 있겠지만 물증은 없지. 체면이라면 목숨보다 중히 여기는 정파무림이니 심중만으로는 아무것도 못하지. 그것은 오히려 북제성의 발목을 잡는 장애물이 될 거야."

"그렇군요."

고개를 끄덕인 채준생은 여전히 시립한 자세로 고개를 들어 사내를 쳐다보았다.

사내의 생김새는 무척 추괴했다.

늙은 성성이처럼 머리털이 듬성듬성 빠진 데다, 뒤통수가 남들보다 주먹 하나만큼 더 튀어나와 추괴한 몰골을 더 추괴하게 보이게 했다. 거기다가 몸집 또한 왜소해서 어둠 속에서 보면 정말 성성이 같았다.

그러나 그런 외모만으로 얕잡아 보다가는 그 자리에서 황천행이 될 수도 있다.

비정상적으로 긴 팔이 한 번 움직이면 맨손으로 어렵지 않게 인간의 심장을 꺼낼 수 있었다.

채준생은 되도록이면 그런 생각을 눈빛에 어리게 하지 않으려고 무진 애를 썼다.

성성이 같은 이 인간의 또 다른 능력은 사람의 눈빛을 순식간에 읽는다는 것이다.

그만큼 두뇌가 뛰어나다는 말이었다.

다행히 성성이 인간은 자신의 눈을 쳐다보지 않았다.

"팽가와 황가 아들놈들은 잘 움직이고 있겠지?"

탁자 위에 수북하게 쌓인 서류들을 뒤척이며 성성이 인간이 물었다.

"각본대로 움직이고 있습니다."

채준생은 목소리를 조금 높여 답했다. 그 부분에 있어서는 각별히 신경을 썼기에 자신이 있었다.

"팽가, 그놈은 멍청하니 큰 문제가 없을 것이다. 특히 제 아비의 신임을 잃고 나서부터는 불속이라도 뛰어들 태세라 조금만 옆에서 부추기면 된다. 하지만 황가 놈은 어릴 때부터 장사를 하며 잔뼈가 굵은 놈이야. 자칫하면 의심을 할지도 모른다."

성성이 인간이 서류에 고정시켰던 눈을 들어 채준생을 쳐다보았다.

"뭔가, 그 눈빛은? 질문이라도 있나?"

채준생은 움찔 시선을 피했다. 그러나 이미 늦었다.

"궁금한 점이 있으면 질문을 해야지. 그래야 하나라도 더 배울 것이 아닌가?"

성성이가 자신의 지적 능력을 과시하듯 말했다.

채준생은 그의 과시욕을 부추기는 것이 이런 상황에서는 오히려 효과적이라는 것을 알고 있었다.

"이렇게 복잡하게 일을 꾸미지 말고 우리가 그냥 쓸어버리는 것이…… 컥!"

채준생은 질문을 끝맺지도 못하고 비명을 토했다. 성성이 인간의 긴 팔이 어느새 자신의 목을 움켜쥐고 있었다.

"피 터지게 싸워서 팔다리가 잘린 병신이 되어 공멸하는 건 멍청한 무림 놈들이나 할 짓이야. 우린 놈들이 싸울 터전을 완벽히 마련해 주기만 하면 되지. 아울러 서로 싸우지 않고는 못 베길 정도로 상황을 조성해 주고 재미있게 구경하면 만사형통이야. 죽은 놈은 죽은 대로 장례비가 들고, 산 놈들은 부러진 무기를 고치는 데도 돈이 들고, 또 그 무기에 찔리거나 베어져 쩍 갈라진 상처를 치료하는 데는 훨씬 더 많은 돈이 들지."

성성이 인간은 잔인한 미소를 지으며 설명을 이었다.

"서왕문을 견제하기 위해선 무림맹을 잘 이용해야 한다. 하지만 놈들이 너무 강해지는 것은 허용할 수 없다. 적당히 키워주고, 또 적당히 가지를 잘라주어야 한다. 물론 우리가 가지를 잘랐다는 것은 털끝만큼도 눈치 채지 못하게 해야지. 자칫 성급함이나 호승심에 사로잡혀 일을 망치게 되면 네놈은 물론, 네 가족들까지 지독한 고통 속에서 죽고 싶어도 죽지 못하고 장수를 누리게 될 것이다. 그것이 윗선의 처리 방식이다."

성성이 인간의 긴 설명이 끝나자 채준생의 표정이 밀랍처럼 굳어졌다. 그동안 내막을 알지 못했기에 조금은 안일하게 행동했는데 실상은 그게 아니었나. 성성이 인산노 함부로 할 수 없는 훨씬 윗선에서부터 추진하고 있는 일인 것이다. 그렇다면 털끝만큼의 실수도 용납되지 않는다.

채준생의 손바닥에 축축하게 땀이 고이고 있었다.

"조금 후면 진가장은 놈들의 공격으로 풀포기 하나 남김없이 초토화된다. 넌 인근 전장과 상가에 마지막으로 한 번 더 소문을 퍼뜨려라. 하북의 황가는 하남진가의 농간으로 무너지기 일보직전이라고… 그래서 황가에서 발행한 전표는 일거에 휴지 조각이 되고, 그 바람에 황가와 친한 사인인 팽가도 막대한 소문을 입었다고……. 그런 후면 저 팽가 놈은 쓸모가 없다. 여기에 버리고 가면 팽가의 아들놈과 차후에 도착한 서왕문 놈들에게 모든 혐의가 돌아가게 된다."

성성이 인간은 계속해서 지시를 내렸다. 그의 지시를 받는 채준생의 고개는 모이를 쪼는 닭처럼 쉴새없이 끄덕였다.

한참 후 성성이 인간은 손을 들어올렸다.

"그럼 지금부터 움직여라."

"알겠습니다."

채준생은 급히 방문을 나섰다.

"이곳이 사숙의 가문이 있는 곳이라고요? 그리고 놈들이 지금 바로 사숙의 가문을 쓸어버리려 계획을 꾸몄단 말인가요?"

장원을 빠져나온 골목길에서 초조함으로 손끝까지 가늘게 떨리는 을지소소의 말을 들은 조송령은 자신도 모르게 고함을 질렀다.

"목소리가 너무 커!"

을지소소는 손으로 조송령의 입을 막았다. 그녀의 손에는 긴장으로 땀이 흐르고 있었다.

"어, 어떻게 해요, 사저? 이럴 줄 알았다면 경 사형이랑 다른 사형들도 함께 오는 건데."

조송령은 발을 동동 굴렀다.

"넌 흑풍과 함께 최대한 빨리 사숙을 찾아!"

"사저는?"

"난 진 사숙의 가문으로 한발 먼저 가야겠어. 놈들의 잔당들은 벌써 출발했다고 했어."

"하지만……. 사저, 놈들은 보통 고수가 아닌 것 같았어요. 저도 사저를 도울게요. 사숙은 흑풍 혼자 찾게 하세요."

조송령은 고개를 강하게 흔들며 말했다.

"그건!"

"사저 혼자서는 진 사숙의 가족들을 다 보호할 수 없어요. 그러니 저도 가겠어요."

조송령은 긴장으로 물든 눈망울을 반짝이며 말했다.

을지소소는 마른침을 삼키며 조송령을 쳐다보았다.

오히려 그게 최선일지 몰랐다. 평소에는 북제성의 제자라고 봐줄 수 없을 정도로 대책없는 철부지 같았는데, 위급한 상황이 닥치자 칼날 같은 판단을 하고 있었다.

"그래, 그게 더 나을지 몰라!"

을지소소는 서둘러 흑풍에게로 다가가 진우청이 벗어놓고 간 상의를 코앞에서 세차게 흔들었다. 그러지 않는다 해도 그 냄새를 잊을 흑풍이 아니었지만 이렇게 함으로 해서 상황의 다급함을 인식시키려는 것이다.

"어서 찾아. 그리고 이걸 전해!"

을지소소는 품속에 있던 소도로 손끝을 찍은 후 진우청의 상의를 찢어 급하게 몇 자 적었다.

"사숙에게 이걸 전한 후 다른 사람도 모두 데려와!"

을지소소는 혈서를 쓴 옷 조각을 흑풍의 꼬리에 세게 묶었다. 입에 물고 가게 하면 옷 조각에서 풍기는 진우청의 냄새 때문에 진우청을 찾을 수 없다.

을지소소가 흑풍의 목덜미를 다급하게 몇 번 두드리자 흑풍은 바람처럼 어둠 속으로 사라졌다

"우리도 어서 가!"

흑풍이 사라지자마자 을지소소는 서둘러 진기를 끌어올렸다.

"그런데 사숙 댁이 어딘지 어떻게 알아요?"

조송령이 갑자기 생각난 듯 난감한 표정을 지었다.

휘익!

조송령의 질문에 대한 대답 대신 을지소소는 바람처럼 나무꼭대기로 솟구쳤다.

깜짝 놀란 조송령도 을지소소를 따라 나무꼭대기로 날아올랐다.

"인근에서 제일 큰 집이 어디야?"

나무꼭대기에 금계독립의 자세로 선 을지소소가 물었다.

"저기 가물가물하게 보이는 저곳이 제일 큰 것 같아요."

비슷한 자세의 조송령이 안력을 최고조로 돋우며 두리번거리다 손가락으로 어느 한곳을 가리켰다.

보통 사람들이라면 보이지도 않을 거리에 어마어마하게 큰 저택의 불빛이 보였다.

"그럼, 저곳이 진 사숙의 집이야."

대답과 함께 두 여인은 동시에 몸을 날렸다.

＊　　　＊　　　＊

"예상보다 빨리 왔구나."

아무도 몰래 이곳으로 오라는 뜻밖의 연락을 낮에 받고 성시 외곽의 허름한 객잔에서 진우청을 만난 진우혁은 진우청의 어깨를 툭툭 치며 반가워서 어쩔 줄 모르는 표정을 지었다.

혹시라도 우기가 빨리 닥치면 때맞춰 못 올 수도 있다는 생각에 노심초사했는데 생각보다 훨씬 빨리 도착한 동생을 보니 반갑기 그지없었다.

"예상이라니? 무슨 예상?"

진우청은 형의 반가운 심정은 전혀 아랑곳 않고 의아한 표정으로 말했다.

"혹시나 장마가 빨리 시작되면 길이 막혀 늦을까 걱정했다. 그런데 이렇게 빨리 왔구나."

진우혁은 후우— 하고 한숨을 내쉬었다.

"형! 대체 무슨 말이야? 형은 내가 이리 올 것을 알고 있은 듯이 말하는데…… 누가 미리 연락이라도 한 거야?"

진우청은 긴장된 표정을 지었다.

오는 동안 을지소소 등에게도 말하지 않았기에 자신이 이리로 오는 것은 그야말로 자신밖에 모르는 사실이다.

"응? 너야말로 그게 무슨 말이냐? 내가 무림맹으로 보낸 서찰을 받고 이리 온 것이 아니냐?"

"서찰…? 무슨 서찰?"

"정말 모르고 하는 말이냐, 아니면 장난을 치는 거냐? 나하고 린 매하고 혼사 날짜가 갑자기 잡혀 너한테 급전을 띄웠잖아. 그 연락받고 온 거 아냐?"

형의 설명을 들은 진우청은 말문을 닫았다.

일이 전혀 엉뚱한 방향으로 돌아가고 있었다.

하나뿐인 형의 혼례라면 누구보다 자신이 기뻐해야 한다. 그리고 불원천리 달려와서 축하해 주어야 한다. 그런데 지금은 그럴 상황이 아니었다.

산에서 내려오고 나서 지금까지 가는 곳마다 꼬이는 일투성이였는데, 이곳에서도 마찬가지였다. 여기서 형을 몰래 만나고 하루 빨리 창룡금시를 가지고 북제성으로 돌아가야 하는데 형의 혼례 소식을 들었으니 그럴 수도 없었다.

"난 형한테 볼일이 있어 형이 보낸 전갈을 보기 전에 이곳으로 출발했어."

잠시 후 진우청은 긴 한숨과 함께 말했다.

"그랬구나. 그래서 아무도 몰래 이곳으로 나오라는 이상한 전갈을 보냈구나. 무슨 일인가 싶었는데……. 휴— 어쨌든 더 잘된 일이야. 이건 우리 형제의 우애를 가상히 여긴 하늘의 도움이다. 하하!"

진우혁은 진우청과 전혀 다른 색깔의 긴 한숨을 내쉬며 안도의 웃음을 토했다.

"그런데… 혼례일은 언제지?"

초조한 심정을 애써 감춘 진우청은 담담한 음색으로 물었다.

"이젠 정확히 이십 일 남았다."

진우혁은 손가락을 꼽으며 답했다.

생각보다 훨씬 길게 남은 혼례일에 진우청은 입에 침이 바짝 마르는 기분을 느꼈다.

"왜 그래, 너? 형 결혼에 무슨 불만이라도 있는 거냐?"

한없이 반가운 표정을 하고 있던 진우혁이 예상과 전혀 다른 진우청의 반응에 표정을 약간 바꾸며 물었다.

"불만은 무슨 불만. 너무 뜻밖이라 잠시 어리벙벙했던 거지. 정말 축하해, 형!"

진우청은 형의 어깨를 툭, 쳤다.

진우혁의 상체가 세찬 바람 속의 갈대처럼 흔들렸다.

"그래, 고맙다. 난 네가 우리 혼사를 탐탁지 않게 여기는 줄 알았다.

하하! 우선 술이나 한잔하자. 그리고 천천히 얘기를 나누자.”

처음의 표정으로 돌아온 진우혁은 서둘러 술과 푸짐한 안주를 시켰다.

향기 좋은 술과 절로 군침이 도는 안주들이 탁자 위에 놓이자 걱정이 달아났다. 그리고 다른 묘책이 떠올랐다.

황산으로 가는 줄 아는 일행에게 여기로 온 이유를 어떻게 설명할까 궁금했는데 좋은 구실이 생긴 것이다.

‘오히려 잘된 일인지도 모르겠다. 보름쯤 늦게 간다고 해서 모두 죽진 않겠지. 흑궁의 인원들은 더 늦을지도 모르고.’

그렇게 생각하니 초조하던 마음은 말끔히 사라지고 왕성한 식욕이 그 자리를 대신했다.

진우청은 눈부신 속도로 음식을 입 안으로 집어넣었다.

“내가 보낸 시찰을 받기 전에 이곳으로 출발했다고 했는데… 무슨 일로 날 찾아온 거야? 그런 예정은 없었잖아?”

한동안 아무 말도 걸지 않았던 진우혁은 진우청의 식사 속도가 조금 느려지자 질문을 던졌다.

자신이 보낸 서찰을 보고 온 것이 아니라면 동생이 이곳으로 온 사실은 정말 뜻밖이다. 특히 이젠 동생의 신분이 북제성의 제자이니 더욱 그렇다.

진우혁의 눈빛이 신중하게 가라앉았다.

“꿀꺽!”

진우청은 입 안 가득 씹고 있던 음식을 삼키고는 물을 한 잔 벌컥 들이켰다. 먹을 때는 온갖 근심 걱정을 잊은 듯한 표정이었다가 이젠 조금 신중한 눈빛을 했다.

“몇 가지 알아볼 것이 있어서 왔어.”

“알아볼 것이 있어서라고? 그런 건 전서구니 뭐니 하는 것을 이용하면 더 빠르지 않아?”

“전서구가 우리 집을 어떻게 찾아? 그리고 그렇게 간단한 것도 아니고…….”

진우청은 잠시 뜸을 들였다.

평소답지 않은 진우청의 모습에 진우혁은 동생의 얼굴을 빤히 쳐다보았다.

“예전에 내가 외갓집이 어디냐고 질문했을 때 어머님이 사고무친이셔서 없다고 했지? 그거 기억나?”

망설이던 진우청이 불쑥 말했다.

“그, 그랬지. 하도 엉뚱한 질문이라 별 생각 없이 넘겼는데… 그게 왜?”

진우혁의 표정이 점점 긴장되었다.

전에 없이 신중한 모습의 동생, 그리고 갈피를 잡을 수 없는 질문!

“그럼 어머니는 결혼하기 전까지 어디서 살았어? 아니, 아버지는 어떻게 어머니를 만난 거야?”

진우청은 두 가지의 질문을 한꺼번에 던졌다.

“이유는 나중에 다 설명해 줄 테니까 일단 대답부터 해줘.”

점점 영문을 모르겠다는 표정이 되어가는 진우혁을 보며 진우청은 다그치듯 말했다.

“그러니까… 결혼하기 전에 어머님은 취경원(翠慶園)에 계셨어. 그곳 주인이신 이 대인님의 보살핌을 받다가 아버지를 만나 결혼하셨다고 알고 있어.”

"취경원?"

처음 듣는 생소한 단어에 진우청은 고개를 갸웃거렸다.

"취경원은 한때 왕실 학사를 지내셨던 이서경(李序慶) 대인이 낙향하여 세운 곳이지. 어머니는 어려서부터 그곳에서 지내신 것으로 알고 있어."

"취경원은 어디에 있는 곳이지?"

진우청은 거푸 질문을 던졌다.

대답을 하려던 진우혁의 눈이 째질 듯이 커졌다.

"으아악!"

진우혁은 기절초풍할 듯한 얼굴로 비명을 내질렀다.

객실 창문이 박살나며 그곳으로 흉측한 괴물이 쏟아져 들었기 때문이다.

"흑풍!"

진우청은 벌떡 일어서며 고함을 질렀다.

자신의 예상대로 을지소소는 말을 듣지 않고 흑풍까지 동원해서 따라온 것이다.

"형! 진정해. 내가 아는 놈이야. 해치러 온 것이 아니라 날 찾아 이곳까지 왔어!"

혼백이 반쯤 달아난 진우혁을 보며 진우청은 고함을 질렀다.

비명 소리를 듣고 급히 주렴을 들추었던 점소이와 몇몇 손님들도 진우혁 못지않게 놀라며 뒤로 나자빠졌다.

"이런 흉측한 놈!"

진우청은 역정을 토하며 흑풍을 노려보았다.

그동안 아무리 사이가 좋지 않았다고 이런 식으로 사람을 놀라게 한

단 말인가?

뭔가 한마디 더 고함을 지르려던 진우청은 흑풍의 꼬리에 매달린 천 조각을 발견했다.

"뭐야, 이건?"

진우청은 급히 천 조각을 풀어냈다.

휘익―

자신의 임무를 수행한 흑풍은 바람처럼 몸을 날려 뚫고 들어왔던 창문으로 빠져나갔다.

"대체, 대체 이게 무슨 일이냐?"

흑풍이 사라지자 간신히 정신을 차린 진우혁이 후들거리는 다리로 겨우 일어서며 물었다.

"이, 이런 죽일 놈이!"

단편적인 내용으로 휘갈겨 쓴 혈서인지라 제대로 읽을 수 없어 두 번 세 번 읽은 후 겨우 뜻을 파악한 진우청은 와락 천 조각을 움켜쥐었다.

서왕문과 하북팽가의 팽정기!

어떻게 그놈들이 한통속이 되었는지는 모르겠지만 그놈들이 결탁해서 가문을 노리고 있다는 내용이었다. 그것도 조만간이 아닌, 바로 지금 이 순간!

"왜, 왜 그래!"

평소와 전혀 다른 진우청의 모습에 진우혁은 놀란 가슴을 쓸지도 못하고 진우청이 들고 있는 천 조각을 뺏어 들었다.

푸스스―

진우청의 손아귀 안에 잡힌 천 조각은 재가 되어 날리고 진우혁이 손에 넣은 것은 타고 남은 가장자리 부분뿐이었다.

"형, 꼼짝 말고 여기 있어! 아니, 형은 곧바로 수린이 집으로 가서 혹시 모를 위험에 대비해!"

고함을 친 진우청은 흑풍이 부수고 들어왔다 나간 창문을 향해 비조처럼 몸을 날렸다.

第七十五章
진가장

진가장

"**대**체, 이세 무슨 일이냐!"

하남진가의 가주 진장월은 문을 박차고 나오며 고함을 질렀다.

대문 밖에서 들리던 작은 소란이 점점 가까이 들리기 시작하더니 이젠 병기가 부딪치는 소리까지 들렸다.

뭔가 심상치 않은 예감에 진장월은 깊이 숨을 들이켰다.

"가주, 안으로 들어가십시오!"

호원 무사의 수장 격인 장호림(張湖林)이 다급하게 소리를 질렀다.

"대체 무슨 일인가?"

진장월은 장호림을 향해 마주 고함을 질렀다.

"웬 놈들이 사기를 당했다며 큰공자님을 만나겠다고 막무가내로 들이닥쳤습니다. 큰공자님이 출타 중이라고 말하자 행패를 부리기 시작했습니다. 그런데 놈들은 상상외의 고수들입니다."

장호일은 다급한 목소리로 요점만 설명했다.

"사기? 혁이는 어디 있느냐?"

진장월은 눈살을 찌푸리며 물었다. 그사이 병기 부딪치는 소리가 점점 가까워졌다.

"큰공자님은 초저녁에 약속이 있다고 출타하셨습니다."

더욱 가까워진 병장기 부딪치는 소리에 장호림의 대답은 거의 들리지 않을 정도가 되었다.

"어서 안으로!"

장호림은 진장월을 안으로 피신하게 했다.

채 스무 명도 되지 않는 방문객들이라 했다. 그래서 크게 신경 쓰지 않았는데 조짐이 이상했다.

그들보다 다섯 배가 더 많은 호원 무사들이 있으니 지금쯤이면 소란이 가라앉아야 했다.

그런데 가라앉기는커녕 소란은 더 커지고, 더 가까워지고 있었다.

이젠 가주와 그 가족들을 안전한 곳에 모시고 자신도 나가 봐야 할 것 같았다.

파앗—

파공음과 함께 담을 넘은 사내가 한 자루 도를 섬전처럼 휘둘렀다.

"가주!"

비명처럼 고함을 지르며 진장월을 밀친 장호림은 검을 사선으로 그어올렸다.

검을 휘두르는 장호림의 얼굴에 절망의 기색이 어렸다.

놈들이 벌써 안채까지 쳐들어올 줄 몰랐다.

그렇다면 예상보다 훨씬 고수이고, 가주와 그 식구들을 탈출시키는 것도 이미 틀린 일일지도 몰랐다.

까앙!

장호림은 신음을 삼켰다.

도를 막은 검에서 전해져 온 충격파가 호구를 찢을 듯했다.

“가주, 어서 가족들을 피신…….”

장호림은 고함을 끝맺지도 못하며 연신 날아드는 도를 막았다.

가주가 자신의 토막 난 말을 알아들었을지 모르겠으나, 이놈들의 실력으로 보아 모든 것을 포기하고 탈출하는 것이 최선일 것 같았다.

이곳으로 달려온 놈은 한 놈뿐이었지만 자신의 실력으로는 벅찬 놈이었다.

한 놈이라도 더 가세한다면 스무 합을 견디기 힘들 것 같았다.

까앙!

다시 호구가 찢어질 것 같은 고동이 선해섰다.

“어엇!”

장호림은 경호성을 토했다.

복면을 한 사내의 도격 때문이 아니었다.

탈출을 감행할 듯 급히 뛰어들었던 진장월이 칼을 뽑아 들고 노호처럼 뛰쳐나오고 있었기 때문이다.

평소엔 쾌활하고 온유한 성품이었지만 위기의 순간이면 누구보다 강직해지는 가주였다. 그런 성격에 딱 어울리는 행동을 하고 있었지만 지금은 상대를 잘못 골랐다. 이들은 몇 푼의 금전을 노리고 쳐들어 온 좀도둑들이 아니었다. 아마도 진가장을 몰살시킬 계획으로 쳐들어온 놈들 같았다. 그런 의도가 마주하는 놈의 눈에 가득 차 있었다.

‘아, 안 돼!’

자신으로서도 상대하기 힘든 고수들!

그 고수를 향해 진장월은 몽둥이를 휘두르듯 칼을 휘둘렀다.

"가주!"

기겁을 한 장호림이 고함을 질렀다.

자신 한 몸을 선사하기도 힘든 판에 가주의 신변까지 보호하며 싸워야 할 판이었다.

그의 우려대로 자신의 검을 튕겨낸 복면인은 진장월의 칼까지 가볍게 튕겨내고 진장월의 목을 향해 도를 휘둘렀다.

일말의 망설임도 없는 살초였다.

그 일도에 놈의 의지가 고스란히 실려 있었다.

"이놈!"

장호림은 벽력같이 고함을 치며 사내의 어깨를 잘라갔다.

진장월의 목을 자르려다가는 자신의 어깨도 같이 잘릴 수밖에 없음을 느낀 복면인은 휘둘러 가던 도의 방향을 바꾸었다.

쉬이익─

순간적으로 방향을 바꾼 것이라고는 전혀 생각할 수 없을 정도로 깨끗한 궤적을 그리며 복면인의 도가 장호림의 심장을 향해 날아들었다.

장호림은 크게 상체를 틀며 도를 피하고는 진장월을 보호할 수 있는 위치로 신형을 이동시켰다.

그때 안채 대문을 통해 한 무리의 사내들이 쏟아져 들어왔다.

장호림은 안도의 한숨을 토했다.

자신의 오른팔인 육정문(陸井聞)과 그 부하들이었다. 그들이 가세한다면 가주의 식구들은 안전하게 피신시킬 수 있다.

그런 생각을 끝내기도 전에 장호일은 덜컥 가슴이 내려앉는 느낌을 받았다.

육정문과 부하들은 그를 도우러 온 게 아니었다.

뒤이어 나타난 사내들에 의해 이곳 안채까지 쫓겨온 것이다.

그의 우려대로 오십 명이 넘는 호원 무사들 중 남은 사람은 이제 자신과 이곳까지 쫓겨온 육정문 일행뿐이었다. 반면, 놈들은 한 명의 희생자도 없이 저승사자들처럼 안채로 들어서고 있었다.

"가주, 어서 피하십시오!"

장호림은 절망적으로 소리를 질렀다.

"이미 늦었네!"

진장월은 침착하게 답했다.

진장월은 이자들의 몸에서 자욱하게 풍겨나는 죽음의 냄새를 읽은 모양이었다.

"가주!"

"다행히 내 아들놈들은 모두 출타 중이네. 그 아이들이 건재하다면 난 아무것도 겁날 것이 없다네."

진장월은 무인처럼 칼을 굳게 잡은 모습으로 말했다.

"웬 소란들이냐?"

바깥의 소란을 듣고 한 노인이 모습이 드러냈다.

"아, 아버님!"

진장월은 처음으로 당황하는 모습을 보였다.

노인의 뒤를 따라 다른 가족들도 모습을 드러냈다.

진장월은 눈을 질끈 감았다.

아들들만 건재하다면 겁날 것이 없다던 그도 다른 가족들을 보자 마음이 흔들린 것이다.

"당신들은 누구요?"

흔들리던 마음을 진정시킨 진장월은 석상처럼 둘러선 사내들을 보며 소리쳤다.

"아들이 잘못을 했다면 그 부모가 책임을 져야지!"

제일 앞에 선 사내가 귀곡성 같은 음성으로 답했다.

"난 내 아들을 누군가에게 잘못을 저지르며 살도록 키우진 않았소만……."

"후후!"

사내가 나지막한 웃음을 흘렸다. 뒤이어 입술을 비틀며 말을 이었다.

"북제성의 제자라는 신분만으로도 크게 잘못한 것이지."

사내는 더 이상 끌 것 없다는 식으로 손을 들어올렸다.

목상처럼 서 있던 사내들이 미끄러지듯 옆으로 움직였다.

"여긴 우리가 맡을 테니 자넨 가주와 가족들은 모시고 빠져나가게."

장호림은 육정문에게 전음을 날렸다.

육정문은 미미하게 고개를 끄덕였지만 눈빛에는 일말의 자신감도 섞여 있지 않았다. 이미 온몸에 크고 작은 상처를 입은 그는 금방이라도 쓰러질 듯 위태한 모습이었다.

"가소로운!"

장호림의 의도를 읽었는지 사내 하나가 비릿한 음색으로 내뱉으며 검을 휘둘렀다.

그것을 신호로 두 명의 사내가 솟구치듯 허공으로 날아올랐다.

까앙!

파앗—

쉿소리와 핏줄기가 동시에 튀었다.

호원 무사 한 사람의 심장이 갈라지며 나무토막처럼 쓰러졌다.

"가주! 어서 피하십시오!"

장호림은 발악적으로 소리치며 다가오는 사내를 향해 검을 뿌렸다.

*　　　　　*　　　　　*

파앗—

을지소소는 연속해서 용마루 끝을 박찼다.

급한 마음에 너무 세게 공력을 돋우었는지 용마루 끝이 와짝! 하고 부서지며 튀어 올랐다.

벌써 얼마나 많은 집의 용마루 끝이 이렇게 부서져 나갔는지 모른다. 그럼에도 불구하고 목표로 한 지점은 제법 먼 거리로 남아 있었다. 더군다나 저 집이 진우청의 집이 확실하다는 보장도 없었다. 그것이 그녀를 더 초조하게 했다.

놈들로부터 엿들은 말을 토대로, 그리고 순간적으로 뇌리를 스쳐 지나간 직감에 따라 선택한 집이 진우청의 집이 맞기를 간절히 빌 뿐이었다.

쐐애액—

귓가를 스치는 바람이 폭포수 떨어지는 소리처럼 들렸다. 그 소리 때문에 조송령이 따라오는지도 알 수 없었다.

파파파팟!

이젠 기왓장마저 튕겨져 나갔다. 그 소리에 몇몇 집에서 호원 무사들이 몰려나오는 소리가 들려오다가 순식간에 멀어졌다.

낮이었다면 한바탕 소동이 벌어졌을 것이다.

'조금만 더!'

멀게만 느껴지던 목표점이 어느덧 시야 속으로 들어왔다.

불길이 치솟거나 큰 싸움이 흔적은 보이지 않았다.

한편으로는 다행이라는 생각이 듦과 동시에 덜컥 불안감이 밀려왔다.

목표를 잘못 잡았을 수도 있는 것이다.

그 생각이 주춤 경공의 속도를 떨어뜨리게 했다.

"사저!"

조송령이 바람처럼 날아오고 있었다.

대책없는 철부지였지만 북제성의 제자임은 속일 수 없었다. 그녀는 자신에 비해 조금도 손색없는 경공을 펼치고 있었다.

용기를 얻은 을지소소는 더 힘껏 기왓장을 박찼다.

조송령의 기척이 다시 멀어졌다.

"아앗!"

기왓장을 박차던 을지소소는 비명을 토했다.

저 앞쪽에서 한 조각 먹구름 같은 그림자 하나가 자신이 정한 목표점을 향해 착각인 듯 사라져 갔다.

을지소소의 머릿속으로 경종이 울렸다.

귀신을 방불케 하는 움직임!

대체 그게 뭘까?

혼란과 함께 을지소소는 고개를 돌렸다.

멀어졌던 조송령이 다시 자신의 뒤를 따라붙었다.

"사숙!"

조송령이 숨 넘어갈 듯 소리치며 을지소소를 앞서 쏘아졌다.

쉬이익―

진우청은 허공에서 급전직하로 떨어져 내리며 용곤을 던졌다.

엄청난 회오리와 함께 날아오는 쇠몽둥이에 육정문의 목과 가슴에 검을 쑤셔 넣던 두 사내가 급히 검을 거두며 신형을 뽑아 올렸다.

파앙!

진우청의 손에서 천룡후가 터졌다.

허공으로 몸을 숫구치던 두 명의 사내가 천룡후에 휩쓸리며 끈 떨어진 연처럼 날아갔다.

진우청은 흑의사내들과 부친 진장월 사이에 내려섰다.

진우청은 빗말 선 눈으로 장내를 훑었다.

이글거리는 그의 눈이 마치 괴물처럼 불길을 토해냈다. 불길에 마주친 진장월이 쓰러질 듯 뒷걸음질을 쳤다.

기둥을 잡고 사시나무처럼 떨고 있던 한 소녀가 장내를 훑던 진우청의 눈빛을 마주하고는 그 자리에 털썩 주저앉았다. 아마 여동생일 것이다.

진우청의 시선이 한곳에 멈추며 일순 흔들렸다.

절박한 상황임에도 불구하고 대쪽 같은 모습을 유지한 채 서 있는 노인!

'싹수가 노란 놈!' 하고 금방이라도 호통을 터뜨릴 듯한 조부의 눈에 언뜻 절망의 기운이 엿보였다.

진우청의 눈이 용광로로 변했다.

"감히!"

진우청은 낮게 으르렁거리며 천천히 용곤을 주워 들었다.

옆쪽에서 무리들을 지휘하던 사내가 급히 공력을 끌어올렸다.

불길이 일고 있는 진우청의 두 눈에서 폭사되는 기운이 해일처럼 전신을 압박해 왔기 때문이다.

쿵!

안간힘을 썼지만 사내는 결국 뒤로 한 발 물러설 수밖에 없었다.

휘익—

획—

을지소소와 조송령이 진우청의 뒤로 날아 내리자 사내들은 다시 몇 걸음 더 뒤로 물러섰다.

"사숙!"

을지소소가 가쁜 숨을 몰아쉬며 주변을 둘러보았다.

여러 명의 사내들이 쓰러져 있었지만 다행히 가족들은 무사한 것 같았다.

을지소소와 조송령은 안도의 한숨을 내쉬었다.

"이자들은 우리가 처리할 테니 사숙은 가족들을 보살피세요."

을지소소가 허리에 감은 채찍을 풀며 말했다.

"나쁜 놈들! 니들, 오늘 제삿날이다."

조송령도 품속에 뭔가를 끄집어냈다.

그녀의 손에 들린 것은 두 자루의 단봉이었다.

찰칵!

단봉을 손에 잡은 후 손잡이를 누르자 그곳에서는 그 봉 길이만 한 검이 튀어나왔다.

그녀의 독문병기는 기형의 쌍검이었다.

휘리릭—

쌍검을 손에 쥔 조송령은 준비운동을 하듯 손아귀에서 한 바퀴 돌리며 앞으로 나섰다.

"사질!"

진우청이 도약하려는 조송령을 막았다. 조송령이 발끝에 모은 공력을 흩었다.

"이놈들은 내 손으로 하나하나 사지를 꺾어놓을 테니 사질들은 도망만 못 치게 막아!"

진우청의 말에 조송령은 흠칫 놀라며 고개를 돌렸다.

평소처럼 낮고 굵게 흘러나오는 진우청의 목소리가 왠지 너무 낯설게 느껴졌기 때문이다.

조송령은 불식간에 진우청의 눈을 쳐다보았다.

분노!

너무도 낯설게 느껴진 음성의 이유는 분노 때문이었다.

"감히 네놈들이……."

똑같은 색조로 으르렁거린 진우청은 발끝으로 바닥을 찍었다.

그 자리에서 푹 꺼지듯 움직인 진우청의 신형이 안채 대문 가장 가까이에 있는 사내의 앞에서 솟아올랐다.

기겁을 한 사내가 미친 듯이 검을 내리그었다.

진우청은 슬쩍 손을 내밀었다.

사내의 검이 진우청의 손아귀에 잡히며 얼음조각처럼 부서져 나갔다.

맨손으로 검을 부러뜨린 진우청이 다시 사내의 손목을 향해 손을 내밀었다.

악수를 하듯 느리게 다가오는 손!

그런데 이상하게도 모든 공간이 그 손 안에 갇혀 있었다.

사내는 기겁하며 손을 흔들었지만 어느새 손목이 잡혔다.

뚝!

사내의 손목이 수수깡처럼 부러졌다.

기형으로 꺾인 자신의 손목을 보며 사내는 입을 딱 벌렸다.

사내의 입에서 비명이 터져 나오기 한발 앞서, 진우청의 주먹이 사내의 입에 틀어박혔다.

"하얏!"

옆에 있던 사내가 진우청을 향해 칼을 휘둘렀다.

진우청은 잡고 있던 사내의 팔을 잡아끌었다

자칫 동료에게 칼질을 하게 생긴 사내가 주춤 움직임을 멈추었다. 그러자 허공으로 붕 떠오른 사내의 두 발이 칼을 휘두르는 동료의 복부에 틀어박혔다. 그곳을 향해 진우청의 발이 함께 날아들었다.

동료의 복부로 쑤셔들던 사내의 발이 더욱 깊이 틀어박혔다. 그리고는 손목처럼 기형으로 꺾였다.

"크윽!"

"아아악!"

두 사람은 동시에 비명을 터뜨리며 바닥으로 무너졌다.

"감히…… 여기가 어디라고."

두 명의 사내를 쓰러뜨린 진우청이 다시 한 사내에게로 다가갔다.

사내가 득달같이 검을 휘둘렀다. 그를 따라 옆에 있던 사내 둘도 한꺼번에 검과 도를 휘둘렀다.

세 사내의 도검은 한 치의 빈틈도 허용하지 않고 교묘히 방위를 점하며 날아들었다. 사전에 수없이 연습한 합격법이 실전에서 자연스럽게 운용되고 있는 것이다.

슬쩍 어깨를 움직인 진우청이 어느 한곳을 향해 손을 뻗었다.

쩽—

충격파는 하나였지만 세 개의 무기가 동시에 두 동강이 났다.

다시 진우청의 손이 느린 듯 뻗어나갔다.

"아악—"

솥뚜껑 같은 손에 어깨를 잡힌 사내가 비명을 질렀다. 뒤이어 사내의 한쪽 어깨가 허물어지듯 내려앉았다.

퍽! 하는 육중한 격타음과 함께 사내의 갈비뼈 역시 함몰되며 통나무처럼 쓰러졌다.

진우청은 쓰러진 사내의 발목마저 걷어차 뚝 부러뜨린 후 걸음을 옮겼다. 여전히 그의 눈에서는 불길이 뿜어져 나오고 있었다.

동료 세 명이 순식간에 병신이 되는 것을 보며 한 사내가 손짓을 했다.

스스슥!

양옆에 있던 몇 명의 사내가 같이 움직였다.

진우청은 천천히 용곤과 호곤을 꺼내 들었다. 이런 놈들이라면 용호곤으로 무작정 두드려 패도 될 것 같았다.

달려들려던 사내들이 주춤 뒤로 물러났다.

거무튀튀한 두 개의 쇠몽둥이는 이 순간 그 어떤 보검보다 위협적이었다.

파앗—

뒤로 물러나는 사내들 속으로 진우청이 포탄처럼 달려들었다.

달려나가는 속도에 편승하며 진우청은 용곤과 호곤을 휘둘렀다.

퍼억!

한 사내의 어깨가 다시 무너졌다.

그 사내의 비명이 터지기도 전에 또 한 사내의 팔이 뚝 꺾이며 휘두르던 칼이 허공으로 떠올랐다.

몇 번의 파육음이 더 들리자 서 있는 사내들의 숫자가 반으로 줄어들었다.

퍼퍽!

퍽!

진우청은 멈추지 않고 계속해서 분노를 터뜨렸다.

진우청의 어깨가 한 번씩 흔들릴 때마다 처절한 비명과 함께 사내들의 팔다리가 하나씩 꺾여 나갔다.

초식이니 뭐니 할 것도 없는 움직임에 부하들이 추풍낙엽처럼 쓰러지는 것은 본 사내 하나가 당황스런 눈길로 기형의 호각을 입에 물고 길게 불었다.

휘익―

을지소소의 흑편이 청의사내를 향해 섬전처럼 날아들었다.

호각 소리는 동료들을 부르거나 피신시키는 것이 틀림없었다. 을지소소는 그것을 미연에 차단하려 하는 것이다.

호각이 허공으로 튕겨 올랐다.

뒤이어 허공으로 날아오른 진우청이 사내를 향해 먹구름처럼 덮쳐들었다.

기합을 토한 사내는 기이한 각도로 상체를 틀며 쌍장을 내뻗었다.

퍼펑—

두 개의 장력이 진우청의 양쪽 가슴에 작렬했다.

바윗덩이라도 세 쪽이 나서 날아가야 할 만한 상황이었다.

"엇!"

자신의 예상과 전혀 다르게 진행되는 사태에 청의사내는 경호성을 토했다.

장력이 가슴에 적중되는 순간, 무섭게 떨리며 비늘이 돋아나듯 잔상을 남긴 진우청의 상체는 자신의 장력을 헤집고 그대로 돌진하고 있었다.

사내는 급히 쌍장을 흔들며 한 번 더 장력을 발출하려 했지만 한발 앞서 시커먼 몽둥이 두 개가 양쪽 팔목을 한꺼번에 두드렸다.

퍼억—

무하늘처럼 뚝 꺾이지는 않았지만 지독한 통증이 팔목을 통해 전해졌다.

뒤이어 쇠사슬로 친친 동여맨 것 같은 속박감이 양 손목을 통해 전해졌다.

청의사내는 두 눈을 부릅떴다.

어느새 자신의 두 손이 진우청의 한 손에 모아 잡혀 있었던 것이다.

난전 중에 누군가에게 손목을 잡히는 일은 해가 서쪽에서 뜨기 전에는 일어나지 않을 줄 알았다. 그런데 그런 일이 일어났다.

또한 그렇게 잡혔다 하더라도 내력을 운기하면 못 뿌리칠 상대가 없을 줄 알았는데, 뿌리칠 수 없음은 물론이고 속박감만 점점 더 강해졌다.

짝! 하는 소리와 함께 눈앞에서 섬광이 작렬했다.

"감히 여기가 어디라고……?"

청의사내의 왼쪽 뺨을 갈긴 진우청은 다시 오른쪽 뺨을 갈겼다.

마침내 청의사내의 입에서 이빨이 옥수수 알처럼 튀어나왔다.

휘익—

두 대의 따귀 세례와 함께 혼미한 의식 속에서도 청의사내는 혼신의 공력을 오른쪽 발끝에 모아 포탄처럼 차올렸다.

"으윽—"

청의사내는 신음을 토했다.

한발 앞서 튀어나온 진우청의 발끝이 사내의 발목을 건드렸고, 사내의 발목을 부하들의 그것처럼 기형으로 꺾이며 뚝 부러졌다. 뒤이어 진우청의 왼손에 모아 잡혔던 양 손목도 같은 모양으로 꺾였다.

그것으로 그치지 않은 진우청은 사내의 복부에 발끝을 꽂아 넣어 패대기친 후 남은 두 사내를 쳐다보았다.

을지소소와 조송령의 견제에 의해 꼼짝도 못하고 있던 그들은 주춤 뒤로 물러났다.

물러남과 동시에 그들은 두 개의 메추리알만 한 화탄을 던졌다.

폭음과 함께 짙은 흑무가 피어오르며 두 사내는 허공으로 몸을 날렸다.

진우청과 을지소소는 같이 몸을 날리려다 신형을 멈추었다.

"크윽!"

"큭!"

몸을 날리던 사내들은 날개 꺾인 새처럼 아래로 떨어졌다.

경설형과 함께 나타난 장위봉, 운가목이 간단히 그들을 제압하며 날아 내리고 있었다.

"저놈… 저놈은 청이 아니냐?"

안으로 피신한 후 반쯤 열린 문으로 밖을 쳐다보며 노인이 물었다.

"그렇군요, 아버님."

진장월은 탄식처럼 답했다.

불길이 뿜어지는 듯한 눈을 처음 보았을 때 아들이라고는 생각지도 못했다. 그땐 무슨 괴물인 줄 알았다. 그러나 이젠 자신의 둘째 아들임을 알 수 있었다. 떡 벌어진 어깨와 각지동이 같은 체격은 하루도 잊지 않고 상상하던 그대로였다.

"산으로 간다고 하지 않았더냐?"

진장월의 상념을 깨며 부친이 다시 질문을 던졌다.

"그랬지요."

진장월의 답변에 부친은 잠시 말문을 닫았다.

"산에서 뭘 먹었기에 저렇게 컸단 말이냐?"

부친은 다시 질문을 이었다.

"물만 먹어도 크는 아이가 아니었습니까."

진장월이 답했다.

"너무 크구나. 이젠 제 형 방에서 잠든 놈을 업어서 제 방으로 데려갈 수도 없겠구나."

노인의 음성에 세월의 무상함이 묻어났다.

"이젠 아버님께서 업히셔야지요."

"허허!"

노인의 눈에 언뜻 물기가 어렸다.

"형장들은 어디서 오셨소?"
청의인에게 다가간 경설형이 느긋한 음성으로 물었다.
놈들의 정체나, 심지어는 이곳이 어딘지도 모른 채 흑풍의 다급한
몸짓만 보고 달려왔지만 얼마 지나지 않아 이곳이 진우청의 집이라는
것, 그리고 이들이 진우청의 가족을 노리고 침입했다는 것을 짐작할 수
있었다.
"후후!"
고통스런 표정을 지으면서도 청의인은 한줄기 웃음을 토했다.
그 웃음에는 공연한 헛수고는 하지 말라는 의미가 담겨 있었다.
"후후!"
청의인을 향해 경설형도 마주 웃었다.
보통 사람 앞에서라면 청의인의 고집이 통하겠지만 북제성 사람들
앞에서는 소용없었다.
간단한 점혈 수법 한 가지만으로도 무의식 속에 있는 사실까지 불게
할 수 있었다.
"쓸데없는 수고를 할 필요 없어요. 이들의 본거지는 내가 알아요."
을지소소가 차가운 눈빛으로 청의인을 보며 말했다.
"개소리!"
청의인이 소리를 질렀다. 그는 아직 을지소소 등이 북제성 사람인
줄도, 또 그녀가 자신들의 본거지에서 달려왔다는 것은 꿈에도 모르고
있었다.
"흥!"

매섭게 콧방귀를 뀐 을지소소는 청의인을 쳐다보며 팽정기가 있던 곳의 위치를 말해주었다.

청의인의 표정이 급박하게 변했다.

"그럼 가서 잔당들을 잡아야지."

경설형이 싸늘한 미소와 함께 몸을 일으켰다.

"사질은 여길 지켜주시오. 내 가문을 침입한 놈들은 모조리 내 손으로 팔다리를 부러뜨릴 테니까……."

진우청은 처음 이곳으로 뛰어들었을 때보다 오히려 더 분개한 모습으로 말했다.

"알겠습니다, 사숙. 그럼 난 이놈들이나 갖고 놀지요."

고개를 끄덕인 경설형은 청의인에게로 다가갔다.

"난 누가 내 앞에서 비웃는 건 질색이지. 아까 같은 웃음을 다시 한 번 흘려보실까?"

경설형은 검지 끝으로 청의인의 가슴혈 한곳을 가볍게 누르며 말했다.

간지럼을 태우듯이 가볍게 누르는 경설형의 손가락 끝에서 난생처음 느끼는 고통이 스며들자 청의인의 눈에 공포가 어렸다.

"갑시다!"

청의인과 경설형을 잠시 쳐다본 진우청은 을지소소에게 말했다.

"아, 알겠어요, 사숙."

진우청의 두 눈에서 뻗어 나온 불길이 더 거세어진 것을 느낀 을지소소가 주춤 대답하고는 서둘러 몸을 날렸다.

"저곳이에요, 사숙!"

을지소소는 팽정기와 다른 사내들이 있던 장원을 가리켰다.

진가장에서의 소동을 아는지 모르는지 장원 안은 고요함이 깃들어 있어 한여름의 평화로운 정취마저 느껴졌다.

진우청은 태울 듯한 눈으로 그곳을 쳐다보았다.

"저곳에 팽가, 그놈이 있었다는 말이지요?"

진우청은 더운 콧김과 함께 재차 확인했다.

"분명히 그놈이었어요."

을지소소는 강하게 고개를 끄덕였다. 기분 나쁜 그놈의 얼굴은 절대로 잊을 수 없었다.

잠시 주변의 움직임을 살핀 진우청은 둥실 몸을 띄웠다.

거구의 신형이 구름처럼 흘러 장원 한쪽에 내려섰다.

내려서자마자 진우청은 옆에 있는 정원석 하나를 걷어찼다.

황소 머리통만 한 정원석이 불이 켜져 있는 방문을 향해 포탄처럼 날아갔다.

우지끈—

쾅—

문을 박살 낸 정원석은 방 안 벽 어느 곳에 부딪쳤는지 폭음을 토했다.

그 폭음과 함께 몇 명의 사내들이 선불 맞은 멧돼지처럼 튀어나왔다.

진우청은 이글거리는 눈으로 그들을 노려보았다.

"누구냐?"

뒤쪽 건물에서도 여러 명의 사내들이 몸을 날려 오고 있었다. 그들 중에 팽정기의 모습이 보였다.

"후후!"

을지소소가 낮은 웃음을 흘렸다.

원수는 외나무다리에서 만난다는 말이 딱 들어맞는 순간이었다.

"누구냐, 네놈은?"

선불 맞은 멧돼지들처럼 튀어나온 사내들 중 한 놈이 진우청을 보며 말했다.

그 물음에 대한 대답 대신 을지소소의 흑편이 날카로운 파공음과 함께 허공을 갈라 진우청과 을지소소를 알아보고 경악한 표정과 함께 뒷걸음질을 치던 팽정기의 목에 올가미처럼 감겨들었다.

"네놈을 여기서 만나게 되어 얼마나 기쁜지 짐작도 못할걸."

장안에서 화풀이를 제대로 하지 못한 을지소소는 흑편에 포획된 팽정기를 향해 차갑게 미소를 지었다.

"웬 놈들이냐?"

제일 마지막에 나온 성성이 인간, 기효대(起梟隊)는 진우청과 을지소소를 쳐다보며 흠칫 걸음을 멈추었다.

그의 눈에 설마 하는 혼란스런 감정이 봇물처럼 터져 나왔다.

이곳의 책임자로 모든 상황을 지시해 나가던 그는 두 사람의 정체를 짐작한 것이다.

그는 이들 두 사람이 어떻게 이곳에 나타났는지 도저히 이해가 가지 않았다. 또한 진우청의 말로 봐서 진가장으로 보낸 자객들도 실패한 것 같았다. 그것 또한 도저히 이해가 되지 않았다.

"병신 같은 놈들!"

기효대는 낮게 으르렁거렸다.

상부에서 이번 일을 얼마나 중요하게 생각하는지 짐작할 수 있었다.

그래서 치밀하게 계획을 세우고 실행해 나갔는데, 모든 것이 수포로 돌아간 것 같았다. 이젠 실패에 따른 큰 문책만 남았다. 별 탈 없이 여기서 살아 나간다면 말이다.

"네놈이냐?"

진우청이 낮고 굵은 음성으로 물었다.

기효대의 눈빛이 흔들렸다. 아무리 애송이지만 무림맹 비무대회에서 우승을 했다. 그건 무시할 수도 있었지만 둘 다 북제성의 제자라는 사실은 절대로 무시할 수 없었다.

"네놈이 우리 집에 불나방들을 보내겠지?"

진우청은 천천히 앞으로 신형을 움직였다.

그렇게 보였는데 진우청의 손이 어느새 기효대의 어깨를 잡아가고 있었다.

"어림없다."

기효대가 전광석화처럼 양손을 움직였다.

긴 팔을 이용한 쌍교출동(雙蛟出洞)의 기쾌한 수법이었다.

진우청은 어지럽게 쳐오는 기효대의 팔을 향해 손바닥을 활짝 펴서 흔들었다.

순식간에 셀 수 없는 수영을 만든 손바닥이 마치 거대한 벽처럼 기효대의 몸을 통째로 감싸갔다.

기효대는 자신의 몸이 그물망에 휩싸이는 착각을 느끼며 회풍쌍쇄(廻風雙殺)의 초식으로 바꾸며 필사적으로 쳐나갔다.

그러나 아무 소용이 없었다.

단순하기 짝이 없는 움직임에 필사적으로 펼친 변화무쌍한 초식이 모두 막혀 버렸다.

퍼퍼퍼퍽—

다른 사람들보다 두 뼘은 더 길어 보이는 팔이 진우청의 손바닥에 부딪쳐 파육음을 토했다.

마지막 파육음과 함께 진우청은 기효대의 팔을 잡았다.

기효대의 눈이 부릅떠졌다.

남들보다 긴 팔과 긴 손가락으로 이제껏 누군가의 목덜미를 잡거나 팔목을 잡아채기만 했지 이렇게 대책 없이 잡힌 적은 없었던 것이다.

뚝—

기음과 함께 긴 팔에 관절이 하나 더 생겼다.

"크윽!"

기효대는 억눌린 비명을 토했다.

진우청은 다른 팔 하나도 마저 꺾은 후 두 발목을 한꺼번에 걸어차 니 바닥으로 던졌다.

사지가 모두 꺾인 기효대는 짐승처럼 바닥을 뒹굴었다.

"한꺼번에 쳐라!"

새파란 애송이에게 기효대가 허무하게 꺾이는 것을 본 채준생이 고함을 질렀다.

"그럼 더 편하지!"

채찍을 와락 잡아 당겨서 끌려온 팽정기의 명치에 주먹을 쑤셔 박은 을지소소는 다시 흑편을 휘둘러 채준생의 목을 감았다.

"마지막 처리는 사숙께서 하세요."

을지소소는 흑편에 감긴 사내들을 하나하나 진우청에게 던졌다.

뚜둑—

뚝! 뚝!

네 개의 연속음이 들리며 채준생의 사지가 동시에 부러진 채 바닥에 내동댕이쳐졌다.

그렇게 열두어 번의 똑같은 동작들이 반복되자 장내에 서 있는 사람은 하나도 없었다.

"부친의 허락은 받았나?"

을지소소의 일격에 먹은 것을 모두 게워내며 헐떡거리고 있는 팽정기의 목덜미를 끌어당긴 진우청은 으르렁거리듯 말했다. 팽정기는 진우청의 말뜻을 못 알아듣고 눈을 크게 떴다.

"네 아버지가 시킨 일이냔 말이다."

"아, 아니오! 우리 아버지완 상관없소. 나 혼자, 나 혼자 벌인 일이오."

가문이 몰락할 위험을 감지한 팽정기는 미친 듯이 고개를 흔들었다.

짝!

입에서 피가 튀며 팽정기의 고개가 한쪽으로 돌아갔다.

짝!

이번에는 이 두 개가 튀어 오르며 반대쪽으로 돌아갔다.

"팽가가 무림맹의 일원만 아니었다면 네놈은 이 자리에서 죽고, 네 가문은 문을 닫았을 것이다. 그건 봐주는 대신 사지는 모두 꺾어놓겠다."

팽정기의 목덜미를 잡은 진우청은 짚단 들어올리듯 그를 들어올렸다. 그리고는 팔을 잡아갔다.

"사숙!"

을지소소가 서둘러 진우청을 말렸다.

"제가 하면 안 될까요?"

을지소소는 하얗게 미소를 지으며 진우청의 손에서 팽정기의 팔을 잡아챘다.

혹시나 다른 놈들이 쳐들어올까 뜬눈으로 지새운 밤이 지나고 날이 밝아왔다.

진우청과 을지소소는 팽정기를 비롯해서 동방회의 잔당들을 굴비 엮듯이 엮어서 그곳에 있는 마차에 태워 진가장으로 데려왔다.

이들과 함께 어젯밤 진가장으로 쳐들어왔던 놈들은 서왕문도처럼 위장했지만 동방회의 사주를 받은 놈들이었다.

처음에는 완강히 저항하며 부인했지만 경설형의 점혈 수법이 몇 번 가해지자 그들은 누에가 실을 토하듯 사실들을 토해냈다.

"이놈들은 어떻게 할까요?"

운가목이 형형한 눈으로 그들을 쳐다보며 물었다.

"우선은 광에 처박아둬!"

경설형이 지시하자 장위봉과 운가목, 조송령은 그들을 밧줄로 꽁꽁 묶어 광에 처박았다.

그런 후에도 호원 무사들이 거의 모두 쓰러진 진가장은 을지소소 등이 해야 할 일이 태산 같았다.

죽은 사람들을 처리하고, 산 사람들을 치료하는 데 반나절이 순식간에 지나갔다.

"오늘 밤부터는 서로 교대로 잠을 자며 신경을 곤두세워야 해. 호원 무사들이 모두 쓰러졌으니, 다시 구할 때까지는 우리가 그들을 대신 해야겠지. 을지 사매는 오늘 밤에 백왕과 설아도 불러."

"안 그래도 그럴 생각이에요. 그 녀석들이 밤새 경계를 서준다면 야

밤에 대책없이 당하는 일은 없을 거예요. 그리고 광에 가둬놓은 놈들을 증인으로 삼아 관이나 무림맹에도 동방회 놈들의 수작을 공표해야해요. 다시는 진가장에 또 다른 짓을 못 꾸미게."

을지소소가 경설형의 반응을 살피며 말했다.

"괜찮은 생각이군. 하지만 되도록 조용하고 신속히 처리하도록 해! 얼마 후엔 사숙 형님의 혼사가 있다니 말이야."

경설형이 고개를 끄덕이며 동의를 표했다.

"사숙께서 황산으로 가지 않고 왜 이곳으로 왔는지 궁금했는데 가형의 혼사 때문이었구나. 다행히 좀 빨리 도착해서 참극을 막을 수가 있었어."

조송령이 안도의 한숨을 내쉬며 말했다.

"이런 면에 있어서는 사숙도 참 능구렁이 같아. 여기까지 오면서 단 한 번도 자신에 관한 얘기를 하지 않았어."

장위봉이 말했다.

"그건 그래요. 이번에는 좀 심하다는 생각이 들어요."

조송령도 맞장구를 쳤다.

第七十六章
호면괴인(虎面怪人)

다섯 사질이 집 안을 정리하느라 바쁜 시간, 진우청은 조부님과 부친 앞에서 뒤늦은 귀가 인사를 드리고 있었다.

"야반도주를 하였느냐?"

마주한 자리에서 조부님의 첫마디는 하산을 하며 예측한 그대로였다. 사부를 따라 산으로 갈 때, 한 이십 년 동안 맡아 가르쳐 달라고 하셨던 말씀을 잊지 않고 계신 것이다.

진우청은 씨익, 미소를 지었다. 그리고 답했다.

"싹수가 노란 놈이라 도저히 못 가르치겠으니 집으로 가라고 하셔서 쫓겨왔습니다."

"고얀 놈!"

조부는 예전과 비교해 조금도 기력이 떨어지지 않은 목소리로 고함을 질렀다.

진우청은 여전히 웃음을 배어 물었다.

조부님은 전혀 달라지지 않고 계셨지만 자신은 달라졌다.

더 이상 회초리를 겁내던 어린애가 아닌 것이다.

"그때 사부께 주셨던 오만 냥은 제가 차차 벌어서 갚겠습니다."

"허허, 이놈이 그래도!"

조부는 어이가 없는 표정으로 거푸 고함을 질렀다.

진우청은 더욱 짓궂은 미소를 지었다.

"대신에 매 맞는 연습은 충분히 하고 왔습니다. 이젠 웬만한 회초리
는 기별도 오지 않습니다."

"그만 하거라, 이놈아!"

보다 못한 진장월이 엄하게 말했다.

"그러냐, 이놈! 그럼 어디 한번 맞아보거라. 냉큼 이리로 오너라."

조부는 서탁 아래에서 곰방대를 꺼내 들었다. 그리고 부친을 무릎
앞에 놓았다.

진우청은 설마 하는 표정으로 조부님을 쳐다보았다.

조부님의 얼굴에 예전의 그 엄한 기운이 흘러넘치고 있었다.

'내가 좀 심했나? 그래도 그렇지, 옛날 같으면 애가 있어도 둘은 있
을 나인데…….'

진우청은 내심 혀를 찼다.

"어서!"

조부는 다시 고함을 질렀다.

"아, 아버님!"

엄한 부친의 기세에 진장월이 나서서 만류했지만 부친의 노여움은

수그러들지 않았다.

입맛을 다신 진우청은 종아리를 걷고 목침 위로 올라섰다.

곰방대를 손에 든 조부는 천천히 몸을 일으켰다.

"하, 할아버지."

조부의 눈에 눈물이 흐르는 것을 본 진우청은 깜짝 놀라 외쳤다.

"깊고 황량한 산속에서 뭘 먹고 이렇게 컸느냐? 천금 같은 내 새끼야!"

곰방대를 떨어뜨린 조부는 깍지동이 같은 진우청의 허리를 와락 감싸 안았다.

어린 손자를 산에 보내고 그동안 얼마나 노심초사하고 계셨는지를 조부의 눈에서 읽은 진우청은 한참 동안 아무 말도 못하고 조부를 내려다만 보았다.

"이젠 어머니에게도 인사를 드리도록 하여라. 산으로 떠난 후부터 지금까지 하루도 네 얘기를 하지 않은 날이 없었다."

조부와의 귀가 인사를 마친 후, 진장월은 진우청을 어머니 처소로 보냈다.

"정말 많이 컸구나."

진우청은 어머니로부터 벌써 열 번도 더 그 소리를 들었다.

집을 떠날 때도 이미 형보다 컸지만 지금은 비교가 되지 않았다. 키가 크지만 조금은 왜소해 보이는 형의 체형에 비해 철탑 같은 체형의 진우청은 전체적으로 두 배는 더 커 보였다.

그런 진우청이 대견하면서도 자신의 손으로 그렇게 키우지 못한 한이 어머니의 눈에 고스란히 남아 있었다.

"어머니는 그때나 지금이나 하나도 나이 들지 않고 그대로입니다."

진우청은 어머니의 손을 잡은 채 빙그레 웃으며 답했다.

"그럴 리가 있겠느냐, 이젠 외할머니 소리를 듣는 처지인걸."

어머니는 온화한 웃음을 지으며 말했다.

얼굴도 아련한 누나 한 명은 출가하여 벌써 애가 둘이라는 말을 들었다.

그리고 이젠 형도 혼사를 치르면 조만간 친손주도 생길 것이다.

산으로 떠날 때는 말도 제대로 못했던 여동생은 조송령 또래로 자라 있었다. 이틀 전, 진우청이 나타났을 때 괴물인 줄 알고 털썩 주저앉았던 소녀가 바로 동생 효민(嚆玟)이었다.

그리고 그 아래로 남동생이 둘이나 더 있었다.

한 놈은 그때 젖먹이였던 기억이 나는데 막내 놈에 대해서는 전혀 기억이 없는 것으로 봐서 녀석은 자신이 산으로 떠난 후에도 여전히 변치 않은 부모님 금슬의 결과일 것이다.

'그렇다면 모두 육 남매란 말인데……'

진우청은 내심 손을 꼽으며 자신을 포함한 형제들의 숫자를 헤아렸다.

산속에서 고아처럼 살아온 그로서는 자신이 육 남매 중 한 명이라는 느낌이 너무 생소했다. 그러면서도 가슴 한구석으로는 무엇과도 바꿀 수 없는 충만감이 느껴졌다.

그 충만감을 더욱 진하게 느끼게 해줄 존재들이 방으로 들어왔다.

바로 아래의 여동생 효민과 두 남동생인 우명(優明)과 우신(優信)이었다.

남동생 두 명은 자신과 마찬가지로 좀 서먹서먹해했다. 반면 여동생 효민은 단 몇 시진 만에 십여 년의 세월을 단박에 날려 버렸다.

그녀는 단편적이기는 하지만 둘째 오빠에 대한 기억을 가지고 있었다. 그것이 십여 년이란 세월의 장벽을 무너뜨리는 큰 망치 역할을 했다.

"곰 오라버니! 어머니와 무슨 환담이야?"

효민은 진우청을 처음 보았을 때의 놀람을 털어버리려는지 별명까지 지어 곰살궂게 대했다.

진우청은 솥뚜껑만 한 손으로 동생의 머리를 쓰다듬으며 입을 열었다.

"정말 많이 컸구나!"

"어머머! 오라버닌… 내가 무슨 어린앤가?"

효민이 펄쩍 뛰며 소리를 질렀다.

진우청은 씨익, 웃으며 두 남동생의 머리도 같이 쓰다듬은 후 막내 남동생의 볼을 꼬집었다.

"너도 싹수가 노란 거냐?"

막내 남동생은 영문을 몰라 눈을 끔벅거렸다.

"하하!"

진우청은 너털웃음을 터뜨렸다.

두 남동생 중 위엣 놈은 형을 닮아 호리호리했지만, 막내는 형보다는 자신을 더 닮아 어깨가 떡 벌어졌다. 눈을 끔벅이는 모습 역시 자신과 닮았다.

그렇다면 이 녀석의 행동거지도 어떨지 짐작이 갔다.

"생긴 것만 막내가 널 닮았다. 성격은 우명이가 딱 너를 닮아 할아버지의 속깨나 썩이고 있단다."

　어머니의 설명을 들은 진우청은 묘한 부조화에 바로 아래 동생을 다시금 쳐다보았다.

　민첩해 보이는 몸매와 총명해 보이는 눈빛은 아무리 봐도 형을 닮았지 어디에도 자신을 닮은 구석이 없었다.

　"형! 나 형 따라가면 안 될까?"

　동생 우명이 불쑥 말했다.

　진우청은 비로소 이 녀석이 외모는 형을, 성격은 자신을 닮았다는 말이 실감났다.

　겉보기만 총명해 보이는 눈동자 뒤에는 할아버지의 속박에서 벗어나고 싶어 하는 간절한 소망이 숨겨져 있었다.

　"어딜?"

　진우청은 얼굴에 떠오른 미소를 지우고 대꾸했다.

　"북제성이나 무림맹에……."

　"그곳에 뭣 하러? 열 살도 넘은 놈이 이제 와서 무공이라도 배우고 싶은 거냐?"

　"아니, 절대로!"

　"그럼?"

　진우청은 눈을 끔벅거렸다. 녀석의 말하는 투가 점점 자신과 닮았다는 것이 느껴졌다.

　"장사 공부도 싫고, 형과 달리 무공도 체질에 안 맞을 것 같고… 그냥 세상 구경이나 하며 살고 싶어서……."

　진우청은 잠시 할 말을 잃었다.

　"이런 싹수가 노란 놈을 봤나?"

　마침내 진우청은 눈을 부릅뜨며 고함을 질렀다.

잠시 더 환담을 나누다 아침 인사를 하러 온 동생들을 내보낸 후 진우청은 약간은 긴장된 표정을 했다.

내친김에 여기 온 목적을 달성할 생각이었다.

"왜, 무슨 긴히 할 말이라도 있는 것이냐?"

아들의 기색을 읽은 어머니가 먼저 물었다.

진우청은 잠시 더 망설이다 말문을 열었다.

"어릴 적 기억이라 정확하진 않지만 어머니의 패물함에 있는 옥패를 보고 싶습니다."

"옥패?"

어머니의 얼굴에 의아한 표정이 떠올랐다.

"마름모 꼴로 생긴 옥패로 한쪽에는 열쇠 그림과……."

"아, 그것 말이구나. 그런데 그건 왜?"

어머니는 약간 어두워진 얼굴로 답했다.

"가지고 계시는지요?"

진우청은 서둘러 물었다.

"가지고 있다마다. 내 뿌리를 찾을 수 있는 유일한 물건인 것을……."

어머니의 목소리가 쓸쓸하게 흘러나왔다.

결혼하기 전까지 어머니는 사고무친이라고 한 형의 말이 맞는 모양이었다.

"그게 어떤 것인지……?"

진우청은 조심스럽게 물었다.

"취경원 학사님께 맡겨질 때 내 목에 걸려 있었다고 들었다. 아마도 내 부모님께서 나중에 날 찾기 위해 내 목에 걸어둔 채 맡긴 모양이다."

어머니의 목소리는 젖어들고 있었다.

"그 목걸이를 고이 간직하고 있으면 뿌리를 찾을 수 있을 것이라는 기대로 살았는데, 이제까지 아무런 소식이 없었으니 그 기대는 그만 포기해야 할 때가 된 것 같구나. 그런데 그건 왜 묻는 것이냐?"

어머니는 문득 의문을 느꼈는지 눈을 들어 진우청을 쳐다보았다.

"그냥 저 역시 어머니 뿌리가 궁금하여 물어본 것입니다. 그런데 어머니를 취경원에 맡긴 사람이 누군지는 학사님께서도 모르시던지요?"

진우청의 질문에 어머니는 무겁게 고개를 흔들었다. 다른 사람의 손에 의해 취경원까지 맡겨진 것이거나, 문밖에 놓여진 상태로 발견된 모양이었다.

어머니의 표정이 너무 안쓰러워 진우청은 더 이상 질문을 하지 못했다. 대신 다른 것으로 관심을 돌렸다.

"좀 보여주시겠습니까?"

"옥패 말이냐?"

아무런 표정 변화 없이 진우청은 묵묵히 고개를 끄덕였다.

어머니는 잠시 진우청을 쳐다보다 옷장 깊은 곳에서 작은 상자를 꺼냈다.

탁—

상자 뚜껑을 열자 여러 종류의 패물과 함께 어린애 손바닥만 한 옥패가 모습을 드러냈다.

진우청은 자신도 모르게 가빠지려는 숨을 골랐다.

옥패는 예전의 모습 그대로였다.

영롱한 녹색도 그대로였고, 양쪽에 새겨진 정교한 문양도 그대로였다.

특히 양각된 열쇠 문양 표면에 덧칠된 금박은 마치 옥패의 일부처럼 단 한 곳도 벗겨진 곳 없이 완벽히 보존되어 있었다.

"예사 물건이 아닌 것 같군요."

진우청은 탄성처럼 말했다.

"그러면 뭐 할꼬. 이젠 아무런 의미가 없는 물건이 된 것 같은데……."

어머니는 긴 한숨을 내쉬었다.

"그럼 이걸 제게 잠시 맡겨주시겠습니까?"

진우청은 잠시 뜸을 들인 후 말했다.

"무얼 하려고?"

"이렇게 감춰놓는 것보다 밖으로 나돌아 다니는 제가 목에 걸고 다니면 누군가 인연 있는 사람을 만날지도 모르지요."

진우청은 어머니를 속이는 것 같아 죄스런 마음이 들었지만 자신 역시 제대로 아는 것이 없었고, 그나마 아는 것들을 어머님께 다 알려드리기에는 너무 위험한 물건이었다. 아무런 의심 없이 자신에게 넘어오는 것이 훨씬 나았다.

"언젠가 수린이에게 넘겨주려고 했는데……. 차라리 네게 주는 것이 낫겠구나. 그렇게 하려무나. 대신 형에게는 내보이지 않게 하거라."

어머니는 옥패를 진우청에게 넘겨주었다.

어머니의 처소에서 나온 후 자신의 처소로 돌아온 진우청은 조심스럽게 창룡금시라 이름 붙여진 옥패를 꺼낸 후 뚫어져라 쳐다보았다.

정교하게 새겨진 문양들은 볼수록 감탄을 자아내게 했다. 분명히 누군가가 깎아 만든 것일진데, 비상하는 용 문양과 금박을 한 열쇠 문양은 전혀 인공의 흔적을 느낄 수 없을 정도로 완벽하게 양각되어 있었다.

진우청은 옥패를 이리저리 돌려보며 세세히 조사했다.

그러나 비상하는 용 문양과 금박 열쇠 문양 외에는 다른 특별한 점은 아무것도 없었다.

"이것이 어떻게 북제성 사람들의 운명을 바꿀 수 있다는 것인가?"

혼잣소리와 함께 진우청은 훨씬 더 집중력을 발휘하며 옥패를 살폈다.

두 개의 문양 외 여전히 특별한 것은 없었다.

옥패의 외양에 한동안 관심을 쏟고 있던 진우청은 입맛을 다시며 옥패를 품에 집어넣었다.

"그런데 이것이 어떻게 사부의 손에서 어머니에게 전해진 것일까."

진우청은 품속에 갈무리한 옥패를 손으로 쓰다듬으며 옥패의 존재만큼이나 궁금한 사실을 떠올렸다.

돌아가신 큰사백이나 현 성주이신 둘째 사백에게서 들은 바로는, 두 번째로 사문으로 돌아온 사부는 북제성 사람들의 기막힌 운명을 알아내고는 그 해결책을 이 옥패에 담아 왔다고 했다.

사부의 말을 모두 허튼소리로 여긴 북제성 사람들은 그걸 믿지 않고 사부를 공격했고, 사부는 심한 상처를 입고 탈출하셨다. 물론 창룡금시도 같이 가지고 탈출하셨으니 그 뒤에 이 옥패는 어머니에게로 전해졌을 것이다.

사문 사람들의 공격을 받고 큰 상처와 함께 탈출한 사부는 어떤 행보를 걸었을까?

그리고 어떻게 어머니에게 옥패가 전해졌을까?

그렇다면 사부와 어머니의 관계는?

궁금증이 꼬리를 물고 일어났지만 아무것도 알 수 없었다.

"괴팍한 노인네… 같이 있을 때 뭔가 귀띔이라도 좀 해줄 것이지……."

진우청은 한숨을 푹 쉬며 침상에 드러누웠다.

두 가지는 확실했다.

이 옥패가 어떻게 어머니 목에 걸려 있었는지 알 수 있는 단서는 어머니를 키운 취경원밖에 없다는 것!

그리고 또 하나는 사부는 결코 우연히 지나가다가 자신을 제자로 삼은 것이 아니라는 것!

"쩝! 그렇다면 오만 냥은 아낄 수도 있었는데……. 할아버지나 아버지, 두 분 모두 사부에 비하면 한참 멀었어."

진우청은 피식 미소를 지었다.

"엇!"

복잡한 상념을 떨쳐 버리려 머리를 흔들던 진우청은 외마디 경호성과 함께 몸을 일으켰다.

밖에서 소란이 느껴진 것이다.

몸을 일으킴과 동시에 진우청은 문을 박차고 나갔다.

장원 안으로 내려서는 인물들을 보며 진우청은 일단 안도의 한숨을 내쉬었다.

그들은 적도들이 아니라 남패천의 무적대였다.

몇 명의 무적대원들을 뒤로 삼조의 조장 배염오(俳染五)가 진우청을 보고 눈을 동그랗게 떴다. 황산으로 간 것으로 알고 있는 진우청이 이곳에 있는 것이 이해할 수가 없었던 것이다.

궁금증을 뒤로한 배염오가 급하게 입을 열었다.

"가족들과 함께 피하셔야겠습니다."

배염오는 누가 쫓아오기라도 하는지 사방을 두리번거렸다.

"어떻게 여기에?"

배염오의 다급한 모습과는 상관없이 진우청은 슬쩍 눈살을 찌푸리며 물었다.

이들과 같이 다니면 '나 여기 있소' 하는 것과 마찬가지인지라 황산으로 가는 것처럼 하고는 소리없이 방향을 튼 것이다. 그런데도 이들은 이곳으로 왔다.

"쓸데없는 짓들을 한 건 아니겠지요?"

진우청은 경설형을 보며 말했다. 혹시라도 그들이 고의로 흔적을 남기지 않았나 해서였다.

경설형은 고개를 흔들었다.

"흔적을 찾아내어 따라온 것은 아니오. 북제성 사람들을 추적할 만한 실력을 갖추지 못했으니까 말이오. 황산으로 가던 중 서왕문 놈들이 이곳으로 대거 움직이고 있다는 비원각의 연락을 받고 대주의 지시로 두 패로 나누어 우리는 곧장 이리로 온 것이오. 오던 중에 놈들과 맞부딪쳤는데, 대원들은 고립되고 우리만 탈출하여 우선 이곳에 위험을 알리러……."

배염오는 최대한 빠르고 간략하게 설명했다.

"고립?"

진우청은 와락 눈을 치켜떴다.

채준생이나 성성이 인간을 통해 머지않아 서왕문 놈들이 이리로 올 것이라는 짐작은 하고 있었다. 그런데 그놈들에게 무적대가 고립되어 자신들만 탈출했다는 말은 이해가 되지 않았다. 비록 반으로 인원을 나누었다고 했지만 서왕문의 졸개들에게 당할 무적대가 아니었다.

"놈들은 얼마나 되오?"

"삼백 명 정도입니다."

배염오가 이를 악물며 답했다.

"그럼 당신들은?"

"팔십!"

"무적대 팔십으로 서왕문 졸개들 삼백을 못 꺾어 고립되고, 당신들만 이곳으로 위험을 알리러 왔단 말이오?"

진우청의 목소리가 높아졌다.

"졸개들뿐이라면 두 시진이면 되겠지요. 하지만 그들 속에 극강의 고수들이 섞여 있었습니다. 금강불괴처럼 도검이 통하지 않았소."

"도검이 통하지 않는다고?"

배염오의 설명에 신우청은 의문스런 표정을 지었다.

다른 사람들의 도검이라면 또 모르겠지만 남패천 최고의 전투대인 무적대의 도검도 통하지 않을 만한 고수들이 있단 말인가?

경설형과 을지소소 등도 서서히 긴장하는 눈을 했다.

"그들은 어디 있소?"

"저 산 너머 평원에 있습니다."

배염오의 눈에 초조감이 어렸다. 아마도 동료들의 희생을 걱정하는 것 같았다.

배염오의 설명을 모두 들은 진우청이 눈에 서서히 불길이 일었다.

밤도 아니었지만 그 불길은 밤에 마주친 야수의 눈빛처럼 벌겋게 쏟아졌다.

진우청은 급히 방으로 날아들었다.

"사숙!"

방에서 용곤과 호곤을 등에 꽂고 나오는 진우청을 보며 을지소소가 앞을 막았다.

"사질들은 혹시 모르니 내 가족들을 대피시키고 보살펴 주시오."

진우청은 을지소소와 경설형을 보고 말했다.

"그곳에는 저희들이 가겠습니다. 여기는 사숙께서 지키는 게 어떻겠습니까?"

"그동안 무적대에게 많은 신세를 졌소. 또한 놈들은 우리 가문을 치러 오는 것이 분명하오. 그들을 처치하지 못한다면 나중에 더 위험해질 것이오."

진우청은 단호하게 말했다.

"그럼 제가 따라가겠습니다."

경설형이 검을 어깨에 둘렀다.

"저도 가겠어요."

걱정스런 표정과 함께 을지소소도 나섰다.

"사매는 장 사제와 여기 남아서 무슨 일이 있으면 흑풍, 백왕, 설아를 움직여 연락해. 운 사제와 조 사매는 나와 같이 간다."

경설형이 단호하게 말했다.

을지소소가 반박을 하려다 입을 다물었다. 어쩌면 이곳에서 진우청의 가족들을 보호하는 게 더 중요할지도 몰랐다.

"안내하시오."

진우청은 배염오를 다그쳤다.

배염오는 같이 온 부하들에게 명령을 내려 을지소소 등과 함께 이곳을 지키게 하고는 자신 혼자만 몸을 날렸다.

*　　　　*　　　　*

"대체 저게 뭐지?"

남궁상조(南宮尙早)는 어이없는 표정을 하며 동생 남궁상무(南宮尙武)를 바라보았다.

남궁상무 역시 남궁상조와 비슷한 표정으로 앞만 바라보고 있었다.

두 개의 구릉과 그 구릉 사이를 넓은 잡초 지대가 가로지르고 있었다. 잡초는 아무런 방해 없이 마음껏 자라 사람 키를 능가하고 있었다.

파악—

파아앗—

파공음과 함께 무성하게 자란 잡초들이 허공으로 솟구치다가 비산했다.

까까까깡!

이번에는 쇳소리가 연속적으로 터졌다.

여러 개의 도검이 어디엔가 한꺼번에 부딪치는 소리였다.

파앗—

한 무더기의 잡초가 다시 허공으로 비산하자 잡초 속에서 혈전을 벌이던 인영들의 모습이 드러났다. 한 명의 회의인을 향해 네 명의 사내가 사정없이 검을 휘두르고 있었다.

까강—

두 개의 검이 포위된 회의사내의 몸에 부딪쳐 튕겨 나가고, 다른 두 개의 검은 회의사내의 허리와 등, 가슴을 가격했다.

네 명의 흑의인이 뿌리는 검은 가히 벼락을 방불케 했기에 회의사내의 몸은 여러 토막으로 잘려져야 마땅할 상황이었다. 그러나 회의 사내의 육신은 조각나지도 않았을뿐더러 훨씬 더 쾌속하게 팔을 휘둘렀다.

그들은 서서히 공포의 대명사로 자리잡아 갔다.

처음에는 칙칙한 회의에 머리에도 복면을 쓰고 있었는데, 혼전 중에 복면이 벗겨지자 그 속에서 호랑이 얼굴이 튀어나왔다.

안면 전체에 호랑이 얼굴 문신을 한 결과였다.

겉모습도 괴기스러웠지만 그들의 능력은 아예 공포였다.

여러 사내들이 혼신의 힘으로 휘두르는 도나 검이 그들의 몸에 미세한 상처 하나 새기지 못하였다.

까앙―

다시 한 번의 금속성이 울리며 흑의사내 하나의 검이 동강 나 허공으로 날아올랐다.

그들은 낙뢰천의 무적대였다.

동강 난 검을 따라 한줄기 굵은 선혈이 허공으로 솟구쳤다.

동료 한 명이 쓰러진 것을 본 네 명의 무적대원이 분기탱천한 모습으로 한꺼번에 달려들었다.

이번에도 마찬가지였다.

두 개의 검은 팔에 맞아 튕겼고, 다른 두 개의 검은 호면괴인(虎面怪人)의 목과 심장을 가격했지만 호면괴인은 끄떡없었다.

그런 싸움이 여러 곳에서 벌어지고 있었다. 그리고 그 주변으로 수백 명의 사내들이 싸움터를 포위하고 있었다.

"저게 누구이든 우선은 도와야 하지 않나요?"

한 여인이 날카롭게 소리를 질렀다.

스물을 갓 넘었을까?

얼굴은 소녀의 티가 조금 남아 있었지만 훤칠한 키에 굴곡이 완연한 몸매는 어떤 여인보다도 성숙해 보였다.

그녀는 남궁가의 암표범 남궁석령(南宮昔嶺)이었다.

그녀의 말과 함께 남궁상고의 얼굴에 갈등의 빛이 어렸다.

흑의인들, 그러니까 남패천의 무적대를 도와 행동을 같이하라는 맹주의 친서를 받고 여기까지 바람처럼 달려오긴 했지만 가공할 무위를 지닌 호랑이 얼굴 괴인들을 보니 선뜻 내키지 않았다.

남패천 무적대 다섯 명의 합공을 받고도 끄덕없는 자들과 상대한다면 남궁가의 피해는 불을 보듯 뻔하다. 그러기에 선뜻 나서지 못하고 있는 것이다.

"우리가 무림맹을 돕지 않는다면 무림맹 역시 우리를 돕지 않을 것이고, 그러년 예전처럼 정파무림은 사패천의 발아래에서 굴욕을 겪을 수밖에 없어요."

그 말과 함께 남궁석령은 검을 뽑아 들었다.

"그럼 바깥을 둘러싼 서왕문의 포위망만 무너뜨려라. 호랑이 문신을 한 놈들에게는 절대로 접근해서는 안 된다. 남패천 무적대의 힘으로도 안 되는 자들이라면 우리도 소용없다."

남궁상무는 엄한 눈으로 남궁석령을 쳐다보았다.

남궁석령은 고개를 끄덕거린 후 땅을 박찼다.

그와 함께 남궁가의 무사들이 소리없이 들판으로 쏘아졌다.

"뭐, 이런 게 다 있어?"

무적대 일조의 조장 서한적은 숨을 몰아쉬며 고함을 질렀다.

괴물 같은 인간들!

아니, 인간 형상을 한 괴물들이 더 맞는 표현이다.

다섯 명의 호면괴인 때문에 이곳에 갇혔고, 그 열 배도 넘는 무적대원들이 그들을 상대로 사투를 벌이고 있다. 그 바람에 진즉에 베어져 시신이 되었어야 할 서왕문 졸개들은 뒤쪽으로 물러서서 두려움 반 호기심 반인 눈빛으로 관전만 하고 있다.

'이러다간 몰살이다.'

서한적은 필사적으로 검을 내려쳤다.

까앙!

놈들은 결코 이지(理智)가 없는 괴물이 아니었다.

필사적인 힘이 실린 검은 피해내고, 자신의 몸으로 막을 수 있는 검에는 몸을 맡겼다.

하지만 그것만으로도 기절초풍할 일이 아닌가?

아무리 힘이 빠졌다고 하지만 남패천 무적대의 도검을 맨몸으로 막아낼 인간들이 어디 있단 말인가?

그것도 한둘이 아닌 대원들의 검을…….

"뒤로!"

구릉 위에서 남궁가의 사람들이 달려오는 것을 본 서한적은 고함을 질렀다.

무림맹 소속의 구원군이 온 것이다.

저들이라고 이런 괴물 앞에서 별수있으랴마는, 저들과 혼전을 벌이는 틈을 타 대원들을 조금이나마 숨을 돌리게 할 작정이었다.

"조심해라!"

명령을 내렸던 서한적은 다급하게 고함을 질렀다.

뒤쪽에서 포위망만 구축하고 있던 서왕문의 졸개들이 산개하는 대원들을 향해 그물을 조이듯 달려들고 있었다.

회의를 걸친 괴물들만 아니라면 두 시진 사냥감도 되지 않을 조무래기들이 저 괴물 같은 인간들을 상대하느라 지친 대원들을 향해 달려들고 있었다.

"가소로운 놈들!"

서한적은 쾌속하게 검을 휘둘렀다.

피보라가 일며 두 명의 사내가 한꺼번에 쓰러졌다.

호면괴인들에 비하면 마치 썩은 나무토막 같았다. 그러나 그 나무토막마저도 더 이상은 쉽게 자를 수가 없었다.

기진맥진한 상태라 진기가 제대로 이어지지 않고 있다. 그건 대원들도 마찬가지였다.

설상가상으로 이제껏 자신들이 포위한 채 공격을 하던 호면괴인들이 안에서 치고 나왔다.

"크윽!"

비명과 함께 호면괴인 한 명의 손이 부하의 가슴으로 파고들었다.

부하의 가슴이 마치 푸줏간의 고기처럼 쩍 갈라지며 그곳에서 피가 터졌다.

단 일수에 갈비뼈가 끊어지고 심장까지 꿰뚫린 것이다.

"하앗―!"

야차처럼 고함을 지른 서한적이 피가 뚝뚝 떨어지는 호면괴인의 손목을 향해 혼신의 힘을 다해 검을 내려쳤다.

'피?'

서한적은 어이없는 눈으로 호면괴인의 손목을 쳐다보았다.

처음으로 몸에 상처가 생기며 주춤 뒤로 물러나는 호면괴인의 손목에서 선명한 붉은색의 피가 흘러내렸다.

서한적은 순간적으로 다리에 힘이 풀리는 것을 느꼈다.

저 괴물의 몸에서 흘러나오는 것이 자신들 몸에서 흐르는 것과 똑같은 피라니…….

강시의 몸에서 흘러나오는 것 같은 시커먼 죽은피, 흑혈(黑血)이라면 당연히 여기고 분기탱천하여 계속 검을 휘두를 것이지만 자신들과 똑같은 피를 흘리는 인간이라 생각하니 썰물처럼 힘이 빠졌다.

강시니 고루니 하는 괴물이 아니고, 자신과 똑같은 인간이 이처럼 극강의 고수라면…….

절망감!

백화원에서 귀면랑인지 뭔지 하는 일행과 마주쳤을 때 느낀 높다란 벽 같은 절망감이 다시 느껴졌다.

"위험해요!"

뒤에서 날카로운 여인의 목소리가 들리며 칼을 쳐내는 소리도 같이 들렸다.

잠시 망연한 표정을 하던 서한적은 다시 검을 쥔 손에 힘을 주었다.

파앗—

뒤에서 달려들던 서왕문도 한 명의 허리가 갈라졌다.

"우선 쉬운 놈들부터!"

서한적은 고함을 지르며 서왕문도들 틈으로 스며들었다.

오히려 이놈들을 방패 삼아 숨을 돌릴 생각이었다.

부하들 역시 서한적과 같은 생각으로 서왕문 졸개들 사이로 파고들고 있었다.

마치 전갈의 독침을 피해 벌 떼들 사이로 몸을 피하는 형국이었다.

"고맙소, 소저!"

서한적은 연신 검을 휘두르며 남궁석령에게 사의를 전했다.

"그런 인사는… 나중에!"

남궁석령이 악을 쓰며 한 명이 서왕문도를 더 베었디.

"위험하오!"

같이 한 명의 팔을 자르던 서한적은 발악적으로 고함을 지르며 검을 휘둘렀다.

호면괴인 한 명이 잡초를 가르며 나타나 팔을 뻗어오고 있었다. 그의 입가에는 보통 사람들처럼 희미한 조소가 어려 있었다.

깡—!

남궁석령의 목덜미를 향해 뻗어오던 호면괴인의 손이 주춤 뒤로 팅겼지만 그것도 잠시, 다른 한 손이 더 강하게 서한적의 가슴을 향해 뻗어왔다.

서한적은 급급히 퇴로를 밟았다.

"뒤를 조심해요!"

남궁석령이 고함을 쳤다.

뒤에서 또 한 명의 호면괴인이 다가들고 있었다.

서한적은 전신으로 소름이 끼쳐 옴을 느꼈다.

이놈들은 자신이 수장임을 알고 있었다.

대주 유화성이 없는 이곳은 전적으로 자신이 지휘했다.

놈들은 자신을 먼저 잡아 대원들의 사기를 떨어뜨리려 하고 있었다.

그런 행동은 강시라면 절대로 불가능한, 이성이 가미된 움직임이었다.

까앙—!

돌아보지도 않고 휘두른 검이 뒤쪽에서 다가들던 호면괴인의 팔에 부딪쳐 비명을 토했다.

"령아야!"

멀찌감치에 서서 서왕문도들을 상대하던 남궁상조가 다급한 고함을 지르며 몸을 날렸다.

절대로 호면괴인 곁으로는 접근하지 말라고 했지만 젊은 혈기는 왕왕 무모한 짓을 벌이기 마련이다.

까앙—

남궁석령이 다시 한 번 위기에서 벗어났지만 또 한 명의 호면괴인이 측면에서 달려들고 있었다.

"아미타불!"

불호가 들리며 폭음이 터졌다.

측면에서 밀려들던 호면괴인이 주르르 밀렸다.

"청허 스님!"

남궁석령이 놀라 고함을 질렀다.

무림맹 비무대회에서 보았던 소림의 후기지수였다. 그 역시 소림으로 복귀하던 중 무림맹의 급보를 받고 이곳으로 달려온 모양이었다. 그 뒤로 여러 명의 승려들이 달려오고 있었다. 이젠 수적으로는 열세를 면할 수 있었다. 그러나 지금의 상황은 수가 문제가 아니었다. 저 괴물 같은 인간들을 처치하지 못한다면 다시 열세에 놓이게 될 것이다.

퍼엉—!

청허의 주먹에서 산을 무너뜨릴 만한 권풍이 터졌다.

하나 여전히 호면괴인은 뒤로 주르르 밀렸을 뿐 내상을 입거나 쓰러지지 않았다.

"괴사로다! 아미타불……."

이곳저곳에서 불호가 터졌다.

도검과 장력에 가격당해 상의는 너절해져 흘러내릴 듯했지만 호면괴인들은 자신들끼리 신호를 주고받으며 공격을 늦추지 않았다.

서한적은 잠시 가쁜 호흡을 골랐다.

남궁가와 소림의 가세로 전멸을 당할 위험에서 벗어났다. 하지만 피해가 막심하다.

서한적은 부하들의 상태를 살폈다.

멀쩡하게 서 있는 부하들의 숫자가 많이 줄어 있었다.

백화원에서 북제성의 흑궁 사람들을 상대한 이후 최대의 피해였다.

서한적의 눈에 살기가 충만했다.

"장우!"

서한적은 부하의 이름을 불렀다.

그사이 몇 명의 서왕문도들을 베었는지 온몸에 피칠을 한 장우가 급해 달려왔다.

"저놈, 한 놈은 꼭 베어라. 대체 어떤 놈들인지 알고 싶다."

서한적은 자신의 혼신을 다한 검격에 팔에 상처를 입고 피를 흘리던 호면괴인을 지적했다.

"알겠습니다."

장우는 고개를 숙인 후 대원들을 지휘했다.

파앗—

팟—

무적대 여섯 명의 검이 팔목에 상처를 입은 호면괴인을 향해 떨어져 내렸다.

까앙―!

호면괴인의 팔에서 쇳소리가 터졌다. 그와 함께 지혈되었던 피가 다시 흘러나왔다.

여전히 선명한 붉은색이었다.

"계속!"

서한적이 고함을 쳤다.

장우와 함께 다른 대원들이 재차 달려들었다.

처음으로 호면괴인의 눈에 두려움이 어렸다.

주춤거리며 뒤로 밀리던 호면괴인이 입술을 움직였다. 전음으로 동료들에게 도움을 청하는 모습이었다.

파아아앗―

귀곡성 같은 굉음이 울리며 구릉 쪽, 서왕문도들이 결집해 있던 곳에서 무시무시한 굉력이 뿜어졌다.

결전 속에서 조각조각 베어져 바닥에 흩뿌려진 잡초 줄기들이 먹구름처럼 흩날렸다.

"크윽!"

경력에 휘말린 남궁가의 무사 몇 명이 피를 토하며 훌훌 날려갔다.

똑같은 호랑이 문신 얼굴에 짙은 청의를 걸친 평범한 체격의 사내!

그 사내가 경력이 쏟아진 곳으로부터 걸어오고 있었다.

청의사내가 장내로 나타나자 이제껏 죽기 전에는 멈추지 않을 것처럼 격렬하게 싸우던 호면괴인들이 고개를 숙이며 뒤로 물러났다.

회의괴인들을 뒤로 물린 청의괴인은 바닥에 있는 검 하나를 향해 발끝을 움직였다.

바닥에 나뒹굴던 검 한 자루가 허공으로 떠올랐다.

낚아채듯 검을 잡은 청의괴인은 느긋하게 미소를 지었다.

그 모습은 마치 오랫동안 떨어져 있었던 애완동물을 쳐다보는 듯했다.

검을 쥔 청의괴인은 무게를 가늠하기라도 하듯 검을 허공으로 한 바퀴 돌렸다.

우우웅—

슬쩍 한 바퀴 돌린 검끝에서 무거운 진동음이 울렸다.

너무 낮고 중후해서 오히려 소름이 끼쳤다.

소름이 끼치는 일은 연이어 일어났다.

검을 들자마자 허공으로 한 바퀴 돌린 후 미끄러지듯 움직인 사내는 제일 가까이에 있는 무적대원 한 사람에게 사정없이 그 검을 휘둘렀다.

무적대원 한 사람의 몸뚱이가 짚단처럼 두 동강이 났다.

"후후!"

처음으로 청의사내의 입에서 인간의 목소리가 흘렀다. 그것은 놀이를 하는 아이 같은 웃음이었다.

"피하시오!"

소림의 해원 대사(海貝大師)가 고함을 지르며 장력을 뿌렸다.

휘이잉—

장력은 청의사내가 장난스레 흔든 검끝에서 증발하듯 사라져 버렸다.

혜원 대사의 장력을 흩어버린 청의괴인은 그 여세를 그대로 몰아 검을 휘둘렀다.

쐐애액—

검끝에서 시퍼런 불길이 일었다.

아지랑이처럼 아른거리며 쏟아지는 검광은 만약 지금이 밤이었다면 사위를 넓게 밝힐 만큼 강렬했다.

"크윽!"

남궁가 무사 하나의 팔이 검과 함께 떠올랐다.

계속해서 앞으로 쏘아지며 청의괴인은 입술을 달싹거렸다.

그러자 청의괴인의 등장과 함께 뒤로 물러서 있던 회의괴인들이 날개처럼 청의괴인의 양쪽에 포진하며 앞으로 쓸어 나왔다.

회의괴인들만으로도 위험천만한 상황이었다. 그런데 그보다 훨씬 더 괴물 같은 청의괴인으로 인해 무적대와 남궁가, 소림승들의 눈에는 짙은 경계심이 어렸다.

"후퇴하시오!"

청허가 고함을 지르며 청의괴인을 향해 주먹을 뻗었다.

퍼엉! 하는 폭음과 함께 청허의 권풍이 청의괴인의 가슴 한복판에 정확히 작렬했다. 그러나 청의괴인은 쓰러지기는커녕 입가에 짙은 미소를 피워 올렸다.

"아악!"

남궁석령이 비명을 질렀다.

청의괴인의 양쪽에서 학의 날개처럼 뻗어나가던 회의사내들이 갑자기 활짝 펼쳐지며 마구잡이로 공격해 나갔다.

그 와중에 서왕문 문도 한 사람의 검이 남궁석령의 어깨를 가르며 지나갔다.

호면괴인들을 신경 쓰며 빈틈이 생긴 탓이었다.

집단전에서 절정고수의 존재는 그래서 중요했다.

오른쪽 어깨를 다친 남궁석령이 재차 날아드는 사내의 검을 막으려 필사적으로 팔을 들어올렸다.

第七十七章
창룡금시(蒼龍金匙)

쨍—

　남궁석령의 검은 튕겨 나가고, 사내의 검은 남궁석령의 목을 향해
쾌속무비하게 날아들었다.

　남궁석령은 그대로 바닥에 드러누웠다.

　더 이상 피할 곳도 없는 자신의 복부를 향해 재차 사내의 검이 쑤셔
드는 것을 보며 남궁석령은 바닥이 무척이나 푹신하다는 느낌을 받았
다.

　파악!

　얼굴을 향해 뜨거운 피가 폭포수처럼 쏟아졌다. 남궁석령은 현실을
인식하지 못한 채 혼백이 달아난 눈으로 허공을 응시했다.

　갈래 머리를 귀엽게 뒤로 땋은 소녀의 기형검 두 자루가 사내의 팔
을 자르며 지나가고 있었다.

뒤이어 세 명의 서왕문 사내가 어린 소녀의 쌍검에 짚단처럼 무너졌다.

"밑에 쥐가 있어요!"

소녀가 소리쳤다.

"아악!"

복부로 쑤셔들던 검보다 쥐가 더 무서운지 남궁석령은 비명을 지르며 일어섰다. 이런 난장판 속에 쥐가 남아 있을 리 만무했다. 깜찍한 계집애가 자신을 일으키기 위해 꾀를 부린 것이다. 덕분에 목숨을 구하고 정신도 들었다.

남궁석령은 어깨를 지혈하며 다시 검을 잡았다.

콰앙!

저 앞쪽에서 포탄이 터지는 것 같은 굉음이 일며 청의괴인의 가슴에 시커먼 몽둥이가 연속으로 작렬했다.

청의괴인이 뒤로 주르르 밀렸다.

"천룡 공자?"

남궁석령은 눈을 부릅떴다.

무림맹 총단 비무대회에서 신성이 된 청년이었다.

처음에는 이상하게 느껴졌지만 갈수록 신들린 듯한 춤사위를 펼치며 중원의 모든 무공을 무력화시키던 모습이 떠올랐다.

그때는 분명 그렇게 느꼈다.

저 청년이 누구를 이겼다는 생각보다는 저 청년이 상대를 무력화시켰다는 생각이 더 강하게 들었다.

그 느낌은 소림의 청허와 대결할 때 가장 확연했다.

묘하게도 두 사람은 다시 이곳에 있었다.

절체절명의 위기에서 벗어나자 온몸에 힘이 빠지는 것을 느끼며 남궁석령은 휘청 흔들리는 몸을 가까스로 바로 세웠다.

쾅!

진우청은 용호곤으로 느껴지는 이질감에 주춤하며 마주한 괴인을 노려보았다.

얼굴은 호랑이이고, 몸은 마치 청동 괴물 같았다.

분명히 무복 안으로 다른 것을 받쳐 입은 것 같지는 않았는데 철판을 두드린 것 같은 느낌을 주었다.

그건 조송령도 마찬가지였다.

쾌속하게 뿌린 쌍검 끝에 걸린 사내의 손목은 부러지거나 잘리지 않고 쌍검을 튕겨낸 후 옆에 있던 경설형을 향해 검을 휘두르고 있었다.

"뭐지, 저 인간들은?"

운가목이 조송령의 곁으로 달려오며 물었다.

그 역시 복면인들을 공격하다가 검의 이빨이 뭉텅 빠져 있었다.

"강시 아닌가요?"

조송령이 반문했다.

"저렇게 멀쩡한 강시도 있어?"

운가목은 눈을 가늘게 뜨며 경설형 등과 상대하는 사내들을 살폈다.

도검을 맨손으로 쳐내면서도 상처는 고사하고 흔적조차 나지 않는 모습을 봐서는 강시라는 착각이 들 만도 했다. 그러나 보지는 못했어도 강시라는 것은 살갗부터 보통 사람과 달리 푸르죽죽하게 죽은 색깔이거나 시커멓다고 들었다. 또한 그것들은 이지(理智)가 없고, 조종하는 자들의 의지에 따라 움직였다.

이들은 조종하는 사람이 있거나 이지가 없어 보이지 않았다.

마치 싸우는 것이 지상 목적인 듯 저돌적으로 공격하는 모습은 강시를 방불케 했지만, 서로 눈빛을 교환하거나 입술을 달싹거려 신호를 주고받는 모습은 절대로 강시가 아니었다.

'그렇다면 외가기공(外家氣功)을 극한으로 익힌 고수?'

운가목은 고개를 저었다.

저 정도 능력을 발휘하려면 나한기공(羅漢氣功), 강기일식(剛氣一息)을 넘어 금강불괴(金剛不壞)에 가까워야 한다.

현 무림에서 그런 경지에 도달한 사람의 이름을 들어본 적이 없다.

펑!

용호곤에 가격당한 사내의 가슴에서 다시 폭음 같은 굉음이 터졌다.

조송령의 두 눈이 크게 뜨여졌다.

어제 진가장을 침입한 놈들은 진우청의 손아귀에 붙잡히자마자 팔다리가 수수깡처럼 부러져 나갔다. 그런 진우청의 공격을 두 번이나 정통으로 가격당하고도 죽지 않는 인간이 있다는 것이 그녀는 도저히 믿어지지 않았다.

쩽!

이번에는 경설형의 검이 다른 사내의 가슴을 두드렸고 사내의 가슴에서 금속음이 터졌다.

그건 마치 청동인의 신체를 검으로 두드린 것과 같은 모습이었다.

쾅!

진우청은 용호곤으로 정면으로 다가드는 호면괴인을 두드리며 측면으로 다가드는 사내의 가슴으로 발길을 날렸다.

한참이나 뒤로 밀린 사내는 얼굴을 찌푸리며 가슴을 주물렀다. 그도 이번에는 충격을 받은 모양이었다.

그들은 입술을 달싹거렸다.

전음으로 자신들끼리 의사소통을 하는지, 그것을 신호로 다른 세 명의 사내가 광적으로 움직이기 시작했다.

"어엇!"

운가목과 조송령이 경초성을 토했다. 이제끼지도 무지막지하던 사내들의 공격이 훨씬 더 무지막지하게 쏟아졌다.

"옆으로 물러서!"

경설형이 고함을 지르며 야차같이 검을 휘둘렀다.

"우리도 도와!"

운가목도 고함을 지르며 조송령과 함께 전권으로 뛰어들었다.

자신들을 이렇게 몰아붙일 수 있는 인간들이 있다는 데 대해 그의 눈빛은 크나큰 당혹감으로 물들었다.

"진 시주!"

진우청이 있는 곳까지 밀려온 청허가 가쁜 숨을 몰아쉬며 고함을 질렀다.

일단을 안도하는 마음이 들었다.

놈들이 하남진가에까지 도착하기 전에 먼저 소식을 전해 피신시키고, 아울러 놈들을 막을 생각이었는데 그 아들이 왔으니 진가장은 무사하다고 생각해도 될 것 같았다.

"시주의 가족들은?"

"덕분에 무사하오!"

진우청은 같이 소리를 지르며 청허와 어깨를 나란히 했다.

서왕문 졸개들은 별문제가 아니었다.

남궁가와 소림의 가세로 인해 그들은 지리멸렬해질 수도 있었다.

　문제는 그들 속에서 튀어나온 호랑이 얼굴 문신의 회의인들과 청의 괴인이었다.

　웬만한 공격에는 끄덕도 하지 않는 괴물들!

　그 괴물들이 이곳저곳을 들쑤시며 전세를 쉴 새 없이 파국으로 이끌고 있었다.

　맨손으로 싸우는 회의괴인들과 달리 청의괴인은 검을 쥐었고, 신들린 듯 휘둘렀다. 웬만한 고수라도 가까이 갈 엄두를 내지 못할 정도였다. 또한 그가 휘두르는 검끝에는 털끝만큼의 자비심도 묻어 나오지 않았다.

　매번 휘두를 때마다 치명적인 급소를 베고 찔렀다. 그래서 아무도 그 앞을 막아서지 못하고 있었다.

　진우청이나 북제성 문도들이 아니면 상대할 엄두도 내지 못할 고수였다.

　"후후!"

　다가오던 청의괴인이 예의 그 기분 나쁜 웃음을 흘렸다.

　"대체 정체가 뭘 것 같소?"

　청허는 혼란스런 눈으로 진우청을 바라보며 물었다.

　"혹시 소림사에서 탈출한 십팔동인 중 한 명이 아니오?"

　진우청은 어디선가 주워들은 말을 떠올리며 같이 물었다.

　"지금 농담이 나오시오?"

　"농담이 아니라 소림이 아니라면 어디서 저런 인간들을 키우겠소?"

　진우청은 용곤과 호곤을 하나로 합치면 답했다.

　"그렇게 따지자면 북제성이야말로……."

　청허의 말은 더 이상 이어지지 못했다.

천천히 다가오다가 훌쩍 날아오른 청의괴인의 검이 태산압정의 수법으로 떨어져 내렸다.

콰앙!

청허의 손에서 대력금강장이 터져 나갔다.

무림맹 비무대회에서 진우청과 대결을 벌인 이후 일성은 더 성취를 이룬 장력이었다.

찌이잉—

떨어져 내리던 사내의 검이 세찬 물줄기에 휩싸인 듯 주춤거렸다.

그러나 그것도 잠시, 청의괴인의 검은 물살을 헤집는 잉어처럼 청허를 향해 날아들었다.

까앙!

용호곤이 청허의 주먹에 한발 앞서 청의괴인의 검을 막았다.

신우청은 내심 탄성을 삼켰다. 청의괴인의 검에는 이제껏 용호곤을 마주쳐 본 그 어떤 힘보다 강한 힘이 실려 있었다.

파츠츠츠—

튕겨 나간 듯싶었던 청의괴인의 검이 섬전처럼 방향을 바꾸며 기음을 뿜어냈다.

"어헛!"

청허가 경호성을 토했다. 기음과 함께 청의괴인의 검끝에서 시퍼런 불길이 일었다.

'검기?'

진우청은 예전에 휘주에서 유화성의 검이 뿜어내던 그 불길을 떠올렸다.

유화성의 검이 뿜어내던 불꽃이 정순한 샘물 같은 빛깔이라면 청의괴인의 검에서 뻗어 나오는 불길은 황하의 황톳물같이 탁한, 그러면서도 노도 같은 불길이었다.

"비키시오!"

진우청은 청허를 밀치며 용호곤을 휘둘렀다.

천룡후의 숨결이 스며든 용호곤에서도 뽀얀 서리 같은 기운이 뻗어 나왔다.

번쩍!

두 개의 기운이 마주친 곳에서 섬광이 터졌다.

그 섬광은 쳐다보는 것만으로도 눈이 멀어버릴 정도로 강했다.

근처에 있던 사람들이 자신도 모르게 눈을 감으며 고개를 돌렸다.

그 사이로 두 명의 호면괴인이 날아들었다.

"사숙! 저놈을!"

경설형이 같이 날아들었다. 그가 몸을 빼면 운가목과 조송령이 각각 두 명의 호면괴인을 상대하게 되어 위험했지만, 우선 이들 호면괴인을 막는 것이 급선무였다. 그가 호면괴인들을 막는 사이 아무 방해를 받지 않은 진우청이 청의괴인을 쓰러뜨려 주면 전세를 돌릴 수 있는 것이다.

경설형의 검에 막혀 두 명의 호면괴인이 주춤거리는 사이, 진우청은 청의괴인을 향해 몸을 날렸다.

이놈을 처치해야만 숨을 돌릴 수 있을 것 같았다.

자신보다 사질들이 문제였다.

그들은 지금 극한의 내공을 끌어올리고 있다. 그것은 북제성 문도들로서는 금제를 깨고 파국으로 치닫는 행위였다. 계속 이런 식으로 싸운다면 사질들은 여기서 혈맥이 터져 죽든지, 창룡금시를 가지고 북제성으로 가기도 전에 쓰러질 수도 있었다.

휘리릭—

청의괴인의 검이 현란하게 움직였다.

내력만 무서운 게 아니었다. 검법 역시 절정고수의 수준이었다.

진우청은 용호곤을 등 뒤에 꽂았다.

용호곤을 놓은 진우청의 어깨가 아지랑이처럼 가볍게 흔들렸다.

검을 휘두르던 청의괴인의 눈에 흠칫 당혹감이 번졌다. 마치 길을 잃은 듯한 어린애 같은 눈빛이었다.

휘리릭—

잠시 주춤했던 청의괴인은 다시 현란한 검법을 펼쳤다.

퍼엉!

청의괴인의 검로 사이를 파고든 진우청의 손이 청의괴인의 어깨를 두드렸다.

청의괴인의 몸에서 강한 반탄력이 느껴졌다.

그것은 내력에 의한 반탄력이 아니었다. 갑옷 위를 때리면 이런 느낌일 것 같았다.

천잠보의(天蠶寶衣)도 아닌 얇은 청의 한 벌이 이런 위력을 발할 수는 없었다.

중첩된 의문을 뒤로한 채 진우청은 연속해서 손을 뻗었다.

이번에는 주먹으로 청의괴인의 가슴을 가격했다.

청의괴인이 잠시 괴로운 표정을 지었지만 더욱 맹렬하게 검을 휘둘렀다.

"크윽!"

옆에서 경설형이 답답한 신음을 토했다.

호면괴인의 공격에 의해서가 아니라 북제성이 안고 있는 천형 때문
이었다.

연속해서 극한의 내력을 끌어올리다 발작의 기운이 나타난 것이다.

"사질!"

청의괴인의 검을 쳐내며 진우청은 고함을 질렀다.

"어서 그놈을!"

경설형은 말을 끝까지 잇지 못하며 호면괴인 두 명을 몰아붙였다.

그의 입에서 연신 선혈이 흘러내렸다. 저런 상태가 계속되면 경설형
은 혈맥이 터져 죽을 것이다. 조금 나은 상태이긴 해도 조송령과 장위
봉의 입에서도 선혈이 흘러내렸다.

진우청은 온 호흡을 끌어올렸다.

눈썹 없는 노인과 싸울 때의 위험을 감수하더라도 청의괴인을 단번
에 쓰러뜨려야 했다.

그러지 않고는 사질들을 빼낼 수가 없었다.

'이번에도 그때처럼 모든 기력이 다 빠져 버릴까?'

진우청은 쌍장을 쭈욱 뻗었다.

콰아앙!

진우청의 양 손바닥에서 백색의 기류가 터져 나왔다.

거대한 용의 모양을 한 백색 기류가 해일처럼 청의괴인을 휩쓸어갔
다.

청의괴인의 눈이 공포로 물들며 미친 듯이 검을 휘둘렀다.

검이 동강 나며 청의괴인의 몸이 천룡후에 휩쓸렸다.

"크아악!"

처절한 비명과 함께 청의괴인의 몸이 두 배는 더 크게 부풀어 오르

다 폭죽처럼 터졌다.

붉게 터져 나가는 혈화들과 살 조각!

멍하니 지켜보던 남궁석령은 질끈 눈을 감아버렸다.

그건 다른 사람들도 마찬가지였다.

극강의 장력에 가슴이 온통 무너지는 광경은 보았어도 이렇게 한 인간이 산산조각이 나는 광경은 보지 못했다. 이야기책 속에서나 보았던 끔찍한 광경이었다.

모든 싸움이 중지되고 시간마저 정지된 듯 적막이 감돌았다.

"사숙!"

장위봉이 놀란 눈으로 진우청을 쳐다보았다.

성주님으로부터 누누이 들었던 자신들의 금제!

진우청이 방금 뿌린 힘은 그것을 완전히 무너뜨리고 당장 내장이 핏물로 녹을 만한 수준이었다.

휘청!

온 힘을 다해 천룡후를 펼친 진우청은 다리에 힘이 풀리는 것을 느끼며 신형을 비틀거렸다.

공손후상이라 했던가!

눈썹 없는 노인과 공전절후의 대결을 벌였을 때와 똑같은 느낌이었다.

그때도 이렇게 손끝 발끝의 힘이 모두 빠져나가며 까마득히 정신을 잃었다.

백운, 해천 두 노인이 없는 이곳에서 이렇게 드러누우면 다시는 일어나지 못할 것이다.

털썩!

진우청은 온몸에 한 점 기력도 남김없이 빠져나간 느낌을 받으며 바닥으로 쓰러졌다.

“사숙!”

“사숙!”

경설형과 소송령의 목소리가 아득하게 들려왔다.

저들은 아직 살아 있으니 다행이란 생각이 들었다. 그런데 저들의 힘으로 남은 호면괴인들을 물리칠 수 있을지 걱정이 되었다.

그러다 보니 온갖 걱정이 다 들었다.

가족들!

그리고 북제성에 있는 사백과 사형들!

타우와 초하이 같은 중늙은이 사질들과 조송령 같은 파릇파릇한 사질들!

자신이 여기서 쓰러지면 그들은 앞으로 어떻게 될 것인가?

제자들이 운명을 바꾸고자 온갖 고생을 한 큰 사배의 죽음은 헛된 노력이 될 것인가?

‘후후!’

진우청은 허탈한 웃음을 삼켰다.

당장 자신의 목숨이 어떻게 될지 모르는 놈이 별걱정을 다 한다는 생각이 들었다.

그보다 온몸의 기력이 다 빠진 진공 같은 상태에서 너무 많은 생각을 하고 있었다.

눈썹 없는 노인에게 천룡후의 기운을 모두 터뜨린 후에는 단 한 조각의 생각도 하지 못하고 나락으로 빠져들었었다.

그런데 지금은?

온갖 생각과 온갖 걱정을 다하고 있었다.

우우웅─

가슴에서부터 단전으로 뜨거운 기류가 회오리쳤다.

진우청은 벼락을 맞은 듯이 벌떡 일어섰다.

어느새 온몸의 기력이 되돌아와 있었다. 그래서 생각을 계속하고, 걱정도 계속하고 있었던 것이다.

창룡금시!

지금 가슴속에 그것을 지니고 있었다.

그것이 눈썹 없는 노인과의 대결 후와는 달리 순식간에 기력을 보충시켜 준 것이다.

"사, 사숙!"

두 눈 가득 눈물을 머금은 조송령이 놀란 눈으로 진우청을 쳐다보았다. 눈물뿐만 아니라 그녀의 입가에는 더욱 많은 선혈이 흘러내리고 있었다. 경설형과 마찬가지로 극성의 내력을 끌어올려 발작의 증상이 나타난 것이다.

"괜찮으냐?"

진우청이 걱정스레 물었다.

"저, 전 괜찮아요. 그런데……?"

"그럼 좀 쉬어라. 이제 제대로 두들겨 봐야겠다."

진우청은 다시 용곤과 호곤을 하나로 합쳤다.

천룡후를 아무 걱정 없이 터뜨릴 수 있다면 더 이상 거칠 것이 없었다.

그동안 자신 역시 다른 북제성 사람들처럼 그 금제에 묶여 조심에 조심을 거듭했다.

되도록이면 춤사위만으로 상대했고, 그 춤사위에 제대로 된 기운을 끌어올리지 않았다.

그러나 이젠 다르다.

이젠 제대로 된 춤사위를, 제대로 된 천룡후의 위력을 보여줄 수 있다.

"네놈들도 우리 집으로 쳐들어오는 길이겠지?"

청의괴인의 죽음에, 아니, 천룡후의 대폭발 이후에 정지된 듯 서 있는 호면괴인을 향해 진우청은 용호곤을 쭉 내밀었다.

우두머리를 잃고 전의를 상실할 만도 하건만 호면괴인은 다시 손을 들어올렸다.

진우청은 호면괴인의 손을 향해 맹렬히 용호곤을 휘둘렀다. 동시에 아랫배 가득 뭉쳐 두었던 힘을 아무 거리낌 없이 용호곤에 실었다.

퍼억!

강철 막대기보다 더 강하게 무적대의 검을 쳐내던 회의인의 팔이 뚝 꺾었다.

"크윽!"

호면괴인이 낮은 비명을 질렀다.

"네놈들도 사지 중에서 두 개는 부러뜨려 주마!"

진우청은 또 한 명의 호면괴인을 향해 용호곤을 휘둘렀다.

호면괴인이 펄쩍 뛰어오르다가 다리를 가격당하고 떨어져 내렸다.

땅바닥을 짚은 다리가 기형의 각도로 꺾이며 호면괴인은 비명을 질렀다.

진우청은 남은 다리 하나를 더 분지른 후에 미끄러지듯 다른 호면괴인에게로 달려갔다.

“누가 괴물인지 모르겠구나.”

남궁상조가 고개를 설레설레 흔들었다.

그는 오늘 하남진가를 습격하는 무리들을 막으라는 무림맹주의 간단한 명령을 수행하러 왔다가 지옥을 경험한 기분이었다.

조카딸을 잃을 뻔하기도 했고, 호면괴인 한 사람이 공격에 죽을 뻔하기도 했다.

“어쨌든 저들을 제압하여 정체를 캐봅시다. 아미타불!”

소림의 혜원 대사가 불호를 나직하게 외치며 말했다.

“이젠 동료들의 원수를 열 배로 갚는다.”

괴물이나 마찬가지인 존재들의 위협에서 벗어난 무적대 일조장 서한적이 이를 갈며 앞으로 치고 나갔다. 그를 따라 남은 대원들도 아수라와 같은 눈빛으로 서왕문 문도들을 향해 달려들었다.

영원히 끝날 것 같지 않던 싸움이 막바지로 치닫고 있었다.

남은 호면괴인은 이제 한 명뿐이었다.

나머지는 모조리 드러누워 있었다.

그들을 향해 소림승과 남궁가의 무사들이 조심스럽게 다가들었다.

워낙 괴물 같은 존재들이었기에 사지 중 두 개가 꺾여 쓰러진 상태에서도 위협적이었다.

실제로 몇 명의 무사들이 쓰러진 채 휘두르는 그들의 발악적인 권각에 큰 부상을 입었다.

퍼억!

천룡후의 호흡을 마음껏 실은 용호곤에 마지막 남은 호면괴인도 갈비뼈 몇 개가 함몰되며 바닥을 뒹굴었다.

바닥으로 무너지면서도 그는 마지막 발악을 멈추지 않고 주먹을 휘둘렀다.

진우청은 한숨을 내쉬며 뒤로 물러났다.

마무리는 다른 사람에게 맡기고 자신은 어서 사질들의 상태를 살필 생각이었다.

그 순간 진우청은 온몸으로 밀려드는 이질적인 기운에 급히 고개를 돌렸다.

쓰러진 호면괴인들의 입가에서 희미한 웃음이 느껴졌다. 그리고는 신형이 부풀어 오르기 시작했다.

“모두 피하시오!”

진우청은 벼락 치듯 고함을 질렀다.

천둥 같은 고함에 호면괴인을 포위하며 다가들던 사람들이 흠칫 움직임을 멈추었다.

“어서!”

다시 한 번 고함은 지르자 모두들 뒤로 몸을 피했다.

콰앙—!

폭음과 함께 호면괴인들의 몸이 동시에 터져 나갔다.

그들은 더 이상 싸움이 불가능할 정도의 상처를 입고 포로가 될 상황에 놓이자 스스로 몸을 터뜨려 자신들의 정체에 대한 아무런 단서도 남기지 않고 육편으로 변하고 말았다.

급히 몸을 피했던 사람들은 한동안 아무 말도 못하고 서 있었다.

“아미타불!”

“아미타불!”

소림승들이 급급히 합장을 하며 불호를 외쳤다.

전혀 예상하지 못했던 끔찍한 장면에 소림승들은 불호를 외치면서 눈을 질끈 감고 있었다.

사방으로 터져 나간 육편과 혈화에 아무리 수양 깊은 소림승들이라도 한동안 평정심을 찾지 못했다.

진우청은 긴 숨을 토해내며 주위를 둘러보았다.

무적내에 도륙되고 남은 시왕문 문도들이 뿔뿔이 흩어지고, 싸움이 완전히 멈춘 들판에는 소림승들의 불호 소리만이 자욱한 혈향을 씻어내고 있었다.

"괜찮소?"

진우청은 경설형에게 다가갔다.

여기로 온 사질들 중 가장 많은 내력을 끌어올린 그는 심한 고통을 겪고 있었다.

진우청은 경설형의 맥문을 잡았다.

흑궁의 인물들만큼 심하지는 않았지만 그들과 같은 천형의 전조가 나타나고 있었다.

"흐읍!"

진우청은 비무대에서 흑궁의 역현강에게 했던 것처럼 경설형의 맥문에도 호흡을 불어넣어 진탕된 기운을 눌렀다.

고통스러워하던 경설형의 얼굴이 조금 편안해졌다.

"너도!"

진우청은 운가목에게 손을 내밀었다. 운가목 역시 경설형, 조송령과 마찬가지로 입가에 선혈을 물고 있었다.

운가목의 맥문에도 진기를 불어넣으려던 진우청은 생각을 바꾸었다.

'어디!'

진우청은 품속에 있는 창룡금시를 꺼내 커다란 손바닥에 숨긴 후 운가목의 가슴에 대고 반응을 살폈다.

"어떠냐? 고통이 사라졌느냐?"

운가목은 여전히 인상을 쓰며 고개를 저었다.

창룡금시는 진우청 자신에게만 효력이 있는 것이다.

'그렇다면 어떻게 이것이 북제성의 금제를 푼단 말인가?'

진우청은 짧은 의문에 잠겼다가 운가목의 맥문을 잡고 호흡을 불어넣었다. 우선은 그게 먼저였다.

운가목에 이어 조송령의 기혈까지 진정시킨 진우청은 남궁가와 소림의 명숙들에게 인사를 나눈 후 무적대와 함께 집으로 향했다.

*   *   *

서서히 조직과 체계를 갖추어가는 무림맹 총단에 급박한 움직임이 느껴졌다.

조직이 정비되고 하루하루 처리하는 정보량이 많아져 전서구들의 비상도 점차 늘어났다. 그리고 최근 며칠 동안은 모든 전서구를 다 날려도 모자랄 정도가 되었다.

그건 대부분 남패천에서 날아온 것이었다. 하지만 맹주의 관심은 딴 곳에 있었다.

"하남에서는 아직도 연락이 오지 않았느냐?"

무림의 복잡한 상황을 보고서로 대충 읽던 맹주는 초조한 마음으로 곽자서를 쳐다보았다. 무림의 긴박한 상황도 중요했지만, 그에게는 진우청 가문의 소식이 더 중요했던 것이다.

서왕문과 동방회 놈들이 뭔가 눈치를 채고 진우청 가문을 치고 그 가족들을 인질로 잡으려 하는 것인지, 아니면 단순히 사적인 복수를 위해 진가장을 치려는 것인지는 현재로선 알 수 없지만, 진가장에 참극이 일어난다면 진우청의 행보는 예측할 수 없는 것이다. 아울러 북제성의 미래도 함께…….

남패천 비원각의 급보를 받는 즉시 하남의 진가장을 보호하기 위해 온갖 수단을 동원했지만 놈들이 한발 빠를 수도 있었기에 초조한 마음을 금할 길이 없었다.

"오늘 안으로 천리비합이 도착할 것입니다. 그러니 마음을 편히 하십시오, 사백!"

곽자서 역시 초조한 마음을 감추지 못한 기색으로 말했다.

그들의 심정을 헤아리기라도 하듯 비진각의 무사 한 사람이 서찰을 들고 들어왔다.

노심초사 기다리던 진가장의 소식이었다.

"오오!"

서찰을 다 읽은 맹주는 안도의 탄성을 토했다.

곽자서도 참지 못하고 빼앗듯이 서찰을 건네받아 읽었다.

"정말 다행입니다, 사백!"

"그렇구나. 정말 다행이구나. 그런데 어떻게 그 아이가 본가에 한발 먼저 도착했는지 모르겠구나. 황산으로 간 줄 알았는데……."

안도의 기운이 가라앉은 맹주가 의구심을 드러내며 말했다.

"아마 황산으로 가는 도중 가형의 혼사 소식을 들은 모양입니다. 큰 부잣집이니 그럴 만도 하지요."

곽자서가 아무럼 어떠냐는 표정으로 답했다.

"그렇기도 하겠구먼. 어쨌든 다행일세."

안도의 한숨을 길게 내쉰 맹주는 같이 전해진 서찰에도 눈길을 보냈다.

"그런데 이건 또 무슨 얘긴가?"

맹주의 표정이 급격히 굳어졌다.

"왜 그러시는지요, 사백?"

곽자서가 고개를 빼고 시선을 서찰로 향했다.

서찰에는 하남에 나타난 서왕문의 호랑이 문신 얼굴을 한 고수들에 대한 사항이 적혀 있었다.

"경설형이 제대로 제압할 수 없는 외공의 고수가 서왕문에 있었단 말입니까, 그것도 몇 명씩이나?"

곽자서는 그들 호랑이 얼굴의 고수들을 상대하다 제자 경설형과 운가목, 조송령이 내상을 입었다는 내용을 읽고 걱정보다는 놀람의 감정을 먼저 드러냈다.

경설형이 누구인가?

자신의 제자라서가 아니라, 당당한 북제성의 한 인물이기에 일개 방파의 장문인과 대결을 벌인다 해도 큰 걱정을 안 할 것이다. 그런데 그들 두 명을 상대로 내상을 입었다면?

"주화입마!"

곽자서는 뒤늦게 고함을 질렀다.

제자 경설형이 내상을 입었다는 것은 극성의 공력을 끌어올렸다는 것이다.

상대를 공격하다가 그랬건, 상대에게 당해서 그랬건 그건 북제성 문도에겐 최악의 상황이다.

"대체 이놈들이 누구기에?"

곽자서는 다시 한 번 보고서를 읽었다.

그들 손에 경설형뿐만 아니라 남궁가와 소림, 그리고 무적대원들까지 많은 피해를 입었다고 적혀 있었다.

다행히 한발 앞서 분기에 도착한 진우청의 개입으로 모두 격퇴되고, 마지막 순간 폭혈마공으로 아무런 흔적을 남기지 않고 터져 정체마저 알 수 없게 되었다 한다.

"도저히 믿을 수가 없군요. 설형이와 운가목과 조송령, 그 아이들이 한꺼번에……."

곽자서는 호랑이 얼굴 문신을 한 괴인들에 대한 의구심과 제자들에 대한 걱정이 뒤섞인 표정으로 맹주를 바라보았다.

맹주의 얼굴 역시 복잡한 기운이 만연했다.

"여기도 놈들이 나타났네."

맹주가 세 번째로 읽은 보고서는 남패천에서 온 것이었다.

서왕문의 군사들 속에서 갑자기 나타난 호면괴인들로 인해 남패천의 지부 다섯 곳이 순식간에 무너졌다는 내용이었다.

곽자서는 고개를 갸웃거렸다.

하남에서와 마찬가지로 다섯 명의 고수들이었다.

"그렇다면 그들이 남패천의 지부 다섯 곳을 무너뜨리고 하남으로 가서 폭혈마공을 터뜨리고 사라졌단 말입니까?"

"그건 아닐세. 하남에서 그들이 나타난 때와 남패천 지부가 초토화된 때는 며칠 사이일세. 날아다닌다 해도 불가능해."

맹주는 무겁게 고개를 흔들었다.

두 곳에서 나타난 고수들이 동일인이라면, 이제 그들은 폭사해 버렸으니 걱정할 것이 없었다. 그러나 그들은 서로 다른 인물들이었다. 그렇다면 그런 고수들이 더 있을 수 있다는 말이다.

"대체 그들의 정체가 무엇이란 말인가?"

맹주는 무림맹의 정보 요체인 비영각(秘影閣)에서 올라온 서류들을 재차 바라보며 혼잣소리처럼 말했다.

전혀 정체가 드러나지 않은 괴물 같은 절정고수들!

짙은 회의에 얼굴에는 호랑이 문신을 한 그들 개개인의 무위는 북제성의 문도와도 맞먹을 정도라 했다.

그런 고수들이 이제껏 알려지지도 않다 갑자기 나타날 수 있단 말인가?

그들로 인해 남패천의 지부 다섯 곳이 초토화되었다.

집단전은 마치 잘 쌓아 올린 탑을 공략하는 것과 같다.

가장 아래쪽을 받치는 초석을 하나 빼어버리면 탑은 쉽게 무너진다. 그러나 그런 돌을 뽑아내기란 결코 쉽지가 않다.

복면을 쓴 열 명의 고수는 그 초석이라 할 수 있는 돌을 빼내는 역할을 했다.

그것도 너무 간단히 해버리는 바람에 남패천의 지부는 제대로 저항 한번 해보지 못하고 하룻밤 사이에 무너졌다.

이런 상태라면 남패천 총단까지 놈들의 마수가 뻗치는 것은 시간문제였다.

북제성의 출현과 함께 예상치 못했던 정파무림맹의 건립으로 서왕문의 움직임이 주춤해서 내심 안도하고 있던 남패천주 구양천은 예전보다 오히려 더 큰 위기감을 느끼고 무림맹으로 대지급의 전서를 연일 날려오는 것이다.

세력으로 따진다면야 서왕문에 뒤질 남패천이 아니다.

하지만 이런 극강의 고수와 함께 동방회의 파상적인 물량 지원은 남패천을 서서히 사면초가에 빠지게 한 것이다.

전쟁에 있어서 무력만큼이나 중요한 것은 바로 물자다.

물자의 공급이 제대로 되지 않는다면 아무리 고수라도 제대로 싸울 수 없다.

동방회의 금력은 남패천으로 향하는 물자의 공급을 서서히 틀어막았다.

남패천의 이름으로는 옷 한 벌도, 쌀 한 가마니도 쉽게 살 수 없었다.

아무리 도검으로 상인들에게 위협을 주어도 산지에서부터 공급이 안 되는 것을 어쩔 수 없었다.

결국 비원각의 한 소식은 그 산지란 곳까지 하나하나 되짚어 올라갔다. 마지막으로 도달한 곳은 목화 농사를 짓는 농가였다.

그러나 목화 농사를 하는 그곳의 농민을 탓할 수도 없었다.

동방회에서 예전 시세의 배나 되는 가격을 주고 사 가는 데야 도리가 없는 것이다. 농민들을 보고 다시는 그놈들에게 팔지 말고 예전처럼 반값에 팔라고 창칼로 윽박지를 수도 없는 노릇이었다.

그렇게 동방회가 서서히 남패천의 목을 조이는 상황에서 서왕문의 군사들은 남패천 총단을 향해 빠르게 진군해 가고 있었다.

"서왕문이 어떻게 그런 고수들을 키웠단 말입니까? 혹시 흑궁의 공손후상이 키운 인물들이 아닐까요?"

곽자서는 조심스럽게 말했다.

"나도 처음에는 언뜻 그런 생각을 했다네. 하지만 한두 명도 아니고,

최소한 열 명이네. 그런 인원들을 키울 수는 없네.”

“그럼 대체······?”

곽자서는 풀리지 않는 의문에 눈 사이를 내내 좁히고 있었다.

“아주 오래전에 사천당문에서 여러 가지 독으로 그런 괴물들을 만들려는 시도를 한 적이 있다는 소문을 들었네. 하지만 중도에 실패하고, 그 이후로는 시도조차 하지 않았다고 했네.”

“서왕문과 당문은 밀접한 관계에 있으니 서로 합작해서 그런 괴물들을 만들 수도 있겠군요. 당가, 그 사악한 놈들이······.”

곽자서는 눈에 불을 켰다.

“그렇게 단정할 수만도 없네. 예전에 당문에서 시도했던 괴물들과 이 서찰의 내용은 너무 다르네. 당가에서 시도했던 괴물은 강시에 더 가까웠네. 이렇게 붉은 피를 흘리고, 어느 정도이긴 하지만 이지(理智)를 가지진 않았네.”

맹주는 고개를 흔들었다.

아무리 추측해 보아도 이번의 괴사는 짐작이 가지 않았다.

“온 무림맹에 명을 내리게, 그들에 대해 철저히 조사하라고. 아울러 하남 전역에는 비상 동원 태세를 갖추게 하게. 또다시 진가장이 습격 당하면 안 되니 말일세.”

맹주는 서둘러 지시했다.

第七十八章
유화결의 소시

"으흑!"

경설형은 답답한 신음성을 토했다.

혈전을 치르고 진가장으로 돌아온 후 벌써 세 번째로 일어나는 발작이다. 예상보다 심각한 상태였다.

진우청은 급히 경설형의 맥문을 잡았다. 경설형의 기혈은 이젠 흑궁의 사람들 못지않게 역류하고 있었다. 회의인들을 상대하며 단시간에 너무 큰 공력을 끌어올린 결과였다.

경설형의 본신 내력이라면 웬만한 상대들은 칠성 이상의 공력은 끌어올리지 않고도 싸울 수 있었다. 하지만 회의인들을 상대하며 극성의 공력을 끌어올렸다. 그로 인해 발작의 증상이 급격히 나타나고 있었다.

정도의 차이는 있지만 운가목과 조송령도 마찬가지일 것이다.

진우청은 운가목의 맥문에 호흡을 불어넣었다.

"으윽!"

운가목이 신음을 토했다.

아직 어린 몸이라 경설형보다 조금 늦게 발작했지만 흑궁의 사람들 못지않게 혈맥이 진탕되고 있었다.

"어, 어떡해요, 사숙?"

을지소소가 울상이 되어 진우청을 쳐다보았다.

진우청이 창룡금시를 손에 넣었다는 것을 알지 못하는 그녀에게 있어서 경설형과 운가목의 발작은 그야말로 날벼락이었다.

그들 사부 대에서는 조금 빠르게 발작하고, 그들 대에서는 또 조금 더 빠르게 발작한다는 사실은 알고 있었지만 그래도 최소한 일, 이십 년은 여유가 있을 줄 알았다. 그런데 그 저주받은 형벌이 지금 당장 가해지고 있었다.

"최대한 깊고 느리게 숨을 쉬어라."

진우청은 운가목의 맥문에 길고 굵은 호흡을 불어넣으며 말했다.

고통스러워하던 운가목의 표정이 서서히 편해졌다. 대신, 두 눈에 실린 공포의 기운은 더 진해졌다. 경설형이나 을지소소와는 달리 전 성주의 최후를 직접 보지 못한 것이 다행이었다.

내부가 썩어 문드러지고 나중에는 피부까지 썩어 눈과 입만 빼고는 온몸에 붕대를 감고 있던 모습을 보았다면, 아직 어린 나이인 운가목은 제정신이 아닐 것이다.

주르르—

을지소소의 눈에서 두 줄기 굵은 눈물이 흘러내렸다.

제자들에게만큼은 이런 처참한 운명의 굴레에서 벗어나게 하려고 인간으로서는 참기 힘든 고통을 감내하며 자신들을 여기까지 이끌고 온 전 성주님의 심정이 가슴에 사무쳤다.

이제 처음 시작되는 발작에도 저렇게 괴로운 표정을 짓는데, 전 성주님은 내부가 썩고 피부까지 썩어 문드러지는 고통을 어떻게 참았을까?

전 성주님뿐만 아니었다.

현 성주님도 저런 발작 증세는 오래전에 시작되었다고 했다. 내부가 썩어 들어가고, 이젠 외부로도 그 흔적이 나타나 눈썹이 많이 빠져 있었다.

무림맹주 직을 맡은 지금은 격무에 시달리며 훨씬 더 심해졌을 것이다.

을지소소의 마음이 산불 앞에 선 사람처럼 급해졌다.

"괜찮아, 사제? 그리고 사형!"

을지소소는 애가 타는 눈으로 경설형과 운가목, 그리고 조송령을 번갈아 쳐다보았다.

"떠나야겠소!"

두 사람의 기혈을 진정시킨 진우청이 결심한 듯 말했다.

"어, 어디로? 황산으로 말인가요?"

을지소소가 초조한 음성으로 말을 받았다.

"아니, 북제성 총단으로."

"그럼 창룡금시는?"

을지소소는 의아한 눈으로 진우청을 쳐다보았다.

처음에는 황산으로 곧장 가지 않고 이곳에 온 것이 이해가 되지 않았지만, 가형의 혼사가 얼마 남지 않았다는 것을 알고는 황산으로 가는 도중 잠시 이곳에 들른 것으로 생각하고 있는 그녀였다.

진우청은 잠시 망설였다.

마침 형의 혼사로 인해 창룡금시가 자신의 본가에, 어머니의 패물함 속에 있었다는 것을 감출 수가 있었지만 여기서 창룡금시를 보여주면 이들은 당장 짐작할 것이다.

이들이 남은 아니지만 감춰야 할 것은 끝까지 감추어야 한다. 그건 할아버지의 가르침 중 하나였다.

"가는 도중에 챙길 것이오."

짤막하게 답한 진우청은 이어 덧붙였다.

"생각 같아서는 형의 혼사가 끝난 후에 떠났으면 했지만 이젠 한시가 급하오. 가족들도 이해해 줄 것이오. 아버님께 허락을 받고 내일 떠날 테니 준비를 하시오."

진우청은 몸을 일으켰다.

"무슨 일인지는 모르겠지만 네 뜻대로 하거라. 칼날 위에서 살아가는 무인의 삶이 범인과 같을 수야 없는 법이지. 하지만 몸조심하거라."

형의 혼사도 지켜보지 못하고 떠나야겠다는 말에 조부는 단 한 마디토도 달지 않고 승낙했다.

까딱했다간 멸문당했을지도 모를 며칠 전의 변고를 통해 조부는 진우청 주변에 이는 심상치 않은 기운을 감지하고 있었다. 그 기운이 너무 거세어서 가문의 힘으로는 도저히 막을 수 없었다. 그러기에 조부와 부친은 오히려 진우청을 북제성으로 보내고 싶어 했다. 천하사패의 한곳인 그곳은 진우청을 보호해 줄 것이란 생각을 하고 있는 것이다.

"이곳 걱정은 하지 말아라. 처음에는 아무것도 예상치 못해 당했지만 이젠 우리도 호락호락하지 않다. 이리저리 손을 써서 지부대인과 더 나아가 총독순무에게도 연락을 해놓았다. 소림과 남궁가, 그리고 다른 무림맹 소속의 방파에서도 인근을 철통처럼 감시하고 있다 하니 이젠 아무리 서왕문이라도 섣불리 행동하지 못할 것이다.”

부친 진장월은 진우청의 마음을 덜어주려 그간의 상황을 세세히 말해주었다.

진우청은 묵묵히 고개를 끄덕였다.

청의인 같은 괴물이나 회의인들이 열 명만 더 나타난다면 그들의 철통같은 경계는 썩은 울타리가 될 것이다. 그렇게 되면 가문은 다시 위험에 빠질 수도 있다. 하지만 그 위험은 결국 자신 때문이다. 오히려 자신이 이곳을 떠나면 가문도 위험으로부터 벗어날지도 모른다.

'감히 내 가족을 해칠 생각을 했단 말이지!'

진우청은 표시 나지 않게 주먹을 불끈 쥐었다.

서왕문이든 동방회든 자신을 향해 뻗어왔던 칼은 잊어버릴 수 있다.

휘주에서는 유가검보의 혈사에 휘말려 싸움을 벌였고, 남패천에서는 흑궁의 노인과 생사지투를 벌이기는 했지만 큰 원한은 가지지 않았다. 그냥 지나가는 폭풍에 재수없이 휩쓸려 옷을 버린 정도로 생각되었다.

그러나 이젠 다르다.

놈들은 가족에게 칼을 들이대며 위협했다.

그건 절대로 참을 수 없다.

천우신조로 모두 무사하지만 가족을 노렸다는 것만으로도 자신의 심장을 꺼내간 것보다 더 큰 원한이 일었다.

천성이 게으른 탓에 웬만한 일은 귀찮아서라도 화를 내지 않지만,

이젠 아무리 애를 써도 분노가 가라앉지 않는다. 비록 그 분노로 인해 속이 썩어간다 하더라도 어쩔 수 없을 것이다.

다행으로, 아니, 놈들에겐 큰 불행으로 이젠 아무리 분노를 터뜨려도 온몸의 기력이 다 빠져서 죽을 염려는 없다. 더 나아가 창룡금시로 북제성의 금제를 푼 후 북제성 분도늘 전원에게 내 분노를 전이시킬 것이다.

'감히 내 가문을 건드리겠다고……'

뿌드득!

불식간에 이가 갈리며 그 소리가 밖으로 새어 나왔다.

조부와 부친이 놀란 눈으로 진우청을 쳐다보았다.

처음 적도들 사이로 떨어져 내렸을 때 벌겋게 뻗어 나오던 불길이 두 눈에서 다시 뻗어 나오고 있었다.

"이, 이 녀석!"

진장월이 소리를 질렀다.

"예? 왜 그러십니까, 아버님?"

진우청은 긴 들숨으로 가슴 가득 일었던 분노를 아랫배 깊숙이 가라앉히며 부친을 쳐다보았다.

"할아버지 앞에서 무슨 짓이냐?"

"제가… 어쨌기에……?"

진우청은 멀뚱거렸다.

"준비할 것이 많을 텐데 그만 나가 보아라."

부친의 말을 막으며 조부는 손을 흔들었다.

부친의 방을 나온 진우청은 빠르게 진가장의 대문을 빠져나왔다. 내일 떠나기 전에 다녀올 곳이 있었다.

“사숙!”

을지소소가 귀신같이 알고 따라붙었다.

경장에 흑편을 단단히 허리에 찬 그녀는 자신이 어디로 갈지 미리 알고 준비하고 있었던 모양이다.

“어찌 알고 따라왔소?”

“하루 이틀 겪었나요.”

대답과 함께 을지소소는 진우청의 등을 쳐다보았다.

빼 두었던 용호곤을 아침에 슬쩍 꽂고 있었는데, 그걸로 눈치를 챈 모양이었다.

“돌아가라는 말은 말아요. 흑풍을 동원해서라도 따라갈 테니…….”

난감해하는 진우청을 보며 을지소소는 선수를 쳤다.

입맛을 다신 진우청은 걸음을 옮겼다.

“멀리 가나요?”

진우청이 한적한 길로 방향을 잡자 을지소소가 물었다.

고개를 끄덕거린 진우청은 발끝에 힘을 모았다.

둥실 떠오른 진우청은 바람처럼 앞으로 쏘아졌다.

고개를 설레설레 흔든 을지소소도 비조처럼 몸을 날리며 진우청을 따랐다.

*　　　*　　　*

“자네가 여진의 둘째 아들이란 말인가?”

취경원의 원주 이서경은 감회 어린 눈으로 진우청을 쳐다보았다.

백발을 단정하게 뒤로 넘긴 이서경은 칠십이 넘은 나이에도 불구하고 대나무처럼 꼿꼿하고 정정해 보였다.

진우청은 묵묵히 고개를 끄덕였다.

아침부터 쉬지 않고 달려왔지만 이곳 취경원에 도착했을 때는 땅거미가 내리고 있었다.

남의 집을 방문하기엔 실례가 되는 시간이었지만 어머니의 이름이 적힌 배첩을 건네자 이서경은 흔쾌히 진우청을 맞아주었다.

"어릴 때는 말썽꾸러기라 조부의 고함이 그칠 날이 없다고 들었는데… 이젠 헌헌장부가 되었구먼……."

이서경은 진우청의 모습에서 자신의 수양딸이나 마찬가지인 진우청 어머니의 모습을 찾으려는지 그의 얼굴을 찬찬히 살폈다.

"그래, 자네 모친은 잘 있는가?"

이서경은 미소와 함께 질문했다.

"학사님 염려 덕분에 잘 계십니다. 자주 찾아뵙지 못하여 죄송하다는 말씀을 전하라 하셨습니다."

진우청은 슬쩍 둘러대며 인사를 챙겼다.

이서경은 흡족한 미소를 지었다.

"세월이 참 빠르구만. 여진의 둘째 아들이 이렇게 황소만큼 컸다니. 어릴 때 산으로 갔다고 들었는데……."

이서경은 인생무상의 감회를 담은 눈으로 얼핏 창밖의 석양을 쳐다보았다.

"그래, 여긴 무슨 일인가? 산에서는 언제 내려왔고?"

이서경은 무림에 관한 소식은 전혀 모르는 듯했다. 언제나 책 속에 파묻혀 그 속의 세상에만 몰두하는 그로서는 무림의 일은 딴 세상 일이나 마찬가지였다.

진우청은 오히려 그게 편했다.

자신과 북제성!

그리고 무림맹 등등의 일을 이 노인이 시시콜콜 알고 있다면 적이 피곤할 것이다.

"몇 가지 여쭤볼 일이 있어 왔습니다."

"뭔데 그러나?"

노인은 의아한 표정을 했다.

"어머니와 이것에 관한 것인데……."

진우청은 말을 꺼내며 품속에 있던 창룡금시를 내밀었다.

창룡금시에 대한 사소한 사실 하나라도 더 알아야 그것이 어떻게 북제성 사람들의 금제를 푸는가, 하는 단서를 잡는 데 도움이 될 것이다.

창룡금시를 본 노인의 눈이 기광을 발했다.

오랜 세월을 넘어 창룡금시를 기억해 낸 것이다.

"정말 오랜만에 보는 물건이구나!"

노인은 두 손으로 창룡금시를 쓰다듬었다.

"그 옥패는 어머님이 학사님의 손에 맡겨질 때 목에 걸려 있었다고 들었습니다."

진우청은 노인의 표정을 유심히 살피며 말했다.

노인은 여전히 창룡금시를 만지작거리고 있었다. 오랜 세월이 지난 후에 다시 보게 되었다는 사실을 차치하고라도 창룡금시는 범상치 않은 빛을 띠고 있었다.

"그래, 그랬지. 네 모친이 강보에 쌓여 이곳으로 왔을 때 목에 걸려 있었지."

노인은 감회 어린 목소리로 답했다.

"그때 일을 좀 더 확실히 말씀해 주시겠습니까? 누가 왜 어머니를 이곳에 맡겼는지……."

진우청은 내심을 억누르며 차분한 목소리로 말했다.

이서경은 빛바랜 기억을 떠올리는지 잠시 눈을 감고 회상에 잠겼다.

잠시 후, 그가 입을 열었다.

"초췌한 모습의 한 여인이었지. 병이 든 것 같기도 하고 상처를 입은 것 같기도 했지만, 강직한 성격을 지녔는지 전혀 내색을 않고 잠시만 맡아달라고 했지. 좀 쉬어가라고 했지만 무엇에 쫓기는 사람처럼 서둘러 떠났네. 그리고는 아직까지 돌아오지 않았네."

노인은 짤막하게 설명을 끝냈다.

진우청은 약간 허탈한 기분이 들었다.

노인의 설명만으로는 시모를 닮은 시부께서 동녀이 어딘가에서 천룡신무를 익히고, 그곳에서 가져온 창룡금시가 어떻게 어머니에게까지 전해졌는지 알 수가 없었다. 더구나 창룡금시가 또 어떻게 북제성의 금제를 푸는 역할을 하는지도…….

"그 여인에 대해서는 더 아는 것이 없는지요?"

거듭되는 진우청의 질문에 노인은 창룡금시에서 눈을 떼고 진우청을 바라보았다.

"왜 그러나, 모친이 자네에게 뿌리를 찾아달라고 하던가?"

"그런 뜻도 있고… 개인적으로 궁금하기도 해서……."

진우청은 얼버무렸다.

"큰놈보다는 낫구만. 큰놈은 제 어미의 뿌리에 관심을 가지고 이렇게 찾은 적이 없었는데……."

영문을 모른 노인의 칭찬에 진우청은 얼굴 가죽이 스멀거려 옴을 느꼈다.

창룡금시에 얽힌 사연들이 아니었으면 자신 역시 이곳에 오지 않았을 것이다. 자신은 이곳이 어머님께서 자란 곳이란 사실조차 모르고 있다가 형에게서 들었다.

"그 여인으로부터 아무것도 듣지 못했기에 나 역시 해줄 말이 없구나. 한 가지 생각나는 것은, 그 여인의 걸음걸이가 약간 부자연스럽다고나 할까……. 그건 다리를 다쳐서일 수도 있으니 특징이랄 것도 없네."

노인은 한마디를 더 덧붙인 후 시선을 밖으로 주었다.

그곳에는 을지소소가 칼날처럼 서 있었다.

"그런데 같이 온 서 처사는 자네 정인인가? 강인한 인상이 자네 같은 사람에겐 잘 어울릴 것 같네."

"아, 아닙니다. 같은 사문의 사람입니다."

진우청은 손사래를 쳤다.

노인과 몇 마디 더 환담을 나눈 후 술이라도 한잔하고 가라는 권유를 애써 뿌리치고 진우청은 취경원을 나섰다.

기대와는 달리 소득이 별로 없었다.

사부가 아니라 어떤 여인이 어머니와 창룡금시를 같이 맡기고 갔다는 것!

그리고 그 여인의 걸음걸이가 부자연스러웠다는 것!

어머니와 사부의 관계를 추측하는 데나, 창룡금시에 담겨진 비밀을 푸는 데 그건 거의 도움을 주지 않는 단서였다.

얻은 것이 별로 없자 피로감이 몰려오는 것 같았다. 그러나 그 피로를 풀 시간이 없었다. 지금부터 쉬지 않고 경공을 펼쳐야 내일 아침나절에나 겨우 집에 도착할 수 있을 것이다.

다시 아침까지 경공을 펼쳐야 한다는 사실에 을지소소의 얼굴에도 약간 피곤한 기색이 어렸다. 그러나 그녀 역시 경설형 등의 상태가 예상보다 심각해 일각도 허비할 시간이 없음을 느끼고 있었기에 한발 앞서 길을 잡았다.

밤새도록 부지런히 경공을 펼친 덕분으로 날이 밝아오는 아침나절에는 돌아올 수 있었다.

집에 도착하기 직전까지 경공을 펼치던 진우청은 을지소소에게 눈짓을 하며 방향을 틀었다.

을지소소는 고개를 끄덕인 후 반대쪽 나무 위로 솟구쳤다.

잠시 후 한 사내가 심장이 터질 듯 괴로운 표정으로 날아왔다.

휘익―

을지소소의 채찍이 파리를 잡아채는 개구리의 혀처럼 사내의 목을 감았다.

"큭!"

그렇잖아도 가쁜 숨을 몰아쉬며 달려왔던 사내는 숨이 넘어갈 듯 신음을 토했다.

"왜 우릴 미행했지?"

을지소소는 채찍에 불어넣은 진기를 조금 누그러뜨리며 물었다.

고절한 경공술로 악착같이 미행해 온 것과는 달리, 사내는 위협을 줄 만한 고수도 아니었고 적의도 없었다.

“캑! 캑!”

사내는 기침을 하며 목에 감긴 채찍을 가리켰다.

을지소소는 사내의 뒤에서 퇴로를 차단하고 나타나는 진우청을 쳐다본 후 채찍을 풀었다.

사내는 채찍이 풀어진 후에도 한동안 기침을 해댔다.

진우청과 을지소소를 따르느라 과도한 진기를 끌어올린 터라 가만히 있어도 기침을 터뜨릴 지경이었는데, 채찍이 목을 감았으니 숯불에 기름을 부은 격이었다.

“혹시 진가장의 둘째 공자가 아니시오?”

겨우 기침을 멈춘 사내는 잠깐 주위를 살핀 후 물었다.

“맞소. 그런데 귀하는……?”

진우청은 사내가 자신을 정확히 알고 있음에 의혹을 느끼며 사내의 용모를 훑었다.

일반 무인들과 다른 뭔가 이질적인 냄새가 풍겼다.

경공은 칭찬할 만했지만 을지소소의 채찍 공격을 피할 생각조차 못하고 단번에 제압당한 모습은 뭔가 부조화를 느끼게 했다. 그러면서도 쉴 새 없이 사방을 경계하는 주의력은 예민하다 할 수 있었다.

“난 이걸 전하기 위해 진가장으로 가던 중 설명을 들은 것과 똑같은 사람을 보고 쫓아왔소. 나도 경공 하나는 남에게 지지 않는데, 두 분은 정말 빠르오. 쫓아오느라 방울 두 쪽이 떨어질…… 크흠!”

봉서 하나를 전하며 걸쭉한 농담을 하려던 사내는 을지소소를 보며 얼른 말을 멈추었다.

하나 을지소소는 사내의 농을 알아듣지 못하고 그곳에 방울이 있나 사내의 허리춤을 살폈다 진우청은 잠시 봉서를 살피다 그것을 뜯었다.

"이런 망할 놈!"

서찰을 읽던 진우청은 와락 서찰을 움켜쥐며 고함을 질렀다.

놀란 을지소소가 진우청의 손에서 서찰을 빼앗아 읽어 내려갔다.

여조명이란 사내에게서 온 전갈이었다.

휘주로 숨어든 유화결이 자신과 함께 동굴을 통해 놈들의 소굴로 숨어들다 핏빛 괴물에게 발견되어 헤어진 후, 유화결은 큰 상처를 입고 놈들 손에 잡혀 있다는 내용이 비교적 상세히 적혀 있었다. 그리고 이 서찰을 쓸 때까지는 숨이 붙어 있었지만 서찰이 전해질 때쯤이면 어떨지 모른다는 내용도 덧붙여 있었다.

"유화결?"

을지소소는 그 이름이 낯설지 않다고 여기다가 그가 누구인지 기억해 냈다.

상안에서 유화성과 함께 화산파 사람들을 만나던 중, 언제나 느긋하던 진우청이 그 이름 앞에서는 이성을 잃고 흥분하는 것을 보며 큰 궁금증을 자아내게 했다.

지금도 마찬가지였다.

서찰을 읽은 진우청은 마치 가족 한 사람을 잃은 것처럼 낙담하며 두 손으로 머리를 쥐고 있었다.

"이 망할 자식! 이 바보 같은 자식! 기필코!"

진우청은 고함을 지르다가 을지소소가 몸을 날렸던 나무를 걷어찼다.

둔중한 굉음과 함께 아직 익지 않은 나무 열매들이 우박처럼 떨어져 내렸다.

“사숙!”

냉정을 되찾지 못하는 진우청을 을지소소가 달랬다. 그러나 진우청은 한참 동안이나 낙백한 표정을 감추지 못했다.

“그 사람… 누구인가요?”

을지소소는 옆에 있는 바위에 진우청을 앉히며 물었다.

“무적대주의 동생임은 이미 알고 있지 않소?”

폭풍 같은 한숨을 내쉰 진우청이 답했다.

“제 말은 그게 아니라… 사숙을 이렇게 아프게 하는 그 사람이 누구인지…….”

을지소소는 잠시 뜸을 들였다. 그리고 다시 질문을 이었다.

“친구인가요?”

“그런 고집 세고 성질 못된 놈이 무슨 친구란 말이오? 쳐다보기만 하면 싸웠는데……!”

진우청은 버럭 고함을 질렀다. 그 목소리에 디할 수 없는 괴로움이 담겨 있었다.

“그런데 왜?”

“모르겠소. 왜 그런지…….”

진우청은 다시 한숨을 내쉬었다.

“처음에는 그런 성질 못된 놈과 같이 얽히게 될 것이라고는 생각지도 못했소. 그런데…….”

“그런데요?”

“그리 길지 않은 기간이었지만 가다 보면 언제나 부딪치는 놈이었소. 남패천에서 지낼 때, 실컷 낮잠을 자고 일어나 무료해서 뒤뜰로 나가보면 그놈이 있고… 또 한밤중에 잠이 오지 않아 밖으로 나왔을 때

도 그놈이 있었소. 이상하게도 그놈과는 자주 같은 구석에서 부딪쳤
소. 아마 지옥에서도 한쪽 구석에 몰리다 보면 그놈이 있을 것이오.”

진우청은 머리를 흔들며 지겹다는 표정을 지었다.

을지소소는 의미심장한 눈으로 진우청을 쳐다보았다. 잠시 후 그녀
가 입을 열었다.

“그게 친구 아닌가요? 아무리 고운 말로 서로를 위하는 친구라도 그
렇게 운명적으로 한쪽 구석에서 만나게 되는 친구만큼은 가까울 수 없
을 거예요.”

을지소소는 문득 무적대주를 떠올렸다. 그리고 그에게서 유화결의
모습을 상상했다.

“형과 닮았나요?”

“닮기는 개뿔! 형 반만 성질머리가 고왔어도 이 걱정을 안 하지. 이
망할 놈! 거기가 어디라고 혼자 찾아간단 말인가.”

잠시 앉아 있던 진우청은 벌떡 일어서서 서성거렸다.

자신의 일에 방해를 한 인장호를 가차없이 죽여 그 시체마저 이용한
임문정이었다.

그런 뱀 같은 놈의 손에 잡혔으니, 유화결의 운명은 불을 보듯 뻔하
다.

유화결이 유일하게 살아 있을 가망성은 미끼로써 활용하기 위해서
일 것이다.

그의 형이 남패천의 무적대주가 되어 원수를 갚기 위하여 이를 갈고
있으니, 미끼로 이용할 생각으로 살려놓을 수도 있었다.

“제발 그렇게라도 살아 있어라, 이 물렁탱아!”

진우청은 탄식하듯 말한 후 서찰을 가져온 사내를 쳐다보았다.

“혹시 무적대주에 대한 소식은 알고 있소?”

“무적대주라면… 남패천의 혈랑대주 말이오?”

사내는 반문했다.

세간에서는 무적대보다 혈랑대로 더 잘 알려져 있었다.

“그렇소!”

“부하들을 이끌고 휘주 쪽으로 향했다고 들었는데, 도중에 쥐도 새도 모르게 사라져 버렸소. 우리의 이목까지 속이는 걸 보면 신출귀몰한 사람이오. 쩝!”

사내는 약간의 자존심이 상하는 목소리로 답했다.

“그럼 난 가오!”

“잠깐!”

소임을 다하고 등을 돌리려는 사내를 을지소소가 멈춰 세웠다. 진우정이 뭔가 너 묻고 싶어 하는 기색이 역력했기 때문이다.

“더 이상은 아무것도 모르오. 난 오늘 아침, 내 상관으로부터 그 봉서를 진가장의 둘째 공자에게 전하라는 지사를 받고 여기로 온 것뿐이오.”

사내는 고개를 저은 후 골목길을 돌아 사라졌다.

“누굴까요, 저 사람은?”

사내가 사라진 골목을 바라보며 을지소소가 물었다.

“휘주에서 며칠 지낼 때 만난 사람과 같은 조직에 몸담고 있는 것 같은데, 아무래도 관인 같소.”

“관인? 그러고 보니 상관이란 말도 그렇고… 맞는 것 같군요.”

을지소소는 고개를 끄덕이며 복잡한 표정을 지었다.

관인이란 결국 황궁과 황제의 수족인 것이다.

이제껏 황실 척백대와 생사지투를 벌이며 살아온 그녀는 관인에 대해 본능적인 적대감과 경계심을 가지고 있었다.

'하지만 이젠 상관없는 일이야!'

을지소소는 가슴속의 적대감을 허공으로 날렸다.

이젠 자신들은 무림맹의 한 축이다. 그리고 더 이상 어둠 속에서 황실을 노리지 않고 양지에서 떳떳하게 살아갈 것이다.

그 모든 희망의 한가운데는 진우청이 있었다. 그래서 그녀는 단 한 시도 떨어지지 않고 진우청의 호위병 역할을 충실히 수행하고 있었다.

"이젠 그만 갑시다. 그놈 일은 당장 어떻게 할 수 있는 일이 아니니까!"

진우청은 복잡한 심사를 떨쳐 버리려는 듯 훌쩍 몸을 날렸다.

*　　　　*　　　　*

진우청에 대한 소식을 들은 유화성은 가슴을 쓸었다.

황산으로 향하던 중, 진가장에 위험이 있을 수 있다는 소식을 듣고 인원을 둘로 나눠 일조장 서한적과 함께 무적대 인원의 반을 하남으로 급선회시켰다. 그리고 나머지 반은 황산으로 직행하는 중이었다.

만약에 진우청이 곧장 황산으로 향했다면, 무적대의 반이 아니라 전체를 이끌고 진가장을 보호하러 갔더라도 제대로 보호하지 못했을 것 같다는 생각이 들었다. 그런 괴물들이라면 북제성의 흑궁 사람들을 상대할 때나 마찬가지일 것이다.

정말 다행스럽게도 진우청은 황산으로 직행하지 않고 본가로 갔다. 그 바람에 가문을 위기에서 구했다.

이젠 자신은 어쩔 수 없어서라도 진우청을 보호하는 임무에서 동떨어지고 독립적인 행동을 하게 되었다.

지금으로서는 가장 바라는 일이었다.

동생, 화결의 행방!

지금 유화성의 뇌리 속에는 온통 그것으로 가득 차 있었다.

화산으로 가지 않았다면 녀석은 필시 휘주로 갔을 것이다. 그러고도 남을 녀석이니까.

하지만 그건 기름을 지고 불속으로 뛰어드는 것이다.

유화성은 싸구려 객점 한쪽 방에서 변복을 한 채 소식을 기다렸다.

세상의 모든 소식은 개방이 알고 있다.

하지만 개방과는 현재 끈이 닿지 않는다.

시간이 조금 걸리더라도 개방 못지않은 정보력을 가진 남패천 비원각의 소식을 기다릴 수밖에 없다.

지금쯤이면 비원각에서 화결의 소식을 알고 있을 것이다.

유화성은 오무평을 통해 그 소식이 도착하기를 기다리고 있는 것이다.

한 가지 걸리는 것은 비원각에서 정확한 정보를 주지 않을 가능성도 있다는 점이다.

백봉령주가 개입된다면, 그래서 그녀가 맹목적으로 자신의 안위를 걱정해서 설친다면 정확한 정보를 주지 않을 수도 있다.

지금으로서는 그러지 않길 바랄 뿐이다.

이곳은 예상대로 놈들의 소굴이 되어 있는 느낌이다.

휘주 근처에 가기도 전에 감시의 눈동자가 느껴졌다.

그런 곳에 섣불리 뛰어들다간 무얼 알아내기는커녕, 놈들의 경각심만 잔뜩 높여주거나 까닥하면 놈들에게 붙잡힐 수도 있었다.

그런 일을 동생 화결이 당했다면…….

"망할 녀석!"

유화성은 자신도 모르게 주먹을 쥐고 탁자를 두드렸다.

언제나 녀석의 급한 성격이 문제였다.

그 때문에 이런 걱정을 할 수밖에 없다.

자신의 예상이 틀려 휘주로 가는 도중 어느 곳에서 몸을 다쳐 요양 중이라면 차라리 다행일 것이다.

하지만 그건 서쪽에서 해가 뜨기를 바라는 것이나 마찬가지다.

녀석은 다쳐서 어디가 부러졌다 해도 휘주로 갈 것이다.

자신 역시 그러지 않았던가?

길게 내다보며 한 발, 한 발 확실히 복수를 해나갈 것이라 다짐하면서도 몇 번이나 휘주로 뛰어들어 원수의 가슴에 검을 쑤셔 넣고 싶은 충동은 참기 힘들었다.

이젠 화결이 휘주로 갔다는 것, 그리고 그곳에서 변을 당했을 것이라는 생각이 확신에 가깝게 느껴졌다.

"대주!"

이조 조원 현치번(現治番)이 은밀하게 들어섰다. 그는 완벽한 뒷골목 불량배 차림으로 변해 있었다. 그런 차림으로 흘러 다니는 소문들을 주워듣는 것이다.

"색다른 소식은?"

유화성의 물음에 현치번은 고개를 저었다.

그러고도 남을 것이다. 휘주에서 한참 떨어진 이곳의 분위기도 심상치 않을 정도로 삼엄한데, 소문이라고 제대로 돌아다닐 리 없었다.

유화성은 아무런 내색 않고 묵묵히 고개를 끄덕였다.

이번 일은 극히 개인적인 일이라 할 수 있었다. 그런 일에 무적대원들을 이용한다는 것이 마음에 걸렸다.

"오 대협은?"

유화성은 오무평의 소식을 물었다.

비원각과의 연락은 전적으로 오무평이 맡고 있었다.

가슴에 비둘기 집이라도 숨겨 다니는지, 품속으로 손을 집어넣으면 전서구가 퍼덕거리며 잡혀 나왔다. 그 전서구들로 비원각에 긴밀한 연락을 하고, 그물망처럼 연결되어 있는 남패천 지부에 들러서 답신을 받아왔다.

"양반은 못 되는 모양이오."

장사꾼 차림으로 변복하고 들어서는 오무평을 보며 현치번이 피식 미소를 지었다.

"빌어먹을 놈의 더위!"

오무평은 연신 흐르는 땀을 닦으며 궁시렁거렸다.

"어떻게 되었습니까?"

유화성은 초조한 내심을 감추며 물었다.

"우선 냉수나 한 사발 주게."

냉수를 들이킨 오무평은 털썩 의자에 주저앉으며 소매로 땀을 닦았다. 그리고는 탁자 위에 있는 부채를 집어 들고 화락화락 부쳤다.

고수인 그가 연신 부채를 부쳐 대며 눈길을 피하는 것을 본 유화성의 가슴은 집채만 한 바위가 올려진 듯 무거워졌다.

"내 동생 녀석은 휘주로 간 게 확실하군요?"

유화성의 질문에 오무평이 비로소 눈을 맞춰왔다.

“내가 알아낸 것은 딱 그것뿐이네. 그 이상은 알아오지 못했네. 대주 동생이 그 이후에 어떻게 되었는지 더 자세한 것은 강서지부로 가면 알게 될 걸세.”

“강서지부?”

유화성이 되뇌었다.

강서지부는 휘주에서 탈출한 자신들이 처음으로 몸을 의탁했던 곳이다.

그곳에서 화결이 치료를 받았고, 화경이 빙녀라는 별명도 얻었다. 그 때문에 진우청이 한바탕 살풀이를 하기도 했다.

유화성의 뇌리 속으로 일 년 전의 일들이 주마등처럼 빠르게 지나갔다.

“더 이상의 정보는 알아오지 못한 것이오?”

유화성은 억눌린 목소리로 말했다.

이미 예상하고 있었지만 화결이 휘주로 갔다는 것을 오무평을 통해 확인하고 나자 감정을 추스를 수가 없었다. 그렇게 비원각에 확인되었다는 것은 놈들에게 잡혔다는 것을 뜻한다. 잡히지 않고 아직 숨어 있다면 비원각에서도 소식을 모를 것이다.

“자세한 건 모르겠지만, 강서지부 주변 상황이 복잡하게 돌아가는 모양이야. 그곳에 백봉령주가 와 있다네.”

“백봉령주? 그녀가 왜 그곳에?”

유화성은 의문 어린 표정으로 오무평의 다음 말을 기다렸다.

“낸들 알겠나. 사랑에는 국경도 없다는데, 정인을 사지에 내놓고 일 년도 넘게 노심초사했으니 이젠 한계에 다다를 때도 되었지 않겠나? 자네가 황산으로 간다는 소식을 듣고 핑계 삼아 왔을 수도 있지.”

오무평은 빙긋 미소를 지으며 주절거렸다.

"지금 농담할 상황이 아니지 않소?"

유화성은 가라앉은 목소리로 오무평의 말을 끊었다.

"나도 농담이 아닐세. 무적대를 이끌고 강서지부로 이동하라는 비원각의 명령서기 도달했네. 그곳으로 가면 그녀가 무슨 영문으로 그곳에 왔는지도 알게 될 테고, 아울러 자네 동생에 대한 더 자세한 소식도 알게 되겠지. 어서 나가 있는 대원들을 불러 모으게. 점이 두 개 찍힌 걸 보니 급한 전갈일세."

오무평은 재촉하듯 말했다.

유화성은 당장이라도 휘주로 달려가고 싶은 마음을 억누르며 무겁게 신형을 일으켰다.

비원각의 공식적인 명령서를 받았으니 우선 그 명령에 따라야 한다. 그것이 무적대주라는 직함을 가진 자신의 한계였다.

第七十九章
생포(生捕)

생포(生捕)

며칠에 걸쳐 밤낮으로 경공을 펼친 끝에 유화성과 팔십여 명의 무적대는 강서지부에 도착했다.

강서지부의 건물들을 바라보며 유화성은 자신도 모르게 비감에 젖었다.

가문이 풍비박산 나고, 화살에 등을 관통당한 유화결을 데리고 온갖 시련을 겪으며 이곳에 왔다. 처음에는 천주가 관심을 가지는 사람들이라는 이유 때문에 환대받았지만, 결국은 몰락한 가문의 자식들일 뿐이었다.

짧은 환대는 머지않아 멸시와 적대감으로 바뀔 수밖에 없었다.

그런 감회가 쌓였던 곳을 이젠 무적대주가 되어 팔십여 명의 부하들을 이끌고 나타났다.

무적대 팔십여 명이면 강서지부 하나는 하룻밤 새 지워 버릴 수도 있다. 그러기에 이곳 지부주도 무적대주에게 함부로 할 수 없다.

위상은 그렇게 바뀌었지만 오히려 마음은 더 쓸쓸했다.

그땐 다치긴 했지만 유화결이 있었고, 유화경도 같이 있었다. 또 백운, 해천 노인도 동행했었다.

그리고…….

무엇보다 진우청이 같이 있었다.

황소라도 주먹질 한 번이면 때려잡을 만한 덩치에, 천주마저도 ‘그사람’이나 ‘그 노인네’ 정도로 밖에 생각 안 하는 느긋함은 폭풍우 속의 가랑잎 같던 신세에도 한가닥 용기와 믿음을 주었다.

이젠 더 많은 대원들을 이끌고 정문을 통과하고 있었지만 자꾸 자신이 왜소해지는 느낌만 들었다.

“공자님!”

제일 먼저 백봉령주의 목소리가 들렸다.

정문을 들어서자마자 모습을 나타낸 그녀는 주위의 시선도 아랑곳 않고 달려나왔다.

그녀의 눈동자에 말할 수 없는 반가움이 그간의 그리움과 뒤섞여 흘러내렸다.

유화성은 가볍게 고개만 끄덕여 인사를 했다.

‘휴—’

백봉령주는 내심 한숨을 쉬었다.

유화성의 무심한 반응에 야속한 마음이 들었지만 그건 어쩔 수 없었다.

저 사내의 가슴은 그런 자질구레한 감정을 담아둘 공간이 없을 것이다. 설사 그런 공간이 생긴다 하더라도 그곳에는 자신의 외사촌 아영이 담겨 있을 것이다.

단지 아영과 닮았다는 이유만으로 그녀를 대신할 수는 없다. 그저 저 사내가 지옥의 전장에서 살아 돌아왔다는 것만으로도 자신은 감사할 따름이다.

"화경아!"

앞을 바라보던 유화성은 고함을 질렀다.

초췌한 모습의 유화경이 닭똥 같은 눈물을 흘리며 서 있었던 것이다.

이곳에 유화경이 있을 것이라고는 전혀 생각지 못한 유화성은 서둘러 유화경에게로 다가갔다.

"오라버니… 무사해서 다행이에요."

유화경은 눈물을 멈추지 못하고 울먹였다.

유화경을 향해 다가가던 유화성은 멈칫 걸음을 멈추었다.

동생 유화경에게서 뭔가 이질적인 기운을 감지한 것이다.

예전 같았으면 만사를 제쳐 두고 품으로 뛰어들었을 것인데, 이젠 한 그루 소나무처럼 의연히 서서 눈물만 흘리고 있었다.

그간 겪었던 모진 풍파가 온실 안의 화초를 거친 눈보라에도 끄떡없는 소나무로 바꾸어놓은 것이다.

"그래! 너도 무사해서 다행이다. 그런데 너무 말랐구나."

유화성은 동생의 손을 잡고 어깨를 두드렸다. 손바닥에 전해지는 앙상한 어깨가 마음을 더욱 안타깝게 했다.

"어떻게 여기에 있는 것이냐?"

"그건 나중에 얘기해요."

유화경은 유화성을 안으로 인도했다. 그곳에는 지부주 이하 여러 사람들이 서 있었다.

작년 봄 이곳에서 신세지며 낯을 익힌 얼굴들이다.

"어서 오시지요, 무적대주."

지부주 장위강이 만면 가득 미소 지으며 먼저 인사를 건넸다.

"다시 뵙는군요."

마주 인사한 유화성은 다른 사람들과도 눈인사를 했다.

부지부주 이하 총관, 그리고 죽음의 탈출로에서 자신들을 구해준 맹호대주 신하진과 낭인검법을 펼치다 진우청에게 혼쭐이 난 낭인검 조백림도 보였다. 그들은 이젠 함부로 눈을 마주치지도 못했다.

같은 대주 직을 맡고 있지만 일개 지부의 대주와 총단의, 그것도 최고의 전투대 대주인 무적대주는 하늘과 땅 차이였다.

강서지부 사람들의 환대 속에 유화성은 안채의 문으로 들어섰다.

안채로 들어선 유화성은 다시 한 번 주춤 걸음을 멈추었다.

그곳에도 눈에 익은 것이 있었다.

철갑마차!

지옥의 혈전장이 된 신안 강변에서 자신들을 구해준 철갑마차가 예전의 그 모습으로 버티고 서 있었다.

유화성은 감개무량한 표정으로 잠시 철갑마차를 쳐다보았다.

백봉령주가 직접 만든 무수한 암기가 설치된 마차!

지금은 오히려 더 많은 암기들이 장착되어 있을 것이다.

"이것은 또 어떻게 여기에……."

유화성은 백봉령주를 쳐다보았다.

"그것도 차차 말씀드릴게요."

백봉령주가 약간은 긴장된 표정과 함께 답했다.

대원들을 안채 한곳의 숙소에 여장을 풀게 한 유화성은 몇몇 조장들과 함께 접견실로 들어갔다.

"그간의 혁혁한 전공은 귀가 따가울 정도로 들었소."

찻잔을 마주한 장위강이 예의 그 미소와 함께 말했다.

"모든 조장들과 대원들의 덕분이지요. 남패천 최강의 대원들을 이끌고도 많은 희생을 피하지 못한 것이 안타까울 따름입니다."

"겸양의 말씀이지요. 솔직한 말이지만, 뇌옥에 갇힌 혈랑들을 맡아 지휘했다는 것만으로도 입이 벌어질 일이지요. 하하!"

장위강은 옆에 앉은 조장들의 눈치를 힐끗 보며 말했다. 그러나 조장들은 눈빛 하나 변함없이 찻잔만 들이키고 있었다. 평소에는 유화성 앞에서 친구처럼 건들거리던 칠지검 임전성마저도 마치 강시처럼 찻잔만 들이켰다.

"험! 험!"

장위강은 얼음 같은 그들의 모습에 주눅이 들어 헛기침을 몇 번 도 했다.

무공 면으로도 그들 개개인은 장위강의 아래가 아니었다. 또한 그들은 예전에 자신들의 대주를 죽이고 통제불능으로 뇌옥에 갇혔던 야수 같은 자들이었기에 더 더욱 그랬다.

"그런데 이곳에 무적대를 배치하라는 이유가 무엇인지요?"

유화성은 백봉령주와 장위강을 번갈아 보며 물었다.

무적대의 강서지부 배치 이유는 백봉령주와 철갑마차의 등장과 맞물려 있을 것이다.

"서왕문의 전력이 예상을 훨씬 뛰어넘었소."

장위강은 무겁게 서두를 꺼냈다.

"처음에는 장거리 원정을 한 그들인 만큼 아무래도 전력이 떨어질 것이라 생각했소. 보급 면에서는 동방회가 나서니 문제없겠지만, 원정의 노독은 어쩔 수 없이 전력을 떨어뜨릴 것이라는 판단이었지요. 뭐, 노독이 겹치지 않는다 하더라도 결코 우리를 능가하지는 못할 것이라 생각했소."

"그런데요?"

이제껏 강시처럼 차만 마시던 임전성이 나섰다.

"그런데 뚜껑을 열어보니 딴판이었소. 병사들의 전력은 비슷할지 모르겠으나 절정고수의 숫자에서 우리가 밀리고 있소."

장위강의 음성에서 불식간에 분기가 묻어났다.

병사의 사기나 전술에 문제가 있는 것은 자신들 책임이지만 절대고수의 부족은 어쩔 수 없는 일이다.

"절대고수라면 어떤 수준을 말함인가요?"

서둘러 질문하는 유화성의 눈에 불길이 일었다.

작년 휘주에서도 숫자는 비슷했지만 고수들의 부족으로 자신의 가문은 멸문당했다.

그런데 남패천에 몸담은 지금도 똑같은 상황이었다. 그건 수긍이 가지 않았다.

"온 얼굴에 호랑이 얼굴 문신을 한 고수들이었는데… 다른 무공은 물론, 외공의 절정고수들이었소. 우리 병사들의 창칼로는 몸에 흠집하나 낼 수 없었소. 그들이 종횡무진으로 설치며 휘젓는 바람에 다섯 개의 지부가 순식간에 무너졌소. 머지않아 이곳 강서지부에도 놈들의 침공이 있을 것이오."

"하남의 진가장으로 습격하려다 진가장의 둘째 공자에 막혀 폭혈마공을 사용하여 폭사했다는 그놈들……?"

유화성은 보고서로 들은 얘기를 떠올렸다.

하남에서 일어났던 일을 보고받으며 믿을 수도, 안 믿을 수도 없어 혼란스러웠는데 그자들이 이곳에도 나타났단 말인가.

"그렇소! 그자들 때문에 전세가 초반부터 밀리는 형국이오."

찻잔을 든 장위강의 손에 힘이 들어갔다.

"서왕문이 언제 그런 고수들을 키웠단 말이오. 이제껏 들어본 적도, 마주친 적도 없는데……."

이번에는 오조의 조장 초마석(焦瑪昔)이 번들거리는 눈으로 물었다. 남패천이 초장부터 밀리고 있다는 사실이 받아들이기 힘든 표정이었다.

"우리도 그 점이 납득이 가지 않아요. 물론 서왕문은 사천에 있는 관계로 당문과 밀접한 관계가 있어요. 예전에 당문에서 그런 시도를 한 단서가 있긴 하지만 확실하지도 않고, 이런 정도라고는 상상하기 힘들어요."

이번에는 백봉령주가 신중한 표정으로 설명했다.

"그래서 철갑마차와 무적대를……?"

유화성은 모든 것이 납득이 간다는 듯한 눈빛으로 백봉령주를 쳐다보았다.

"그래요. 그들 중 하나를 생포할 생각이에요."

"극단적인 상황에서는 폭혈마공을 쓴다고 하지 않았소?"

임전성이 나섰다.

"나름대로 많은 준비를 했어요. 철갑마차와 또 다른 장비들도 있어요. 그것들을 쓰려면 무적대의 도움이 필요해요."

백봉령주는 내친김에 차후 무적대의 역할과 철갑마차의 움직임 등에 대해 간략하게 설명했다. 그리고 접견실에서의 모임은 끝이 났다.

"젠상! 내주 체면 세워주느라 온갖 근엄한 표정만 다 짓다가 안면 근육 마비되겠군."

접견실을 나오자마자 칠지검 임전성이 턱과 얼굴 근육을 이리저리 움직이며 투덜댔다.

조금 전의 모습과는 백팔십도로 상반된 임전성의 행동거지에 백봉령주는 눈을 동그랗게 떴다. 그동안 온 들판을 쏘다니며 야성을 되찾은 무적대는 예전 미친 늑대들의 껍질은 벗어던지고 있었다.

"자넨 대원들에게 우리의 일을 숙지시키고 쉬고 있게. 난 다른 볼일이 좀 있네."

유화성은 임전성에게 지시를 내리고 난 후, 화경과 백봉령주를 데리고 자신의 처소로 왔다.

"화결의 소식을 알려주시오."

세 사람만 같이 있게 되자 유화성은 백봉령주에게 서둘러 유화결의 소식을 물었다.

백봉령주는 잠시 망설였다.

모든 것을 다 말해줄까, 아니면 선별해서 부분적으로 밝힐까 저울질하는 것이다.

"하나도 남김없이 모두 설명해 주시오."

유화성의 말에 백봉령주는 흠칫 놀랐다. 이 사내는 지금 자신의 내심을 꿰뚫어보고 있었다.

무심한 듯하지만 모든 것을 알고 있는 사내!

유가검보에 잠입했을 때 느꼈던 그 서늘한 기분이 되살아났다.

"그럼 처음부터 말씀드리겠어요. 휘주 인근에 펼쳐진 놈들의 감시 망은 예상을 훨씬 뛰어넘을 만큼 엄중해서 쉽게 정보를 얻을 수 없었 어요. 다만, 비원각에서는 유화결 공자가 장사꾼들 틈에 서어 휘주로 숨어들었다는 것 정도만 알아냈어요. 그런데 얼마 전 비원각으로 이상 한 서찰 한 장이 날아들었는데… 거기에는 유 공자가 어떻게 놈들의 본거지로 숨어들려 했고, 또 어떻게 놈들 손에 잡혔는지 소상히 적혀 있었어요. 아마도 잡히기 직전까지 동행했던 사람이 보낸 서찰 같았어 요. 유 공자는 오래전에 폐쇄시킨 동굴로 해서 축사 뒤쪽을 뚫 고……."

"기, 기억나요, 그곳!"

유화경이 불식간에 소리를 질렀다.

그곳은 어린 시절, 자신도 오빠 화결과 함께 탐험을 해보다가 부친 께 혼쭐이 났던 곳이다. 그리고는 바로 막혀 버렸다.

"그런데 성공하기 직전, 동굴에서 핏빛 괴물과 마주쳐 실패했다고 했어요. 그 괴물의 정체는 동방회 회주의 아들 임문정이 부리는 심복 으로, 혈유라고 불려요. 환술을 익혀 낮보다는 밤을 좋아하고, 어둠 속 에 숨어 있는 그림자 인간이지요. 아무튼 그자에게 발각되었으니 유 공자는 회주의 아들 임문정에게 잡혀 있다고 봐야 해요."

"생사 여부는?"

유화성은 낮게 가라앉은 음성으로 물었다.

"서찰을 전할 때까지는 살아 있는 것으로 확인되었어요."

"으흐흑! 작은오빠……."

악착같이 참고 있던 유화경이 마침내 오열을 터뜨렸다.

진우청이 북제성 사람들과 함께 떠나던 날, 숙소나 마찬가지인 화약 실험실 구석에서 펑펑 울고 난 이후로 처음 제대로 터뜨리는 울음이었다.

"살아 있었다면 됐소."

가슴속의 격정을 삭히느라 한참 말없이 있던 유화성이 나직하게 말했다.

"큰오빠……."

유화경이 두려운 눈으로 유화성을 쳐다보았다.

그때까진 살아 있다고 했지만 놈들의 잔혹함으로 봐서 이미 어떤 짓을 저질렀을지도 모르는 일이다.

"바로 죽이지 않고 살려놓은 건 뭔가 목적이 있어서 그랬을 것이다. 우리를 잡을 미끼로 사용할 의도겠지. 인질은 가치를 상실하지 않는 한 안전한 법이다. 내가 살아 있는 한, 그리고 그 친구가 있는 한 화결은 살려둘 것이다."

유화성은 차분한 목소리로 유화경을 달랬다.

"그 친구라면… 우청, 우청 오라버니 말인가요?"

유화경이 고함처럼 물었다.

언제나 티격거렸지만 누구보다 잘 어울렸던 두 사람!

이곳 지부에서부터 남패천 총단에까지 가서 같이 지내던 두 사람의 모습을 생각하면 자신도 모르게 입가에 미소가 지어지며 눈물 또한 같이 흘렀다.

"그래요. 진 공자가 유 공자를 잊지 않는 한 동방회도 유 공자를 함부로 할 수 없을 거예요. 아무리 동방회라도 북제성은 결코 가벼이 여길 문파가 아니니까요."

백봉령주도 유화경의 걱정을 덜어주려 표정을 밝게 했다.

"잘 지내겠지요?"

눈물을 닦은 유화경이 진우청의 안부를 물었다.

유화성은 잠시 대답을 미루었다.

지금까지의 여정을 생각한다면 결코 잘 지낸 것이라 말할 수 없었다. 천부의 체질과 능력으로 아무렇지 않게 장애물들을 훌쩍 뛰어넘어 버렸지만, 보통 사람이라면 혼백마저 흩어져 버릴 만큼 고초를 겪었다.

하지만 그 모든 것들을 먼지 털듯 털어내며 앞으로도 그렇게 지낼 것이다.

"왜 그러세요, 무슨 일이 있는 건가요?"

유화경의 눈이 커다랗게 뜨였다.

"아니다. 언제나 잘 지내는 친구지, 그 친구는……."

유화성은 고개를 저으며 말한 후 유화경에게로 관심을 돌렸다.

"그런데 넌 어쩌자고 이 위험한 곳에 온 것이냐?"

"큰오라버니 소식을 듣고는 한시도 가만히 있지 못했어요. 그리고 이젠 제가 하는 일에 없어서는 안 될 조력자이기도 하구요."

백봉령주가 대신 대답하며 고개를 설레설레 저었다. 악착같이 이곳으로 따라오겠다는 유화경의 집요한 간청에 질려 버린 그녀였다.

유화성은 짐을 풀고 숙소의 침상에 걸터앉았다.

예전에 쓰던 그 방이었다. 물론 그때는 지하 연공실에서 더 많이 지냈기에 이 방에서 잠을 잔 것은 다섯 손가락 안에 꼽을 수 있었다. 그래도 생판 처음인 방보다는 마음을 편하게 했다.

아마도 백봉령주의 세심한 배려 때문에 이 방을 배정받은 것이리라.

“아령……."

유화성은 정인의 이름을 나직하게 소리 내어 불렀다.

사람의 마음이란 간사한 것이다.

평생을 잊지 못할 것 같던 얼굴이 자꾸만 흐려져 가고, 그 위로 백봉령주의 얼굴이 훨씬 더 선명하게 겹쳐 왔다.

침상에 앉아 있던 유화성은 세차게 머리를 흔들며 일어섰다.

아직은 그 모든 것이 사치스런 감정일 뿐이다.

동생의 생사마저 불확실한 지금은 딴생각을 할 겨를이 없다.

최대한 적들에게 타격을 입혀 동생의 인질로서의 가치를 더 높여야 한다.

그것이 동생 화결을 한 시진이라도 더 오래 살리는 길이다.

스르릉—

유화성은 표풍검을 빼 들었다.

웅혼한 광채가 선친의 체취와 함께 뿜어졌다.

그 자리에서 섬전처럼 표풍검을 휘둘렀다.

파아앗!

초식의 경계를 허물어 뜨린 표풍무형의 초식 속에 표풍소설, 표풍일섬, 표풍귀일, 표풍만리의 네 초식이 한꺼번에 뿜어졌다.

파파파팟—

벽에 마치 커다란 붓으로 한 획을 그은 것처럼 검흔이 새겨졌다.

언젠가 표풍무형 속에 표풍십이식의 모든 초식을 집어넣게 되면 표풍무형은 완벽한 무형검이 될 것이다. 그렇게 되면 복수의 날도 더 가까워지는 것이다.

스르릉—

검집 속으로 표풍검을 집어넣는 순간 한줄기 쇳소리가 신경을 자극했다.

유화성은 열려 있는 창문을 향해 급히 몸을 날렸다.

"기습이다!"

쨍!

최종의 금속성이 들려온 지 몇 호흡의 시간도 지나지 않았는데 강서지부 바깥채에서 혼전이 벌어지고 있었다.

놈들은 성채 십 리 밖의 거리까지 세워놓은 보초들을 소리없이 처치하고 이곳까지 다가들었다는 얘기다.

'그놈들일까?

유화성은 휘파람으로 무적대에게 신호를 보내며 안채 정문의 용마루 위에 내려섰다.

서왕문 놈들이었다.

휘주의 신안 강변에서, 그리고 본가인 유가검보에서 보았던 서왕문 복장의 놈들이 사정없이 도검을 휘두르고 있었다.

가슴 저 밑바닥에서 끓어오른 분노가 온 혈맥을 터뜨릴 듯 요동침을 느꼈다.

"후흡—"

유화성은 긴 호흡과 함께 애써 분노를 가라앉혔다.

놈들은 남패천 지부 다섯 개를 순식간에 무너뜨릴 전력을 지녔다.

사감은 억누르고 최대한 냉정히 전세를 살펴야 할 때이다.

차차창!

검을 빼 든 대원들이 금방이라도 뛰쳐나갈 듯한 자세를 잡았다.

유화성은 손을 들어올렸다.

무적대의 상대는 저놈들이 아니었다.

저놈들은 이곳 지부의 맹호대나 백호대가 맡으면 된다.

저 뒤쪽에서 몸을 숨기고 있는 놈들!

무적대는 그들을 상대해야 한다.

"측면으로!"

강서지부 백호대주 조백림이 고함을 지르며 좌측으로 대원들을 몰아갔다. 그곳으로 한 무리의 서왕문 무사들이 들이닥치고 있었다. 보초들을 모두 죽이고 바깥채 안으로 들어온 서왕문 무사들이 강서지부 무사들과 대치했다.

수적으로는 강서지부가 오히려 더 많았다. 원래의 인원에 무적대 팔십여 명이 더해졌기 때문이다.

그러나 형형한 살기는 서왕문의 문도들이 훨씬 강했다.

무엇을 단단히 믿고 있는지, 그들은 아무런 두려움 없이 강한 기세를 내뿜고 있는 것이다.

'하지만 오늘은 다른 다섯 지부와 같이는 안 된다.'

내심 중얼거린 유화성은 뒤쪽을 바라보며 전음을 날렸다.

칠지검 임전성이 소리없이 부하들을 지휘했다.

몇 명의 부하들이 그림자처럼 움직였다.

잠시 후 또 한 무리의 부하들이 다른 한 사람의 조장을 따라 움직였다.

한바탕 소란이 일고, 잠시 대치 상태가 이루어졌다.

"켈켈켈!"

기분 나쁜 웃음소리와 함께 서왕문 문도들 속에서 꼽추노인이 나섰다.

순간 유화성의 눈에서 번쩍 기광을 발했다.

신안 강변에서 뚱보노인과 기괴한 한 쌍을 이루며 군사들을 지휘하던 노인이었다.

아직도 이곳에 있었는지, 아니면 총단까지 갔다가 다시 왔는지 그때와 똑같은 모습으로 서양문도들을 지휘하고 있었다.

"켈켈! 오늘 이곳에 있는 놈들은 단 한 놈도, 아니, 강아지 새끼 한 마리 남김없이……."

고함을 치던 꼽추노인은 급히 입을 다물었다.

목을 향해 섬전 같은 검기 한가닥이 날아들고 있었기 때문이다. 그건 유화성의 표풍검에서 쏟아진 표풍일섬이었다.

사감은 억누르고 냉정히 전세를 파악하고 있던 유화성이었지만, 이 순간만큼은 참지 못했다.

굳이 병법을 따지더라도 초장에 적군의 기세를 꺾고 아군의 기세를 살리는 것은 무엇보다 필요한 일이었다. 그것을 무적대주가 한다고 해서 손해볼 건 없다.

"이, 이 육시랄 놈이!"

전혀 예상 밖의 일격을 당한 꼽추노인이 펄쩍 뛰어오르며 일장을 날렸다.

표풍일섬이 표풍만리로 바뀌며 노인의 전신을 난자해 갔다.

"허억!"

한가닥 섬전처럼 심장을 찔러오던 기운이 착각인 듯 퍼지며 전신을 찔러오자 꼽추노인은 경호성을 지르며 미친 듯이 쌍장을 휘둘렀다.

그러나 그 어느 곳에도 검기와 쌍장이 마주친 파열음은 들려오지 않았다.

대신 푸욱! 하고 피륙 터지는 소리만 들려왔다.

지옥의 전장을 누비며, 북제성의 사람들과 검을 섞으며 훨씬 날카로워진 표풍무형은 꼽추노인의 심장을 단번에 관통했다.

"이, 이!"

노인이 불신의 눈을 떴다.

유화성은 노인의 코앞으로 얼굴을 들이밀었다.

"누구의 손에 죽는지는 알고 죽어야 하지 않겠소? 난 유가검보의 장남, 유화성이라 하오."

자신의 이름을 밝힌 유화성은 검을 잡은 손을 사정없이 비틀었다.

"크아악—!"

경악으로 눈을 부릅 뜬 노인이 처절한 비명을 질렀다.

"당신 같은 추물을 죽이는 데 표풍일섬은 너무 깨끗한 검초이지."

유화성은 뒤틀린 검을 아주 천천히 뽑아냈다.

꼽추노인은 다시 강네기 떠날 갈 듯한 비명을 토했다.

꼽추노인의 눈에서 생기가 다 빠져나갈 즈음, 유화성은 노인의 목을 쳐서 그 수급을 서왕문도들 앞으로 던졌다.

지옥의 사자 같은 유화성의 모습에 서왕문도들이 우르르 뒤로 물러섰다.

"혈량대주!"

누군가의 입에서 그 소리가 새어 나오자 뒤로 물러나는 속도가 더 빨라졌다.

"와아!"

강서지부 무사들의 입에서 우레와 같은 함성이 울려 퍼졌다. 동시에 긴장으로 굳었던 몸들이 풀리며 당장이라도 적도들의 목을 칠 듯 사기가 충전했다.

이럴 때는 절대로 그 기세를 멈추게 해서는 안 된다.

병사들의 사기는 불길과 같아서 타오르기 시작할 때 더욱 세찬 부채질을 해주어야 한다.

"쳐라!"

맹호대주 신하진이 명령을 내렸다.

함성 소리와 함께 강서지부 병사들이 미친 듯이 달려나갔다.

바람처럼 제자리로 돌아온 유화성은 냉정한 눈으로 전장을 내려다보았다.

"이젠 심리전에도 도사가 되었군!"

칠지검 임전성이 훌쩍 날아올랐다가 유화성의 옆에 내려서며 말했다.

"지놈들은 아직 꼼짝도 않고 있어!"

유화성은 서왕문 병사들 뒤쪽에 시선을 둔 채 뚫어질 듯 쳐다보았다.

"어떤 놈들인지 정말 궁금한데!"

임전성도 이글거리는 눈으로 유화성의 시선을 좇으며 칠지검을 만지작거렸다.

그때 뒤쪽에 있던 마차 지붕이 터지듯 비산하며 다섯 명의 회의인이 포탄처럼 솟구쳤다.

"저놈들이다!"

임전성이 나지막하게 소리쳤다.

호랑이 가죽을 뒤집어쓴 것처럼 온 얼굴에 문신을 한 채 표홀하게 날아 내리는 다섯 인영은 이제껏 설명을 들은 서왕문의 괴고수들이었다.

스르릉—

유화성은 표풍검을 꺼내 들며 휘파람을 불었다.

대치의 순간 때 은밀히 뒤로 돌아 강서지부 병사들과 섞인 무적대를 그들과 맞서게 한 후 그들과의 대결을 보며 놈들의 실력을 확인하고 싶은 것이다.

그들의 실력은 즉시 드러났다.

무적대가 다가들기 전, 그들은 마치 장난감 인형을 다루듯 강서지부 병사들의 목을 부러뜨리거나 맨손으로 심장에 구멍을 내고 있었다.

그중 실력있는 병사 하나가 호면괴인의 목을 내려쳤다.

까앙—

서걱! 하고 목이 달아나는 대신 검으로 바위를 칠 때나 들림직한 쇳소리가 터졌다.

병사는 늘란 눈으로 이치 공격을 포기하고 치치한 히이에 효랑이 얼굴 문신을 한 괴인을 쳐다보았다.

호면괴인의 손이 자신의 목을 쳤던 병사를 향해 득달같이 뻗어 나왔다.

병사가 퇴로를 밟으며 호면괴인의 손을 검으로 막아갔다. 제대로 배운 검술이었다.

휘리릭—

처음에는 마구잡이로 병사를 쳐나가는 듯하던 호면괴인의 팔이 이상한 각도로 구부러졌다.

병사의 검초 사이로 호면괴인의 손이 미끄러지듯 스며들었다.

절정의 금나술이었다.

순식간에 병사의 검이 손에서 떨어져 허공을 날아오르고 가슴을 강타당한 병사는 폭풍에 휩쓸린 낙엽처럼 뒤로 날아갔다.

"으음!"

임전성이 자신도 모르게 신음을 토했다.

극강한 외가기공에 절정이 금나술!

결코 금나술만 절정이 아닐 것이다. 저만큼 금나술을 펼칠 수 있다면 권법이나 장법에도 절정의 실력을 지니고 있을 것이다.

남패천 지부 다섯 곳이 순식간에 무너진 이유는 저기에 있었다.

저런 고수 다섯이 온몸으로 도검을 팅겨내며 종횡무진 휘젓고 다닌다면 대책이 없었을 것이다.

"이래서 총단에서 우리를 이곳으로 부르고 철갑마차까지 동원했군."

임전성이 억눌린 목소리로 말했다.

그때 병사들을 뒤로 물린 무적대원 일곱 명이 호면괴인 하나를 둘러쌌다.

동료 한 명이 완벽히 포위되었음에도 불구하고 다른 호면괴인들은 신경도 쓰지 않는 것 같았다.

서로에 대한 동료 의식이 없는 것도 같았고, 아니면 그 정도는 혼자 처리할 수 있을 테니 알아서 하라는 모습 같았다.

일곱 명의 무적대는 칠성검진(七星劍陣)을 펼쳤다.

그들은 끝까지 정체를 숨긴 채 방심한 틈을 타 호면괴인 한 명을 처치할 계획이었다.

남패천 최강의 전투 부대인 무적대원 일곱 명이 검진을 만들어 펼치는 공격은 귀신도 빠져나가지 못할 만큼 엄중했다. 그런데 그 검이 썩은 나무토막이라면 문제가 달랐다.

　호랑이 얼굴 문신의 호면괴인들에게 있어 검은 썩은 나무토막이나
마찬가지였다. 호면괴인의 몸에 부딪치자마자 세 개의 검이 뚝 꺾여
허공으로 튕겨났다. 그리고 그 다음으로 다른 네 개도 부러지거나 이
빨이 빠져 더 이상 검으로서의 효용을 잃어버렸다.

　그때부터는 일사천리였다.

　호면괴인은 성난 들소처럼 무적대 일곱 명에게 달려들며 권장을 퍼
부었다.

　속수무책이 된 무적대원들은 퇴보를 밟으며 급한 대로 반 토막 난
검을 휘두르다 그것도 부러져 나가자 주먹을 날렸다.

　검으로도 상처조차 주지 못하는 상대에게 주먹으로 타격을 입힐 순
없었다. 더구나 무적대는 도법이나 검법의 고수이지 권장의 고수는 아
니었다.

　무적대원들은 급급히 뒤로 밀렸다.

　그런 면에서는 강서지부 병사들과 다를 게 없었다. 조금 낫다면 공
격의 실패가 바로 죽음으로 연결되지 않는다는 정도였다.

　“믿을 수가 없군!”

　임전성은 신음처럼 말했다.

　호면괴인들은 거의 금강불괴에 가까운 괴물들이었다.

　“내가 직접 한번 부딪쳐 보지!”

　임전성이 비조처럼 몸을 날렸다.

　까앙—!

　폭음에 가까운 금속성과 함께 칠지검의 일곱 개 가지 중 두 개가 부
러져서 날아갔다.

단 한 번의 격돌로 칠지검은 오지검의 되어버렸다.

멍하게 자신의 애병을 쳐다보는 임전성의 가슴으로 호면괴인의 장력이 날아들었다.

임전성은 벼락 치듯 칠지검을 휘둘러 장력을 잘라갔다.

"으윽!"

임전성은 신음을 삼켰다.

검에 마주치는 장력에도 바위 같은 힘이 실려 있었다.

겨우 장력을 가른 칠지검이 호면괴인의 눈을 찔러갔다.

외문기공을 익힌 자들은 대개 눈이 조문이었다. 임전성은 그걸 노린 것이다.

땅!

호면괴인은 파리를 쫓듯 가볍게 손을 흔들어 임전성의 검을 쳐내고는 그 손으로 손목을 삽아왔다.

임전성은 칠지검을 황급히 비틀었다.

칠지검의 가지 하나에 호면괴인의 손가락이 걸린 탓에 놈의 금나술에 손목을 잡히는 위험은 면했다.

임전성은 호면괴인의 손가락을 자를 듯 칠지검을 맹렬히 그어댔다.

까가각―

쇠가 긁히는 소리만 요란하게 나며 호면괴인의 손가락은 칠지검의 가지 사이를 빠져나갔다.

휘익―

괴인의 다른 손 하나가 갑자기 임전성의 어깨를 가격해 왔다.

괴인의 손가락을 가두던 검을 제대로 회수하지도 못한 상태에서 날아오는 바람 같은 일격이었다.

“으륵!”

임전성은 답답한 비명을 토했다.

필사적으로 상체를 튼 덕분에 빗맞았지만, 어깨가 탈골된 듯한 격렬한 통증이 전해졌다.

다시 호면괴인의 반대쪽 손이 날아들었다.

이번에는 장력을 뿌리는 것이 아니라 빳빳하게 수도를 세워서 심장을 찔러오고 있었다.

섬전처럼 가공할 속도였다.

겨우 피했다 하더라도 가슴 한쪽은 찢어지고도 남을 신랄함이 호면괴인의 손끝에 담겨 있었다.

까앙―

벼락처럼 떨어져 내린 검이 호면괴인의 수도를 처냈다.

홍사갈 엄연지였다.

괴인의 손을 쳐낸 그녀는 와락 얼굴을 찌푸렸다. 호구에 전해지는 충격이 만만치 않은 모양이었다.

“제대로 좀 못해요!”

엄연지는 손아귀의 통증이 전적으로 임전성 때문인 양 소리를 질렀다.

무적대 일곱 명과 칠지검 임전성, 홍사갈 엄연지까지 한 명의 호면괴인과 대결을 벌이는 사이, 나머지 네 명의 호면괴인은 파죽지세로 강서지부 무사들을 쓸어갔다. 이대로 나가다간 제대로 싸워보기도 전에 무너지고 말 것이었다.

유화성은 손을 들어 신호를 보냈다.

두웅―

강서지부 안채에서 후퇴를 알리는 북소리가 들렸다.

삐익—

유화성의 휘파람 소리와 함께 강서지부 병사들이 물러난 자리를 무적대원들이 메우며 달려나왔다. 그와 함께 서왕문도들도 호면괴인들 뒤로 물러나 전열을 가다듬었다.

아수라장이 되었던 싸움이 무적대원들과 다섯 명의 호면괴인의 대치로 전환되었다.

지옥의 혈랑대!

남패천의 무적대!

그 수식어가 지금은 무참히 짓밟히는 순간이었다.

고작 다섯 명을 상대하고자 무적대 팔십여 명이 모두 나선 것이다.

무적대원들의 얼굴에 어쩔 수 없는 수치심 한가닥이 어렸다.

그 수치심은 다섯 명의 호면괴인에게서 뻗어 나오는 기세와 함께 즉시 지워졌다.

살기로 이글거리는 두 눈!

호랑이 얼굴 문신에 정확히 파악되지는 않았지만 그들의 입가에는 비릿한 미소가 잔인하게 번져 나갔다.

"건곤세!"

유화성이 소리를 질렀다.

무적대원들이 신속하게 움직이며 다섯 명의 호면괴인을 한꺼번에 포위했다.

그 순간, 다섯 명의 호면괴인이 폭발하듯 다섯 방위를 향해 터져 나갔다.

터져 나간다는 표현!

지금 그들의 움직임은 그게 가장 어울렸다.

"크윽!"

"윽!"

포탄처럼 날아드는 그들의 몸에, 그들이 뻗은 팔다리에 부딪친 무적대원들이 신음을 토했다.

검으로도 상처 하나 입지 않는 그들은 온몸이 무기였다. 특히 이런 순간에 그들의 육탄 공격은 그 무엇보다 효과적이었다.

순식간에 건곤세가 무너지고, 포위망을 뚫은 다섯 명의 호면괴인은 무적대를 향해 오히려 밖에서 공격해 들어왔다.

무적대원들의 눈이 경계심으로 물들었다.

검도 통하지 않고, 검진도 통하지 않는 괴물들!

이런 상황은 백화워에서 흑궁의 사람들과 마주 쳤을 때 이후 처음이었다.

삐익—

유화성의 휘파람 소리가 다시 들렸다.

무적대원들이 바람처럼 움직이며 건곤세의 검진이 단홍세로 바뀌었다.

달려오던 호면괴인들이 옆으로 방향을 틀며 바뀐 검진에 대항했다.

병장기가 괴인들의 몸에 부딪치며 연신 쇳소리가 터져 나왔다. 쇳소리 뒤에는 어김없이 검이 부러져 팅겨 올랐다.

무적대가 이러할진데 보통의 병사들은 말할 것도 없었을 것이다.

그래서 순식간에 다섯 개의 지부가 무너진 것이다.

주춤하던 서왕문의 거침없는 준동!

그들은 이것을 믿고 장거리 원정의 압도적인 불리함을 무릅쓰고 남패천을 침공한 것이다.

그 뒤에 동방회의 물자 지원까지 있으니 원정의 불리함은 깨끗이 소멸되고 무공의 우월함만 남은 것이다.

남패천주 구양천은 이것을 두려워해 북제성과 손을 잡으려고 그렇게 애를 쓴 모양이었다.

"파랑세!"

유화성은 이번에는 휘파람을 불지 않고 고함으로 진세의 발동을 지시했다. 그만큼 마음이 급한 탓도 있었다. 그때 뒤로 물러났던 서왕문도들이 더 이상 지켜보지 않고 옆으로 움직이기 시작했다.

휘이익―

유화성은 밟고 있던 용마루 끝을 박차고 무적대원들 쪽으로 몸을 날렸다.

전세는 새로운 양상으로 전개되었다.

다섯 명의 호면괴인은 무적대가 맡고, 다른 서왕문도들은 강서지부 병사들과 싸우는 양상이었다.

"하앗!"

세 번을 연달아 땅을 박차며 가운데 갇힌 호면괴인 하나의 머리 위로 날아오른 유화성은 팔성의 내력을 끌어올린 후 태산압정의 수법으로 표풍검을 내리그었다.

검이란 것이 그냥 바위를 향해 두드리면 댕강 부러지지만 고수가 내력을 운기한 채 내려치면 바위가 두 쪽 난다.

파앗!

표풍검에 부딪친 호면괴인의 몸에서 처음으로 쇳소리가 아닌 다른 음향이 터져 나왔다. 그건 검이 피륙을 베었을 때 나는 소리였다.

표풍검이 지나간 궤적을 따라 붉은 선혈이 튀었다.

호면괴인의 팔 하나가 잘려 나가며 허공으로 떠올랐다.

"크으윽—"

호면괴인은 짐승처럼 신음을 토했다.

붉은 선혈과 고통에 찬 신음 소리!

혹시 저들의 정체가 강시가 아닐까 의심했던 유화성은 혼란한 기분을 떨칠 수 없었다.

신음과 함께 피를 흘리는 모습을 봐서는 강시라기보다는 사람에 훨씬 가까웠다. 그러나 말도 없이 막무가내로 달려드는 모습이나 다른 행동은 강시를 방불케 했다.

어쨌든 한 놈의 팔을 잘랐으니 이놈을 생포하여 정체를 캐낼 수 있을 것이다.

그런 생각으로 재차 표풍검을 휘두르던 유화성은 급급히 신형을 뒤로 뺐다.

폭혈마공!

백봉령주에게서 들은 그 단어가 섬전처럼 모두의 뇌리를 스쳤다.

놈은 전투력을 상실하자 폭혈마공을 터뜨리려 하고 있었다.

"피해!"

유화성은 천둥처럼 고함을 질렀다.

팔이 하나 잘린 호면괴인의 몸이 급격히 부풀어 올랐다.

콰앙!

부풀어 오르던 괴인의 몸이 수천, 수만 조각의 파편으로 터져 나갔다.

"크윽!"

“큭!”

미처 피하지 못한 대원 둘이 벌집이 되어 날아갔다.

그런 와중에서도 나머지 네 명의 괴인은 전혀 영향을 안 받은 듯 망연자실한 무적대원들을 향해 달려들고 있었다.

“물러서세요!”

날카로운 고함 소리와 함께 마차는 물론, 말까지 철제 갑주를 씌운 철갑마차가 달려나오고 있었다.

무적대의 힘만으로는 도저히 생포가 불가능하다고 생각한 백봉령주가 철갑마차를 움직인 것이다.

휘익—

획—

무적대원들이 신속히 뒤로 몸을 날렸다.

무거운 바퀴 소리를 내며 달려오는 철갑마차를 보며 호면괴인들은 처음으로 긴장하는 모습을 보였다.

그들은 본능적으로 철갑마차의 위험을 알았는지 이제까지의 거침없던 움직임을 멈추고 서로 눈치를 보며 주춤거렸다.

그중 한 명의 입술이 달싹거렸다. 동시에 그들 네 명은 철갑마차를 향해 비호처럼 날아들었다.

피피핑—

철갑마차에서 강침들이 쏟아졌다.

신안 강변에서는 수백 명의 서왕문도들을 근접도 못하게 위력을 발휘한 강침이었지만 호면괴인들에게는 아무런 영향을 주지 못했다. 강침들은 호면괴인의 몸에 맞는 족족 튕겨 나갔다.

촤르르—

　호면괴인들이 철갑마차 지붕 위로 떨어져 내리려는 순간, 마차 지붕이 조금 들리며 그 사이로 쇠 그물이 활짝 펼쳐지며 튀어나왔다.

　네 명의 괴인이 쇠 그물에 감싸이며 바닥으로 떨어졌다. 그물 안에 갇힌 채 바닥에 나뒹군 그들은 잠시 혼란스런 움직임을 보였다.

　그러나 그것도 잠시, 그들은 서로 거리를 유지하며 쇠 그물을 잡아당겼다.

　까각!

　네 명이 각각의 자리에서 힘을 주자 쇠 그물이 늘어지는 듯하더니 사슬 한 부분이 툭 터지며 찢어지기 시작했다.

　"정말 징그러워!"

　마차 안에서 백봉령주가 낮게 중얼거리며 손잡이 하나를 세게 잡아당겼다.

　아까와 똑같은 방식으로 쇠 그물이 튀어나왔다.

　그물을 찢고 막 밖으로 뛰쳐나오려던 호면괴인들은 다시 한 겹의 그물에 걸렸다.

　그 위로 한 겹의 그물이 더 덮쳤다. 쇠 그물에 삼중으로 휩싸이게 되자 호면괴인들의 움직임이 조금씩 둔해졌다.

　계속해서 그물을 던져 옭아매게 된다면 그들의 움직임은 봉쇄할 수 있을 것이다. 그런데 저들은 생포당할 순간이 되면 폭혈마공으로 몸을 터뜨려 자폭한다. 그러면 생포는 불가능하다.

　"저들의 백회혈에 이 침을 정확히 찌르면 가능할지 몰라요."

　마차 밖으로 나온 백봉령주가 유화성을 보고 다급하게 말했다.

　그물에 휩싸여 있지만 여전히 위험한 호면괴인들이었다. 누가 다가갔을 때 폭혈마공을 터뜨린다면 같이 죽을 것이다.

“내가 하겠네!”

임전성이 나섰다. 그러나 한발 앞서 유화성이 이쑤시개 굵기에 손가락 길이만 한 백색 강침을 백봉령주의 손에서 뺏어 들었다.

강침을 손에 잡은 유화성이 흠칫 놀라며 그것에 눈길을 주었다.

표면에 이상한 문양이 빼곡이 새겨진 강침은 생각보다 몇 배는 더 무거웠다.

특수한 재료에 주술적인 힘까지 가미된 모양이었다.

유화성은 그물 쪽으로 다가갔다.

놀랍게도 두 번째 그물도 찢어지고 세 번째 그물도 그들 중 한 명의 손에 잡혀 있었다.

그는 유화성이 다가오는 것을 보고는 그물을 잡던 손을 활짝 폈다.

퍼엉!

호면괴인의 손에서 장력이 쏟아졌다.

유화성은 슬쩍 몸을 틀었다.

그물에 갇힌 채 부자연스런 동작으로 펼친 호면괴인의 장력은 위력이 반감되어 있었다.

“하앗!”

기합성과 함께 유화성은 호면괴인의 장심을 향해 섬전처럼 표풍검을 찔러 넣었다.

까앙!

그물 때문에 표풍검 역시 제대로 힘을 발휘하지 못했다.

호면괴인의 장심은 구멍이 나지 않고 쇳소리를 토했다. 그러나 그 순간 호면괴인의 움직임이 주춤 멈추어졌다.

파아앗―

유화성은 손가락 끝에 끼운 쇠침을 호면괴인의 백회혈을 향해 세차게 박아 넣었다.

"크윽!"

백회혈에 강침이 꽂힌 호면괴인이 비명을 터뜨리며 손을 머리 위로 올리려 애를 썼다.

"안 돼요!"

백봉령주가 고함을 질렀다.

강침은 끝이 보이지 않을 정도로 다 꽂혀야 효력이 발휘되는 것이다.

그것도 비원각에서 분석한 자료들이 맞는 경우에 그랬다.

그물을 젖히고 호면괴인의 손이 백색 강침에 닿으려는 순간, 임전성의 칠지검이 바람을 갈랐다.

곤장처럼 떨어져 내린 칠지검의 검신이 말뚝을 박듯 강침 끝을 두드렸다.

끝만 조금 박혀 있던 강침이 남김없이 호면괴인의 정수리 안으로 박혀들었다.

"끄윽!"

답답한 신음을 토한 호면괴인의 눈동자가 허옇게 뒤집어졌다. 그리고는 움직임을 멈추었다.

"됐어요! 나머지도 그렇게 잡아요!"

백봉령주가 환호성처럼 소리를 지르며 세 개의 백색 강침을 더 꺼내 들고 뛰어왔다.

"위험해!"

유화성은 달려오는 백봉령주를 향해 마주 달려가며 덮쳐들었다.

“피해!”

임전성도 고함을 지르며 바닥으로 몸을 날렸다.

동료가 제압당하는 것을 본 나머지 호면괴인들의 몸이 순식간에 두 배로 부풀어 올랐다.

콰앙!

이번의 폭발은 처음 한 놈보다 훨씬 빨랐다. 그러나 이미 경각심을 잔뜩 가지고 적당한 거리를 유지하고 있던 무적대원들은 더 이상 희생되지 않았다.

우두두두—

사방으로 튀어 오른 인육과 선혈들이 소낙비처럼 떨어져 내렸다.

호면괴인들 가장 가까운 곳에 있던 유화성의 등이 떨어지는 혈우에 젖어 피로 물들었다.

“괘, 괜찮아요, 공자님?”

유화성 아래에 깔린 백봉령주가 동그랗게 뜬 눈으로 유화성을 바라보았다.

바로 코앞에 유화성의 얼굴이 있었지만 그녀는 그것도 의식하지 못하고 있었다.

“그런 것 같소.”

유화성은 천천히 몸을 일으키며 백봉령주의 손을 잡아 그녀를 일으켰다.

그제야 백봉령주는 온 얼굴이 홍당무처럼 변했다. 그러나 그건 순간적인 감정일 뿐, 더 급한 생각이 그녀의 뇌리를 헤집었다.

“아까 제압한 자는……?”

백봉령주는 득달같이 쇠 그물 쪽으로 달려갔다.

쇠 그물은 넝마처럼 변해 있었다.

그리고 그 안에는 그물에 막혀 다 터져 나가지 못한 인육들이 피곤 죽으로 변해 처참한 광경을 연출하고 있었다.

"우욱!"

급한 마음에 서눌러 다가서던 백봉령주는 토악실을 하며 뒤로 물러섰다.

백봉령주를 대신하여 유화성이 쇠 그물 잔해를 걷어냈다.

"고맙게도 무사하군."

옆에 선 임전성이 뒤틀린 웃음과 함께 말했다.

"이젠 저놈들을 상대해야지!"

임전성은 강서지부 안채에서 혼전을 벌이는 서왕문도들을 보며 허옇게 이를 드러냈다.

第八十章

소란(騷亂)

"**왜** 이리로 가죠? 올 때와는 전혀 딴판이잖아요. 그리고 황산 쪽도 아니고……."

북제성으로 향하는 길에 조송령은 고개를 갸웃거리며 을지소소에게 물었다.

올 때도 황산으로 가는 방향은 아니었지만 인적이 드문 길을 택했다. 그러나 지금 진우청은 그것조차 마다한 채 인적 가득한 대로로 백왕과 설아의 목줄까지 손수 끌며 유세하듯 걸어가고 있었다.

"나도 모르겠어. 이대로 본단으로 돌아가면 창룡금시는 언제 찾을지……."

을지소소도 고개를 저었다.

경설형과 조송령, 운가목의 상태가 하루에도 몇 번씩 발작을 일으키는 정도로 내상을 입었지만, 그렇다고 북제성으로 되돌아가면 어쩐단 말인가?

어떤 안배가 되어 있는지 몰라도 창룡금시를 찾아 금제를 풀어야 할 것인데, 진우청의 행보는 전혀 예상 밖이다. 그 때문에 을지소소는 속이 타는 기분이었다.

"저곳에 잠시 들립시다."

진우청은 번화가 한쪽에 있는 상점을 가리켰다.

을지소소와 경설형은 진우청이 가리킨 곳을 쳐다보다가 의아한 눈빛을 했다.

그곳은 객점이나 주루가 아니라 큰 보석 상회였다. 그리고 지금은 뭘 사야 할 것도 없었다.

두 사람의 눈빛을 무시한 채 진우청은 성큼성큼 그곳으로 갔다.

"어서 오십시오!"

점원이 눈웃음을 치며 일행들을 맞았다.

"주인 좀 불러!"

진우청은 점원의 손에 다짜고짜 은자 한 닢을 올려놓으며 말했다.

좀처럼 만지기 힘든 돈을 손에 쥔 점원은 바람처럼 안으로 달려갔다.

잠시 후 한 중년인이 뛰듯이 달려나왔다.

아마 점원이 재신(財神)이라도 방문한 양 소리를 지른 모양이었다.

"동방회 소속이오?"

진우청은 불쑥 질문을 던졌다.

"그, 그렇소."

주인이 얼떨떨한 표정으로 답했다.

그 순간 진우청이 주인의 어깨를 쥐었다.

“당신은 죄가 없지만 당신이 동방회 소속이라는 것이 죄요.”

진우청은 주인의 어깨를 쥔 손에 힘을 주었다.

뚝! 하는 소리와 함께 어깨가 탈골되며 주인은 목이 찢어져라 고함을 질렀다.

“당신네 회주나, 아니면 그 아들놈에게 전하시오. 앞으로 동방회는 내 손에 박살날 것이라고…….”

진우청은 또박또박 말했지만 고통에 반쯤 정신이 나간 주인은 고함만 질러댔다.

진우청은 주인의 반대쪽 어깨에 손을 댔다.

“내가 한 말을 복창해 보시오. 안 그러면 이쪽 어깨도 뽑아버리겠소.”

주인은 고통 속에서도 비상한 기억력을 발휘해 한 자도 틀리지 않고 복창했다.

진우청은 등을 돌렸다.

“거기 서라!”

몇 발짝 걷기도 전에 무기를 소지한 사내들이 달려왔다. 동방회 소속 무사들이거나, 아니면 보석상 주인이 고용한 무사들일 것이다.

휘익—

진우청은 그들의 말도 들어보지 않고 손을 내밀었다.

“크윽!”

진우청의 손아귀에 잡히자마자 어깨가 탈골된 사내가 비명을 질렀다.

그렇게 사내들의 어깨를 모두 뽑아버린 진우청은 걸음을 옮겼다.

"대체 왜 이러는 건가요, 사숙?"

성시를 벗어난 한적한 길에서 을지소소가 물었다.

진우청의 분노한 모습에 지금까지 말도 꺼내기 힘들었던 그녀는 질문을 하고도 잔뜩 조심스런 표정을 지었다.

"내가 동방회에 원한을 가지고 있다는 것을 확실히 알리기 위해서요."

진우청이 담담하게 답했다.

"왜 그런……?"

"그래야 그 성질 못된 녀석을 놈들이 함부로 하지 못할 것이라는 생각이 들어서이오. 벌써 죽어 버렸다면 할 수 없지만 살아 있다면 인질으로라도 이용하려 하겠지요. 아무리 중원의 돈을 반 가까이 움직이는 동방회라도 북제성은 힘든 상대일 테니까."

"성질 못된……? 유화결 공자 말인가요?"

을지소소는 비로소 이해가 간다는 듯 목소리를 높였다.

진우청은 고개를 끄덕였다. 그리고 덧붙였다.

"또한 내 가문을 건드릴 생각을 한 놈들에게 화가 나서 못 견딜 지경이오. 닥치는 대로 부수어 버리고 싶소!"

진우청은 성큼 걸음을 옮겼다.

"맙소사!"

다음날 아침, 일찍부터 진우청을 따라 걸음을 옮기던 을지소소는 신음성을 터뜨렸다.

진우청이 지금 곧장 가고 있는 곳의 간판을 본 조송령도 눈을 크게 뜨며 입을 벌렸다.

동방회 하남지부!

큰 건물의 현판에는 그렇게 적혀 있었다.

어제 동방회 소속의 큰 보석상을 뒤집어엎은 것으로는 성에 차지 않는지 진우청은 동방회 하남지부의 대문을 들이받을 듯이 걸어가고 있었다.

"저건 좀 심한 거 아닙니까, 사저?"

운가목이 염려스런 표정으로 말했다.

동방회 하남지부라면 어제 부순 보석상과는 비교가 안 된다.

이곳은 그야말로 하남에 있는 동방회의 모든 상권을 관리하는 곳으로, 그 규모가 어마어마했다. 자연, 이런 곳은 지키는 호원 무사의 숫자도 많을뿐더러 여러 개의 표국과 연계되어 있어, 그곳에서 이곳으로 수시로 왕복하며 현재 머무르고 있는 표사들의 숫자도 만만치 않을 것이다.

"그럼, 네가 좀 말려봐!"

을지소소가 운가목의 어깨를 슬쩍 밀며 말했다.

운가목이 버티듯 상체를 뒤로 빼며 물러섰다.

"겉으로 큰 표시는 안 내고 있지만… 지금 사숙, 굉장히 화난 것 같습니다. 말렸다간 나까지 일장에 날려 버릴 것 같습니다."

운가목이 짐짓 겁먹은 표정으로 말했다.

"사숙이 화나니까 무서워요. 눈에 불이 이글거리는 게, 말도 걸지 못하겠어요."

조송령도 목을 움츠리다가 앗! 하고 소리를 질렀다.

지부 정문을 지키는 무사 하나가 용무를 물으며 가로막자 진우청은 다짜고짜 그의 멱살을 잡고 대문 쪽으로 던져 버린 것이다.

가랑잎처럼 날아간 무사가 대문에 부딪치고는 튕겨 나왔다. 그러는 과정에서 대문은 큰북처럼 요란한 소리를 냈다.

"바야흐로 시작이군."

경설형이 입맛을 다시며 말했다.

"사형은 걱정도 안 되세요?"

을지소소가 뾰족하게 소리를 질렀다.

"사실은 겁이 나 죽겠어! 그러니 을지 사매가 좀 말려!"

경설형은 을지소소가 운가목에게 했던 대사를 그대로 따라했다.

"황소가 화를 내면 아무도 못 말려요."

을지소소가 눈을 흘겼다.

그때 대문이 또 한 번 굉음을 토했다.

동료의 참변에 나서던 다른 사내가 동료와 똑같이 온몸으로 대문을 두드린 것이다.

두 번의 커다란 호출 신호에 지부의 대문이 천천히 열렸다.

워낙 큰 탓에, 대문이 열리는 광경은 마치 작은 산이 두 쪽으로 갈라지는 느낌을 주었다.

"어떤 고인의 방문이시오?"

왜소하고 추레한 노인 한 명이 빗자루를 든 채로 대문을 열었다.

한 손은 빗자루를 든 채 나머지 한 손만으로 육중한 대문을 연 것으로 봐서 노인의 내력이 생김새와는 정반대임을 짐작케 해주었다.

"주인장 나오라고 하시오!"

진우청은 대문 안으로 성큼 들어서며 다짜고짜 외쳤다.

빗자루를 든 노인이 진우청과 쓰러진 호원 무사들을 번갈아 쳐다보다가 기이한 표정을 지었다.

그 표정은 ‘뭐, 이런 놈이 다 있나’ 보다는 ‘살다 보니 이런 재밌는 일도 생기는구나’ 였다.

한참을 그런 표정으로 진우청을 쳐다보던 노인은 시선을 바닥으로 두며 다시 빗자루질을 했다.

“그만 돌아가거라. 장사를 하다 보면 손해를 볼 수도 있고, 이익을 볼 수도 있는 법! 그걸 힘으로 해결하려고 하다가는 사지가 성치 못할 것이다.”

노인은 점잖게 타일렀다.

“불러줄 위치가 못 되면 길이나 비키시오!”

진우청은 노인을 무시하며 성큼성큼 안으로 들어갔다.

눈살을 찌푸린 노인이 천천히 빗자루를 늘어올렸다.

파앗―

빗자루가 채찍처럼 진우청의 어깨를 두드려 갔다.

진우청은 슬쩍 상체를 흔들며 빗자루를 피했다.

약간 이채 띤 눈빛으로 노인은 다시 빗자루를 휘둘렀다.

이번에는 어깨가 아닌 하체를 쓸어왔다.

진우청이 빙글 돌며 발을 차올렸다.

빗자루가 강하게 튕겨지며 노인의 팔도 같이 튕겨 올랐다.

그 사이로 진우청이 미끄러지듯 다가들었다.

파앗―

대경한 노인이 빗자루를 버리고 펄쩍 뒤로 물러났다.

그런데 조금도 거리가 벌어지지 않았다.

노인이 놀라 입을 벌렸다. 그 입은 진우청의 팔꿈치가 명치에 틀어 박히며 더욱 크게 벌어졌다.

"크윽!"

노인이 바닥을 뒹굴며 억눌린 비명을 터뜨렸다.

"왜 그러십니까, 정 대인?"

한 중년인이 급하게 달려오며 노인을 불렀다.

그러나 노인은 계속 괴로운 신음만 흘릴 뿐 대답하지 못했다.

"웬 놈이냐?"

중년인이 노기를 드러내며 물었다. 그 외중에 여러 명의 호원 무사들이 사방에서 모여들고 있었다.

진우청은 중년인의 질문에 대한 대답 대신 손을 내뻗었다.

어차피 이곳에 대화를 하러 온 것은 아니다.

막말로 개판을 치기 위해서이다.

보석상 한 곳에 이이 하남지부까지 박살을 낸다면 자신의 뜻이 임문정에게 더욱 확실히 전해질 것이다.

중년인의 손목이 속절없이 진우청의 손에 잡혔다.

"어억!"

너무 어이없는 상황에 중년인은 다급성을 터뜨렸다. 그 다급성은 팔목이 순식간에 부러짐과 동시에 비명으로 바뀌었다.

그 소리와 함께 훨씬 더 많은 무사들이 사방에서 몰려나오고 있었다.

"재미 붙였나 봐."

마주하는 상대마다 팔다리 한곳을 꺾어버리는 진우청을 보며 조송령이 말했다. 그러면서 그녀도 가슴에서 쌍봉을 꺼내 들었다.

찰카—

경쾌한 소리와 함께 쌍봉에서 검날이 튀어나왔다.

을지소소도 허리에 찬 채찍을 손아귀에 말아 쥐었다.

"아악—!"

다시 비명이 울렸다.

또 한 사내의 팔이 꺾이며 검 한 자루가 바닥으로 떨어졌다.

"우리도 저런 식으로 해야겠죠?"

장위봉이 경설형에게 말하며 도갑에서 도를 빼지도 않은 채 검을 휘두르며 다가온 사내의 팔목을 쳤다.

사내의 팔목이 진우청에게 당한 것보다 훨씬 더 심하게 꺾이며 입에서 우레와 같은 고함이 터져 나왔다.

파앗—

경설형도 검집째 휘둘러 사내의 팔뚝을 두드렸다.

을지소소와 조송령, 운가목도 똑같이 달려드는 사내들의 팔목만을 공격하며 하나하나 부러뜨려 나갔다.

왕왕 무기를 든 팔이 잘린 고수가 다른 손으로 무기를 잡고 수백 합을 싸웠다는 전설이 있기는 하지만, 이곳 하남지부에는 그런 전설의 주인공 감은 한 명도 없었다. 모두 팔목이 꺾이기가 무섭게 처절한 비명을 질렀다.

숫자만 믿고 달려들던 사내들이 주춤거리며 뒤로 물러났다.

얼마 지나기 전에 팔목을 부여잡고 바닥을 뒹굴거나 팔짝팔짝 뛰고 있는 사내들이 삼십이 넘었다. 이대로 가다가는 이곳 호원 무사 모두가 팔 병신이 될 터였다.

"워, 원하는 게 무엇이오?"

대치 상태가 이루어지며 그중 우두머리로 보이는 사내가 진우청을 향해 물었다.

"팔목!"

진우청은 짤막하게 답하며 그 사내의 팔목을 잡아 꺾어버렸다.

사내가 비명을 지르며 뒤로 물러났다.

그리고 다른 사내 몇도 그렇게 뒤로 물러났다.

"나도 팔목!"

조송령이 검신으로 두 사내의 팔목을 동시에 두드려 부러뜨렸다.

조여들던 포위망이 점점 넓어지며 누가 누구를 포위했는지 모를 상황으로 바뀌었다.

결국 안채의 방문이 열리며 몇 명의 중년인과 호위 무사인 듯한 사람들이 나타났다.

"뭐 하는 짓이죠?"

날카로운 여인의 목소리가 그 사내들의 뒤에서 들렸다.

진우청은 부러뜨리기 위해 잡고 있던 팔목 하나를 그대로 붙잡은 채 고개를 들었다.

이런 난투극 속에 여인의 목소리는 확실히 이색적이었다. 그렇다고 속에서 이글거리는 분노까지 사라지지는 않았다.

뚝—

진우청은 사내들 앞으로 나온 여인을 쳐다보며 잡고 있던 팔목을 꺾어버렸다.

팔목의 주인이 처절한 비명을 지르려다 이를 악물고 참았다.

여자 앞에서 약한 모습을 보이지 않으려는 표정이 역력했다.

"당신이 이곳 주인이오?"

진우청이 삭여지지 않은 분노를 담은 목소리로 물었다.

"아버지는 출타 중이에요."

여인은 짤막하게 답하며 진우청과 경설형 등을 유심히 쳐다보았다.

"하남진가의 진우청 공자 맞죠? 그리고 다른 분들은 북제성의 사람들이고……."

여인은 진우청과 경설형 등의 정체를 알고 있었다.

그제야 진우청은 분노를 조금 삭이고 여인을 자세히 쳐다보았다.

을지소소보다 조금 더 나이 들어 보이는 이십대 중반이나 그보다 한 두 살 더 많을 것 같았다. 보기 힘든 미모에, 무엇보다 기품이 있어 보이는 여인이었다.

도도하고 차가운 듯하면서도 어딘지 모르게 편안한 느낌을 주는, 그러면서도 함부로 대할 수 없는 전형적인 부잣집 딸이었다.

이곳 주인의 딸이라니 그만한 기품은 태어나면서부터 몸에 익혔을 것이다.

"여러분들이, 아니, 진 공자님이 왜 이곳으로 와서 이런 일을 벌이는지는 대강 짐작이 가요."

여인이 다시 말했다.

"어떻게 짐작하시오?"

경설형이 나섰다.

"어제 동방회 소속 보석상 하나가 봉변을 당했다고 들었어요. 그리고 그전에 진가장이 어떤 일을 당했는지도 들었어요. 그래서 조만간 이곳에도 당신들이 들이닥칠 수도 있다는 생각을 했어요. 그 때문에 아버지께서 급히 진가장으로 떠났는데, 한발 늦었군요."

여인은 안타까운 표정으로 말했다.

"무림 비무대회에서 우승한 진 공자님과 북제성의 분들이 마음만 먹는다면 이곳 하남지부는 풀포기 하나 남지 않을 거란 걸 알아요."

여인은 차분함을 잃지 않고 말을 이었다.

"그게 여러분들이 원하는 일인가요?"

여인은 진우청을 똑바로 쳐다보았다.

"원한다면 어쩔 거요? 당신들은 그보다 더한 짓도 하지 않았소? 휘주에서, 그리고 우리 집에서."

진우청의 눈이 다시 이글거렸다.

담담한 자세를 유지하던 여인도 이때만은 평정심을 잃고 뒤로 주춤 물러섰다.

"우린 그 두 가지 사건과 전혀 무관해요. 총단에서 어떤 일을 꾸미는지는 몰라도, 우린 상도의를 한 번도 어기지 않고 장사해 왔어요. 물론 총단의 지시에 전적으로 자유로울 순 없어요. 하지만 부당한 짓임을 알고도 행한 일은 결단코 없어요."

"모르고 죽여도 사람을 죽인 건 마찬가지요."

진우청은 고집을 꺾지 않았다.

여인은 진우청의 눈에서 그걸 읽었는지 더 이상 설명을 이어나가지 않았다.

"그럼, 원하는 걸 말해보세요."

마침내 여인은 포기했다는 표정으로 말했다.

"이곳에 있는 자들의 팔목을 모두 꺾어버리겠소."

"그래서 무엇을 얻나요?"

여인의 목소리가 차가워졌다.

"내 분노가 조금 가라앉기는 할 것 같소. 사부께서 화 같은 건 내지 말라고 하셨는데, 요즘은 아무리 애를 써도 화가 가라앉지 않소. 행패를 부리고 나면 화가 가라앉고, 또 당신들 주인에게 이 소식이 확실히 전해지겠지요.”

“회주는 단지 연합회의 대표일 뿐, 당신들 무림인처럼 죽으라면 그 즉시 명을 따라야 하는 그런 주인이 아니에요. 그리고 진 공자의 뜻은 최대한 신속하고 정확히 전해드리겠어요. 그래도 팔목을 원하신다면 제 팔목을 부러뜨리세요. 이분들은 대가를 받고 우리 집을 지켜주는 사람들일 뿐, 진 공자님의 원한과는 무관해요.”

“못할 것도 없지!”

진우청의 신형이 일렁 흔들렸다. 그리고는 유령처럼 나타나 여인의 손목을 움켜쥐었다.

옆에 있던 중년인들과 호위 무사들이 경악한 눈을 했다.

누차에 걸친 조리있는 설명에도 불구하고 진우청이 이렇게 무지막지하게 나올 줄 몰랐고, 또 호위 무사들이 손을 쓸 생각도 하기 전에 여인의 손목이 잡혀 버릴 줄 몰랐던 것이다.

말로만 듣던 북제성의 두려움이 등줄기 한복판으로부터 흘러내리고 있었다.

“말이 안 통하는 살인마도 아니고, 당신들 소행이 아니란 것도 알겠는데… 화가 끓어올라 참을 수가 없소. 무엇이든 다 부숴 버리고 싶을 정도로 말이오!”

진우청은 손아귀에 힘을 주었다.

여인의 얼굴이 급속하게 일그러졌다.

“사숙!”

을지소소가 소리쳤다.

그러나 진우청의 표정에는 변화가 없었다.

"자신이 아파보지 않고는 남의 아픔을 정확히 알지 못하지. 그 아픔을 깊이 새겨져 당신네 주인의 아들에게 전해주시오. 한 번만 더 내 가문을 노리는 일이 있으면, 이곳 하남지부에 있는 사람들 목뼈부터 제일 먼저 꺾어놓고 소수로 가겠다고 말이오. 아울러 내 친구에게도 해를 가하면 마찬가지라고 말이오."

진우청은 던지다시피 여인의 손목을 놓았다.

꺾어지기 직전까지 갔던 여인의 손목은 퍼렇게 멍이 들어 있었다.

여인은 더 이상 아무 소리 못하고 땀만 비 오듯 흘리고 있었다.

진우청은 대문으로 향하며 긴 한숨을 토했다.

그렇게 난리를 쳤는 데도 속은 풀리지 않았다. 오히려 더 끓어오르는 것 같았다.

진우청은 가슴속으로 손을 넣어 창룡금시를 만지작거렸다.

혹시 경설형이나 조송령처럼 혈맥에 발작의 기운이 있지 않나 싶어서였다.

그런 것도 아니었다.

그러면서도 분노는 가라앉지 않았다.

"망할 자식!"

진우청은 소리를 질렀다.

"물렁탱이! 이 성질만 가당찮은 놈!"

고함을 지른 진우청은 활짝 열려 있는 대문을 걷어찼다.

대문이 박살나며 파편이 온 사방으로 분분히 날렸다.

을지소소의 곁에 바짝 붙은 조송령이 손가락을 입에 넣고 쪽쪽 빨았다.

겁먹었을 때 무의식적으로 하는 행동이었다.

"이젠 장안으로 곧장 갑시다."

진우청은 땅을 박찼다.

그를 따라 경설형 등도 몸을 날렸다.

그들의 그림자 뒤로 빗줄기가 떨어지고 있었다.

*　　　*　　　*

"큭큭큭! 와하하하!"

웃음소리가 온 방 안을 울렸다.

이 방에서 이런 웃음이 울린 적은 한 번도 없었기에 주변의 정물마저 깜짝 놀라며 제 색채를 잃는 듯했다.

정물의 일부인 한 사내, 단서일은 당혹스런 표정을 지었다.

그뿐만 아니라 벽에 붙어 모습을 드러내지 않던 괴물체마저 일렁이며 핏빛 형체를 드러냈다가 급히 벽의 일부가 되었다.

"왜 그러시는지요, 공자님?"

단서일은 표정을 약간 일그러뜨리며 임문정을 쳐다보았다.

그때까지도 임문정의 웃음은 그치지 않았다.

"친구를 해치면 가만 두지 않겠다고? 와하하하!"

임문정은 더 크게 웃었다.

단서일은 포기했는지 웃음이 그칠 때까지 기다리고 서 있었다.

"혈유!"

웃음을 그친 임문정은 들고 있던 서찰을 내려놓고 벽을 향해 소리쳤다.

벽이 일렁거리며 핏빛으로 물들었다.

"하명하십시오!"

핏빛 벽에서 심혼을 갉아먹을 듯한 음성이 흘러나왔다.

단서일은 찡그린 얼굴로 한 손을 들어올려 귀를 후볐다.

"우리끼리 있을 땐 가성(假聲)이라도 좀 내면 안 되나?"

단서일의 푸념에 핏빛 형상이 좀 더 짙어졌다가는 벽 속으로 사라졌다.

"제품은?"

"네 번째 제품도 모두 준비됐습니다."

혈유가 예의 그 목소리로 답했다.

"그럼 모두 출하시켜라."

임문정이 잘라 말했다.

"네 번째는 좀 있다가 출하시키는 것이 낫지 않습니까?"

단서일이 서둘러 끼어들었다.

"겁이 나서 못 살겠는데 어쩌겠나."

임문정은 서탁에 놓아두었던 서찰을 향해 손을 뻗었다.

서찰이 허공으로 둥실 떠올라 단서일에게로 날아갔다.

단서일은 얼른 서찰을 받아 펼쳤다.

그의 얼굴에도 얼핏 미소가 떠올랐다.

"정말 겁이 나서 못 살겠군요. 손목이 똑똑 부러지면 밥도 못 먹고, 또 뒷간 가서 마지막 처리할 때도 힘들고, 술도 왼손으로 마셔야 하고……."

"조상 중에 굶어 죽은 귀신이라도 있나? 먹고 배출하는 얘기뿐일세."

"그런… 가요? 그렇군요."

단서일은 머리를 긁적였다.

"그녀의 상태는 어떤가?"

임문정은 고개를 돌려 혈유에게 물었다.

"그렇지. 그녀는 자네의 친척이지. 자꾸 끼먹는군."

임문정은 입맛을 다신 후 같은 질문을 단서일에게 했다.

"사흘 동안 깨어나지 않고 잠만 잡니다. 무리한 것 같습니다."

"무리?"

임문정이 슬쩍 눈 사이를 좁혔다.

"이제껏 똑같은 일을 했는데 새삼스럽게 무리했다는 건 이해가 안 가는군."

"피로라는 것은 누적되면 어느 순간에 쓰러지게 되지요."

단서일이 답했다.

"쩝!"

임문정이 입맛을 다셨다.

"다리는 어떤가?"

"이젠 걷는 데는 지장이 없습니다. 그런데 걸으려 하지 않고 하루 종일 앉아만 있다가, 그나마 최근 사흘 동안은 누워서 일어나지도 않습니다."

단서일은 조금 걱정스런 음성으로 답했다.

임문정의 말대로 최근 그녀의 행동은 조금 이상했다.

피로가 누적됐다고 둘러대긴 했지만 그렇게 쓰러질 여인이었다면 벌써 한참 전에 쓰러졌을 것이다.

뭔가 다른 이유가 있었다. 그런데 그걸 확실히 알지 못한다.

이 사내에게 그런 것은 금물이다.

확실히 알지 못하면 아예 보고를 말아야 한다. 또한 보고를 함에 있어서 털끝만큼이라도 오차가 있어서는 안 된다.

자신은 그런 면에서 탁월한 능력이 있기에 아직 곁에 두고 있는 것이다.

작년에 곁에 있었던 포정(包#)이란 사내는 매사에 주판알을 튀기며 철저한 계산을 해왔지만 단 한 번의 실수로 외진 시골구석에 처박혔다.

'좀 더 확실히 알아본 후에……'

단서일은 생각을 굳혔다.

"일어나는 대로 연락해 주게. 마지막으로 할 일이 있으니까……."

"알겠습니다!"

대답을 한 단서일은 낮게 한숨을 내쉬었다.

*　　　*　　　*

"갈 때는 무림맹 덕을 좀 볼 생각이오."

"무슨 말씀이신가요?"

을지소소가 의아한 표정으로 말을 받았다.

"올 때는 무림맹의 조직이 제대로 갖춰지지도 않았고, 내 개인적인 사정도 있어 그렇게 했지만 갈 때는 산길로 숨어 다니지 않고 당당히 무림맹 영역의 대로를 활보하며 북제성으로 갈 생각이오."

"와! 정말 멋진 생각이에요, 사숙! 성주님이 무림맹주신데 우리가 무엇 때문에 죄인처럼 계속 산길로만 숨어 다니겠어요? 정말 좋은 생각이에요. 그렇게 하면 맹주님께서도 지시를 내려 도와주시겠지요."

조송령이 환호성을 지르며 맞장구를 쳤다.

좋은 길을 두고 험한 길만 찾아다닌 올 때의 여정이 지긋지긋했던 그녀는 뒷일이야 어떻게 되든지 진우청의 지금 결정이 마냥 기쁜 것이다.

"제발 좀 조용히 해!"

을지소소가 그녀를 향해 매섭게 눈을 흘겼다.

"사저는 나만 미워해!"

조송령이 입을 삐죽거리며 물러섰다.

"너무 위험하지 않을까요?"

"위험이야 어딜 가나 마찬가지요."

진우청은 말을 이었다.

"동방회 놈들은 서왕문의 소행처럼 꾸며서 우리 집을 몰락시키려 했소. 그러면 나와 서왕문… 더 나아가 북제성과 서왕문이 원한을 갖고 싸우게 되고, 그사이 어부지리를 노리려는 수작이었겠지요. 나도 똑같이 할 생각이오. 무림맹의 영역으로 길을 잡으며 동방회와 무림맹을 부딪치게 만들겠소. 놈들이 무림맹과 부딪치기 싫다면, 우리는 편해지겠지요."

진우청은 동방회에 대한 원한이 점점 짙어지는 음성으로 말했다.

"그리고 그 길에 있는 동방회 놈들의 지부나 대점포는 보이는 대로 부숴 버릴 생각이오. 귀갓길이 조금 늦어질 수도 있겠지만, 어차피 흑궁의 사람들이 다 모일 때까지는 기다려야 하니 괜찮으리라 생각하오. 그렇게 하다 보면 튀어나올 놈은 다 튀어나오겠지요."

진우청이 이글거리는 눈빛으로 말을 끝내자 을지소소와 경설형은 내심 걱정하는 표정을 지었고, 장위봉과 운가목은 눈만 끔벅거리며 눈치를 살폈다. 조송령만이 을지소소가 보이지 않게 몸을 돌려 재밌어 죽겠다는 듯 진우청을 향해 엄지손가락을 치켜세웠다.

"사숙의 뜻은 잘 알겠어요. 그리고 예전 같았으면 저도 저 계집애처럼 엄지손가락을 치켜세우며 환영하겠지만 지금은 경 사형이나 운 사제, 그리고 제 죽을지도 모르고 날뛰는 서 계집애는 기혈이 뒤틀리는데……."

을지소소는 점점 잦아들고 있긴 했지만 하루에도 몇 번씩 발작을 일으켜 매번 진우청이 내력으로 다스려 주는 그들을 걱정했다.

"사숙이 옆에 있는데 무슨 걱정이에요. 그리고 호랑이 문신을 한 그놈들만 안 만나면 아무 걱정 없어요. 다른 놈들은 삼성 공력만 끌어올려도 넘치니까요."

조송령이 을지소소 곁에서 멀찌감치 떨어지며 쫑알거렸다.

을지소소는 기가 막힌 표정으로 조송령은 흘겨보다가 경설형을 쳐다보았다.

"전 사숙의 생각을 따르겠습니다. 감히 북제성을 향해 그런 가당찮은 음모를 꾸미는 놈들에겐 그만한 대가를 치르게 해야지요. 그리고 그렇게 하는 것이 성주님께 우리의 위치를 확실히 알려주어 우리에게 무림맹의 지원군을 보내기 쉽게 할 수도 있고……."

경설형은 언뜻 호전적인 본연의 기질을 드러내며 말했다.

"우리도 찬성입니다. 놈들이 또 어떤 수작을 부릴지 궁금하기도 하고……."

운가목과 장위봉도 동의를 표했다.

그렇게 대로변으로 잠시 더 걸음을 옮기는 중, 한 무리의 사람들이 저 앞쪽 관도를 가득 메우며 달려오고 있었다.

진우청은 안력을 돋우었다.

뜻밖에도 안면이 있는 얼굴이었다.

얼마 전 들판의 싸움에서 본 남궁가의 암표범이라던 남궁석령이었다.

비록 무림맹의 명령이기는 했겠지만 진가장으로 향하는 서왕문 무리들을 막고자 싸운 사람들이었기에 더욱 기억에 남았다.

남궁석령은 빠르게 다가와 걸음을 멈추었다.

"여긴 어쩐 일이시오?"

진우청은 남궁석령과 그녀를 수행하는 호위 무사들을 번갈아 보며 물었다.

"좀 도와주셔야겠습니다."

남궁석령이 남자 같은 목소리로 말했다.

"뭘 말이오?"

진우청은 뭔가 귀찮은 일이 일어날 것 같은 예감에 슬쩍 이마를 찌푸렸다.

"전투를 마치고 집으로 돌아가던 중 본가로부터 급한 연락을 받았습니다. 동생 석천이 기혈이 뒤틀려 주화입마의 위험에 빠졌다고 합니다."

남궁석령은 빠르게 답했다.

진우청은 잠시 그녀의 말이 무슨 뜻인지 파악하지 못하다가 불현듯 떠오르는 게 있었다.

무림 비무대회 때, 일이 극적으로 풀려 역현강이 종남의 배원과 남궁석천, 두 사람에게 펼친 복마폐혈수법의 점혈을 나중에 풀어주었는데 그 부작용이 있는 모양이었다.

“어느 정도요?”

진우청은 단도직입적으로 물었다.

“가만 있으면 괜찮은데 무공을 펼치거나 운기하면 극심한 통증과 함께 주화입마의 위험을 느낀다고 들었어요.”

그녀의 설명에 진우청은 난감한 기분이 들었다.

복마폐혈수법은 흑궁의 사람들만 펼치는 수법인지라 아는 것이 없다. 그건 경설형이나 을지소소도 마찬가지일 것이다. 하지만 남궁가에서는 그런 사정은 모른다. 단지 북제성 사람들에게 당했고, 그러니 진우청 일행은 무슨 수가 있을 것이라 생각한 것이다.

진우청은 경설형과 을지소소를 쳐다보았다.

그들은 보일 듯 말 듯 고개를 저었다.

운가목과 장위봉 역시 마찬가지였다.

“사숙! 일단 가봐요. 사숙은 지금도 우리의 기혈이 뒤틀리는 것을 디스려 주고 있지 않나요?”

조송령이 토끼처럼 나섰다.

자세한 사정을 알지 못하는 그녀는 진우청만 가면 만사형통이고, 그럼 남궁가에서 귀빈 대접을 받을 수 있다는 데 더 관심이 있었다.

조송령의 말을 들은 진우청의 심정은 더 난감해졌지만 남궁석령은 안도의 한숨을 내쉬었다.

“바쁘신 중이겠지만 제발 부탁드립니다. 동생은 우리 가문의 대들보가 될 사람입니다.”

남궁석령은 포권까지 쥐어가며 애원조로 말했다.

‘차라리 산으로 숨어서 갈 걸 그랬나?’

진우청은 내심 입맛을 다시다가 마침내 고개를 끄덕였다.

그때 가서 안 되더라도 지금 이 자리에서 거절한 입장이 아니었다.
다행히 남궁가는 같은 방향이기도 했다.

"정말 고맙습니다."

남궁석령은 인사가 끝나기도 전에 땅을 박찼다. 소가주인 동생의 횡액에 그만큼 초조한 마음이 된 것이다.

두두두—

남궁가의 사람들을 따라 진우청 일행은 경공을 펼쳤다.

第八十一章
해혈(解穴)

남궁석천은 외관상 아무런 문제도 없어 보였다.

비무대회에서 심동신으로 변장한 역현강에게 당한 후 집에 도착했을 때까지도 아무 문제가 없었는데, 비무대회에서 뼈저리게 느낀 부족함을 메우고자 곧바로 강도 높은 수련에 들어가면서부터 미약한 폐혈 증상이 나타났다. 그걸 뚫으려 강하게 내력을 끌어올리다가 낭패를 당한 것이다.

내막을 모르는 남궁가주는 개방으로 급보를 보냈다. 개방에서는 무림대회 때의 내막을 간단히 설명하고 북제성에 도움을 청하라는 답을 보냈다. 그리하여 남궁가주는 진우청을 초대한 것이다.

"맥문을 짚어봐도 되겠소?"

남궁석천과 마주 앉은 진우청은 손을 내밀었다.

남궁석천은 잠시 망설였다. 타인에게 맥문을 함부로 허락하지 않는 것이 원칙이지만 지금은 어쩔 수 없었다. 남궁석천은 천천히 팔을 내밀었다.

진우청은 신중하게 남궁석천의 맥문을 잡았다.

경설형과 운가목 등은 자신과 같은 뿌리이니 일맥상통하는 것이 있었지만 남궁석천에게선 그런 것을 기대할 순 없다. 단지 역현강이 펼친 복마폐혈수법만이 하나의 단서가 될 뿐이었다.

"흐읍!"

진우청은 남궁석천의 맥문으로 호흡을 불어넣어 보았다.

예상대로 역현강이나 경설형에게서 느꼈던, 자신의 호흡과 상통하는 기운은 느껴지지 않았다. 몇 번을 거듭해도 마찬가지였다.

진우청은 난감한 심정이 되었다.

무작정 이곳으로 왔지만 해결책이 전혀 없었다. 그렇다고 온갖 기대를 하며 쳐다보는 사람들 앞에서 방법이 없다며 털고 일어날 수도 없었다.

좀 더 여유를 가지며 방법을 모색할 필요가 있었다.

"어떤가, 소협의 능력으로 해혈할 수 있겠는가?"

남궁가의 가주인 남궁상우(南宮尚友)가 차분한 목소리로 말했다.

목소리는 차분했지만 그의 눈에는 한가닥 날카로운 기운이 어려 있었다.

아들을 이렇게 만든 당사자는 아니지만, 어쨌든 북제성의 인물이 아들 남궁석천을 이렇게 만들었으니 북제성에서 책임지라는 눈빛이었다.

그는 흑궁이니 천궁이니 하는 것은 모른다.

개방의 답신을 통해 비무대회 때 무슨 사정으로 북제성의 인물이 반기를 들고 심동신으로 위장하여 이런 문제를 야기한 것으로만 알고 있다. 개방에서도 자존심이 걸린 문제라 시시콜콜 가르쳐 주지 않았으니 딱 그 정도밖에 몰랐다. 그 정도도 무림맹이란 울타리가 만들어졌기에 가능한 것이다.

"조금은 시간을 두고 살펴봐야 할 것 같습니다."

진우청은 아무런 내색도 않고 답했다.

남궁상우는 진우청의 심정을 아는지 모르는지 묵묵히 고개만 끄덕였다.

결성된 지는 얼마 안 됐지만 이젠 같은 무림맹 소속의 문파였다. 그리고 북제성의 성주가 무림맹주였다. 그게 큰 역할을 하고 있었다. 만약 그렇지 않았다면 문파 간의 충돌이 크게 일어났을 것이다.

"우리 집에 빈 방은 많으니 해혈할 때까지 한 달이든, 일 년이든 부담 갖지 말고 푹 쉬게."

얼핏 마음에 부담을 들어주려는 말 같았지만 그 말에는 '아들을 정상으로 돌려놓지 못하면 한 달이고, 일 년이고 여길 떠날 수 없다!' 라는 뜻이 내포되어 있었다.

"사숙께서 해결할 수 없는 문제인가요?"

숙소를 안내받은 후 조송령이 호기심 어린 얼굴로 물었다.

을지소소 같으면 걱정부터 먼저 할 것이지만 조송령은 걱정보다는 진우청이 못하는 일도 있나 하는 생각에 신기한 모양이었다.

진우청은 입맛을 다셨다.

남패천에 있을 때 여덟 장로들로부터 점혈이니, 해혈이니 하는 것들을 배웠지만 그건 말 그대로 수박 겉 핥기 식이었다.

그때 열심히 배웠다고 해도 그런 것은 오랜 경험과 숙달이 있어야 전문가가 되는 것이다.

하지만 이번 일은 그렇게 전문가가 되었더라도 아무 소용 없는 일이 었다.

중원제일가의 한곳인 남궁세가가 점혈이나 해혈의 고수가 없어서 해결하지 못한 것이 아닐 것이다. 역현강의… 아니, 북제성의 복마폐혈수법이 너무 지독했기 때문이다. 그래서 해혈을 함에 있어서 조금이라도 실수를 하면 이런 후유증이 남는 것이다.

그 수법에 당한 사람은 남궁석천 말고도 종남의 제자 배원이 있었다. 그 역시 이런 후유증이 남지 않을까 걱정이 되었다.

'그건 둘째 문제고……'

우선은 남궁석천의 문제를 해결해야 했다.

"정말 사숙으로서도 어쩔 수 없을 정도입니까?"

이번에는 경설형이 물었다.

진우청은 무겁게 고개를 끄덕이며 입을 열었다.

"차라리 우리 북제성 문도에게 그런 후유증이 남았다면 쉬웠을 텐데, 남궁가의 내력은 전혀 다른 줄기라 모든 게 생소했소."

진우청의 대답에 경설형이 고개를 끄덕였다.

도가 계열이나 불문 무공 등은 큰 가지나마 짐작할 수 있지만, 남궁세가는 자신들만의 독문심법과 함께 일가를 이룬 사람들이었다. 그래서 맥문을 짚어보고도 종잡을 수가 없었다.

"계속 이렇게 모여 있는다고 뾰족한 수가 생기는 것도 아니니 그만들 쉬시오. 자고 나면 무슨 수가 생길 수도 있겠지요."

진우청은 사질들을 물리고 침상에 엉덩이를 걸치고 앉았다.

이렇게 되고 보니 이곳으로 온 것 자체가 만용이었다는 생각이 들었다.

무슨 핑계를 대더라도 뿌리치고 나서 나중에 역현강을 만나 그를 통해 해결해야 했는데, 가문의 위기를 도우러 온 남궁석령의 간절한 부탁이라 거절할 수가 없었던 것이 곤란한 지경에 이르게 했다.

"하는 데까지 해보고 안 되면 어쩔 수 없는 일이지. 설마 여기에 감금해 놓고 죽이기야 할까."

진우청은 그렇게 편하게 생각하며 침상에 벌렁 드러누웠다.

그렇게 편한 자세에서 진우청은 문득 가슴속에 있는 창룡금시를 꺼내 들었다. 모처럼 생긴 한가한 시간을 이용해 그 속에 담긴 비밀을 풀어보고자 하는 생각이 들었다.

마름모 꼴 옥패의 한쪽에는 열쇠, 한쪽에는 비상하는 용 문양!

전혀 연관성이 없는 두 개의 문양이 어떻게 북제성의 운명을 바꾸는 역할을 한단 말인가?

진우청은 마름모 꼴 옥패를 만지작거리며 두 개의 문양에 번갈아 눈길을 주었다.

사부는 왜 이 옥패의 비밀에 관해 단 한 마디도 하지 않았을까?

진우청은 내내 그게 궁금했다.

북제성 사람들의 내력을 포용하는 자신의 몸속 기운이나, 옥패를 어머니께 넘겨주고 자신을 그 제자로 삼은 것을 보면 뭔가 치밀한 안배를 짜놓은 것 같은데, 사부는 그런 것에 대해서 평소 일언반구도 없었다.

"괴팍한 노인네……."

한마디 불평을 토한 진우청은 만지작거리던 창룡금시에 슬쩍 호흡을 불어넣었다.

용호곤은 그렇게 하면 웅웅거리는 진동음을 토하는데 옥패는 아무런 반응이 없었다.

마치 늪처럼 자신의 호흡을 빨아들였다.

진우청은 적이 놀라는 심정이 되었다.

보통의 옥패였다면 열이 나거나 심하면 금이 가 깨어져 나갔을 것이지만 창룡금시는 허공처럼 자신의 진기를 빨아들여 버렸다.

"하긴……."

잠시 놀란 눈을 한 진우청은 고개를 끄덕였다.

극성의 공력을 끌어올리고 허깨비처럼 되어 쓰러진 자신의 몸에 순식간에 원래의 기운을 되살려놓은 물건이 아니던가?

그런 기물이 공력을 조금 주입한다고 파닥거리며 반응한다면 그것이 더 이상할 것이다.

그런 생각을 하자 창룡금시에 대한 궁금증이 한층 증폭되었다.

진우청은 작정을 하고 옥패에 길고 낮은 호흡을 불어넣어 보았다.

여전히 마름모 꼴 옥패는 그의 호흡을 한 올 남김없이 삼켜 버렸다.

재차, 삼차 시도해도 마찬가지였다.

별다른 반응은 없고 숨만 가빠졌다.

마침내 진우청은 반복하던 그 일을 포기하고 옥패를 뚫어져라 쳐다보기만 했다.

승천하는 용과 황금빛 열쇠!

아무리 봐도 두 개의 문양은 연관이 없다.

용은 그런 대로 이해가 되었다.

자신이 익힌 춤이 천룡신무이니 옥패에 승천하는 용이 양각되었다고 볼 수 있었다.

그런데 그 반대쪽에 양각된 황금빛 열쇠는 무슨 의미인가?

열쇠는 문을 여는 물건이다.

그 의미에 맞게 남겨졌다면 그걸로 열 수 있는 문이나, 하다 못해 그

문을 찾을 수 있는 지도나 지명이라도 있어야 하는데 그런 건 전혀 없었다.

전혀 연관성 없는 두 개의 문양이 왜 한 개의 옥패 양쪽에 양각되어 있는 것일까?

용과 열쇠!

열쇠와 용!

아무리 되뇌여 보아도 알 수가 없었다.

'이러다가 머리에 쥐 나겠군.'

이런 면에 있어서는 천부적으로 소질이 없는 진우청은 양 손바닥으로 머리를 번갈아 두드렸다.

어쩌면 남궁석천의 문제를 해결하는 데도 이 창룡금시가 뭔가 도움이 되지 않을까 하는 생각도 들어 제법 끈질기게 매달리던 진우청은 이젠 완전히 포기하고 눈을 감았다.

이대로 잠을 청하면 좋을 것 같았다.

중원제일무가의 한곳인 남궁세가이니, 이곳에서는 동방회니 서왕문이니 하는 놈들은 걱정하지 않아도 될 것이다. 또 옆방에는 잠을 잘 때도 칼날같이 예민한 주의력을 곤두세우고 있는 사질들이 있으니 더 더욱 걱정이 없었다.

그렇게 온몸의 긴장을 이완시키던 진우청은 벌떡 몸을 일으켰다.

옥패에 길고 낮은 호흡을 불어넣을 때는 아무런 변화가 없다고 느꼈는데 눈을 감고 있으니 뭔가 이상한 점이 떠올랐다.

"어디?"

진우청은 다시 창룡금시를 꺼내 불빛에 비춰 보았다.

대낮의 햇볕 아래가 아니고 등잔 불빛 아래에서인지라 확실하진 않았지만 뭔가 다른 느낌이 들었다.

진우청은 다시 한 번 옥패 속으로 긴 호흡을 불어넣었다.

"착각이었나?"

진우청은 내심 실망하며 중얼거렸다.

이번에는 아무 변화가 없었다. 아마도 등산불 아래에서 느낀 착시였던 모양이다.

실망의 한숨과 함께 옥패를 가슴에 넣으려는 순간 진우청은 옥패에서 전해지는 한줄기 온기를 느꼈다.

그것은 여전히 착각처럼 짧은 순간에 사라져 버렸지만 한없이 청량함을 느끼게 하는 기운이었다.

진우청은 급히 호흡을 끌어올렸다.

사라진 줄 알았던 그 청량한 기운이 아랫배 한곳에서 느껴졌다.

그때 문득 머릿속으로 환하게 그려지는 것이 있었다.

찰나의 순간에 스쳐 가며, 이 순간이 지나면 다시는 떠오르지 않을 것 같은 느낌!

와창창!

진우청은 문을 박차고 나갔다.

놀란 사질들이 분분히 숙소에서 뛰쳐나왔다.

진우청은 바람처럼 안채의 담장을 뛰어넘었다.

곳곳에서 몸을 숨긴 채 안채를 지키던 무사들이 그물처럼 좁혀들었다.

하지만 그들에게 길게 설명해 줄 여유가 없었다.

진우청은 양손을 번개처럼 흔들어 앞을 막아서는 사람들을 제압하고는 남궁석천의 처소로 뛰어들었다.

더 많은 숫자의 무사들이 구름처럼 몰려들었지만 그들은 경설형과
을지소소가 휘두르는 검과 채찍에 의해서 막혔다.

"누구?!"

남궁석천의 처소에서 걱정스레 얘기를 나누던 남궁석령이 고함을
치며 검을 빼 들었다.

그러나 진우청이 한발 앞섰다.

문을 박차고 뛰어듦과 동시에 진우청은 남궁석천의 맥문과 단전에
양손을 갖다 댔다.

"운기를 하시오!"

짧은 한마디와 함께 진우청은 아랫배에 사라질 듯 남아 있는 청량한
기운 한가닥을 남궁석천의 맥문과 단전으로 불어넣었다.

남궁석천의 몸이 움찔하고 그 기운에 반응했다.

진우청은 마지막 한 방울의 기운까지 남궁석천의 혈맥 속으로 불어
넣었다. 그리고는 빠르게 그의 등줄기 곳곳을 주물렀다.

"으음!"

낮은 신음과 함께 남궁석천의 얼굴에서 땀이 비 오듯 흘렀다.

잠시 후, 그 땀은 깨끗이 사라지고 남궁석천의 얼굴에 편안한 미소
가 감돌았다. 또한 그 미소 끝에서 백색 기류가 어리더니 남궁석천의
정수리 위에 동그란 고리 모양으로 머물다 백회혈로 스며들었다.

"휴우—"

진우청은 긴 한숨과 함께 남궁석천의 몸에서 손을 떼어내며 그의 안
색을 유심히 살폈다.

남궁석천의 폐혈 증상이 이것으로 깨끗이 사라질지 그렇지 않을지
는 확신할 수 없다.

창룡금시에서 착각처럼 한줄기 청량함이 몸속에 스며들고, 그 순간 번개처럼 스쳐 가는 생각과 함께 이곳으로 무작정 뛰어들었다.

그 순간에 무슨 생각이 들었는지 지금 와서 말로 설명하라면 단 한마디도 못할 것 같았다. 하지만 그때는 강한 힘에 이끌리듯이 이곳으로 와야 한다는 충동이 일었다.

"어떻느냐?"

남궁석천의 부친이 남궁석천을 향해 신중하게 물었다. 부친의 곁에는 그의 조부까지도 달려와 지켜보고 있었다.

폐관수련 이후, 남궁석천은 자기 부친과의 비무에서 동수를 이루고, 부친보다 한 수 위인 조부와도 동수를 이루며 온 기대를 한 몸에 받았다. 그런 자식이고, 그런 손자의 상세를 살피는 두 사람의 눈은 불꽃같은 염원을 담고 있었다.

"해혈된 것 같습니다. 그리고……."

잠시 말을 멈춘 남궁석천은 호흡을 골랐다. 그리고 다시 말을 이었다.

"공력이 일성은 더 증가한 것 같습니다."

담담하게 말하는 남궁석천의 얼굴에 감출 수 없는 희열의 기운이 감돌았다.

일성의 성취를 더 이루는 것!

무공 입문 초기에는 그리 어려운 일이 아니다. 그러나 남궁석천처럼 한 겹의 껍질을 깨고 고수의 반열에 든 사람들에게 그건 한계를 뛰어넘는 수련에 의해서나 가능하다. 그런 성취를 순식간에 뛰어올라 버린 것은 무인에게 있어 어떤 것보다 큰 행운이었다.

"다행이구나……."

남궁가주가 낮은 한숨과 함께 말했다. 그의 얼굴에도 아들과 비슷한 미소가 어렸다.

"고맙네, 소협!"

남궁석천의 조부도 낮게 한숨을 내쉰 후 감사의 인사를 전했다.

진우청은 가볍게 복례를 한 후 밖을 쳐나보았다.

남궁가의 무사들과 사질들이 아직까지 대치 상태로 서 있었다.

"순간적으로 떠오른 생각이고, 지나고 나면 머릿속에서 사라져 버릴 것 같아 무작정 뛰쳐……."

남궁가주가 손을 들어 진우청의 말을 막았다.

"충분히 이해가 가네. 그런 것은 말로는 설명할 수 없는 법이지. 그만 돌아가서 쉬도록 하게. 그리고 앞으로 필요한 것이 있으면 무엇이든 말하게."

남궁가주는 그 말과 함께 손을 흔들어 대치하고 있는 무사들을 물렸다.

"간 떨어질 뻔했어요, 사숙!"

숙소로 돌아오며 조송령이 가슴을 쓸었다.

갑자기 뛰쳐나간 진우청이 남궁가의 안채로 습격해 들어가고, 그곳에서 남궁가 무사들이 쏟아져 나올 때는 아찔한 생각이 들었다.

우선은 그들을 막고 봐야 했지만 남궁세가 한복판에서 그들과 싸움을 벌인다는 것은 호랑이 굴속에서 그러는 것과 마찬가지였다.

"남궁 공자 문제는 이제 다 해결된 겁니까, 사숙?"

경설형도 조송령과 비슷한 표정으로 물었다.

"다행히 그런 것 같소."

진우청이 고개를 끄덕이며 답했다.

"어떻게 한 건가요?"

을지소소가 눈을 반짝이며 질문했다.

"그냥 잠이 안 와서 이리저리 뒤척이다가 문득 떠오른 생각이 있어서 시도해 본 것이오."

"그랬군요. 미리 언질이라도 주었으면……."

을지소소는 얼핏 고소를 지었다.

생각이 나면 이것저것 따질 것 없이 육탄돌격하는 진우청의 모습에 절로 쓴웃음이 지어진 것이다.

"어쨌든 다행입니다, 사숙! 그럼 우린 내일이라도 이곳을 떠날 수 있겠군요."

장위봉은 남궁가주의 말대로 남궁석천을 해혈해 주지 못하면 이곳에 계속 잡혀 있지 않을까 내심 걱정이 컸던 것이다.

"이젠 편안히 잠이나 잡시다."

한바탕 활극을 벌이고 숙소로 돌아온 진우청은 흥분된 기분과 함께 창룡금시를 다시 꺼내 들었다.

너무 순식간에 일어난 일이라 어쩌다가 창룡금시에서 그런 기운이 뻗어 나와 자신의 몸속으로 흘러들었고, 그것이 남궁석천의 폐혈 증상마저 씻어내어 버렸는지 정확히 알 수 없었지만 뭔가 한가닥 실마리를 잡은 것 같았다.

그때 답답한 기분과 함께 옥패에 호흡을 불어넣어 보기도 하고, 옥패의 기운을 자신의 몸속으로 끌어들인다는 상상을 해보기도 했다. 정확히 어느 순간이었는지는 모르겠지만 옥패에서 온기를 느끼는 순간 청량한 기분이 들었다.

어쩌면 그 기운이 북제성 문도들의 천형을 풀 수 있는 열쇠 역할을 할지도 모르겠다. 물론 남궁석천의 혈맥에 스며든 기운과 북제성 사람들의 혈맥에 있는 천형의 기운은 비교할 수가 없다.

그 천형의 기운들을 모두 몰아내려면 얼마나 막강한 서기(瑞氣)가 필요할지 상상도 가지 않았다. 하지만 오늘의 경험으로 인해 비밀의 문 앞으로 한발짝 더 나가있다는 생각이 들었다.

그런저런 생각을 하던 진우청은 창룡금시에서 뭔가 색다른 부분을 발견하고는 안력을 돋우었다.

열쇠 모양의 제일 아래쪽 끝부분!

그곳의 금박이 미세하게나마 벗겨져, 아니, 사라져 있었다.

그건 마치 바늘 한 개 두께만큼 가느다란 선에 불과했지만 끝부분의 금박이 씻겨져 나간 것처럼 사라졌다.

이제껏 옥패의 일부처럼 입혀져 있던 금박이었다. 신기한 마음에 손톱으로 긁어보아도 전혀 긁히지 않던 금박이 바늘 두께만큼 사라져 버렸다.

그렇다면 아까 몸속으로 스며든 그 청량한 기운은 이 금박에서 나온 것일까?

아직은 아무것도 알 수 없다.

그럴 수도 있고… 자신의 생각과 전혀 다르게 내력을 불어넣는 순간 그냥 지워졌을 수도 있다. 만약에 이 금박에서 그런 기운이 뿜어 나온 것이라면 앞으로 함부로 내력을 불어넣는 일은 삼가해야 한다. 북제성, 아니, 천궁과 흑궁의 사람들이 모이기도 전에 다 써버리면 그들은 얼마 지나지 않아 큰사백이신 전 성주의 모습으로 죽어갈 것이다.

경설형, 을지소소, 조송령…… 일이 잘못되어 그들 사질들이 머지않아 그런 모습으로 죽어갈 수도 있다는 생각이 들자 자신도 모르게 몸

서리가 쳐졌다. 그와 함께 이제껏 가지고 다니면서도 크게 신경 쓰지 않았던 옥패가 더없이 소중하게 느껴졌다. 최소한 격전 중에 부숴져 버리거나 혼란한 틈에 잃어버리는 일은 없어야 할 것이다.

"앞으로는 각별히 조심해야겠군!"

진우청은 옥패를 쓰다듬은 후 가슴 깊이 갈무리했다.

"정말 예쁘다."

조송령은 손에 든 노리개를 연신 만지작거리며 탄성을 토했다.

단 하루였지만 조송령의 예상대로 남궁세가에서는 극진한 대접을 받았다.

당사자가 아니면서도 아들의 폐혈 증상을 깨끗이 사라지게 해주었고, 더 나아가 내력까지 증진시켜 주었으니 남궁세가의 가주 남궁상우는 완벽한 여행 준비를 해주었고, 남궁석천의 어머니는 을지소소와 조송령에게 평소 아끼던 노리개 몇 개를 선물했다.

몽고 들판과 온 중원의 산지를 돌아다닌 을지소소는 그런 것에 별로 관심이 없어 모두 조송령의 차지가 되었다.

조송령은 입이 함지박만 하게 벌어짐과 함께 남궁세가를 떠난 지 한참이 지난 지금까지도 몽롱한 눈빛으로 노리개들을 매만지고 있었다.

"저 계집애는 아예 넋이 나갔어."

을지소소가 혀를 찼다.

그때 한 떼의 인마가 야산 모퉁이를 돌며 달려오고 있었다.

남패천의 무적대였다.

진우청은 그들을 진가장의 호원 무사로 모두 남겨놓았는데 이리로 달려오고 있었다.

"우리 집을 지켜달라고 부탁하지 않았소?"

진우청은 일조 조장 서한적을 향해 소리쳤다.

"말도 마시오, 공자! 진가장에 있다간 공자 조부님의 고함 소리에 우리 모두 주화입마에 빠지고 말 것 같았소. 놈들의 음모가 밝혀졌기에 더 이상 놈들은 진가장에 수작을 부리지 못할 테니, 우리는 어서 공자를 따라가라고 곰방대를 쉴 새 없이 휘두르셨소."

서한적은 아직도 곰방대 자국이 남아 있는 팔뚝을 내밀며 답했다.

"무슨 노인네가……."

삼조 조장 배염오도 고개를 설레설레 흔들었다.

진우청은 고소를 삼켰다.

조부님의 고함 소리와 서슬 퍼렇게 곰방대를 휘두르는 기세가 어떠했을지 보지 않아도 선명하게 떠올랐다.

어쩌면 조부님 말씀대로 진가상에는 너 이상 위험이 없을 수도 있었다. 그렇지만 이들이 이렇게 모두 떠나온 것은 우려가 되었다.

"무림맹주의 지시로 점점 더 많은 무림맹 소속 문파의 사람들이 진가장 주변으로 모이고 있으니 걱정 안 해도 될 겁니다."

배염오는 말을 끝내고 뒤를 향해 손을 흔들었다.

그러자 부하 몇 명이 말 다섯 필을 끌고 왔다. 진우청 일행을 위한 것이었다.

잠시 망설이던 진우청은 말 위로 올랐다.

어차피 대로변으로 길을 잡을 것이니 말이 편할 것이다.

"탈 줄 아세요?"

을지소소가 호기심 어린 눈빛으로 물었다.

"흔들리는 물체 위에서 중심 잡는 데는 이력이 났소."

진우청은 고삐를 흔들었다.

그것을 신호로 해서 무적대원들도 박차를 가했다.

두두두—

수십 기의 말들이 한꺼번에 달리자 젖은 땅에도 먼지가 일었다.

"위태위태하면서도 정말 잘 버티네요."

조송령이 앞서가는 진우청을 보며 말했다. 을지소소도 이채를 띤 눈으로 말안장에 앉은 진우청을 바라보았다.

그녀의 예상대로 진우청은 말 타는 법을 배운 것 같지는 않았다. 그런데도 묘하게 말 등에서 잘 버티고 있었다.

무적대원들이나 자신들의 기마술이 말과 하나가 되어 움직인다면, 진우청은 철저하게 말과 따로 움직였다. 말이 왼쪽으로 기울어지면 진우청은 한발 앞서 반대쪽으로 몸을 틀어 중심을 잡았고, 말 등이 위로 솟구칠 때는 몸을 낮추고, 내려갈 때는 등을 펴며 중심의 이동을 최소로 했다.

한동안 그런 불일치로 말을 달리던 진우청의 움직임이 조금씩 달라지기 시작했다.

"어? 이젠 진짜로 타네."

진우청의 기마술이 자신들이나 무적대원들과 비슷해지는 것을 느낀 조송령이 소리를 질렀다.

말에 오른 지 채 일각도 되기 전에 진우청의 몸이 말과 하나가 되어 움직이기 시작했다. 처음의 어색한 동작을 보지 않았다면 오래전부터 말을 탈 줄 아는 사람이라 해도 무리가 없어 보였다.

"몸으로 하는 건 자신있다더니……."

을지소소가 탄성처럼 말했다.

"무슨 말이에요, 사저?"

조송령이 고개를 돌렸다.

"아냐, 그런 게 있어."

을지소소는 고개를 흔들며 이젠 빠르게 앞서 나가는 진우청을 따라 잡기 위해 고삐를 흔들었다.

"그런데 왜 이리 가죠?"

한참 말없이 말을 달리던 조송령이 갈림길에서 을지소소를 향해 물었다.

"무슨 말이야?"

을지소소가 이정표를 한 번 본 후 반문했다.

"집에 들렀다 다시 황산으로 가는 거 아닌가요? 거기서 창룡금시를 가져가야 하는 것 아닌가요?"

조송령은 고개를 갸웃거렸다. 또다시 진우청은 황산과는 상관없는 방향으로 길을 잡고 있었던 것이다.

"몰라, 나도. 이제는 창룡금시란 것이 있기나 하는 건지도 의심스러워. 그냥 따라만 가야겠어."

두두둑—

잔뜩 두터워진 먹구름이 빗방울로 변해 떨어졌다.

떨어지는가 싶더니 어느새 빗방울은 장대처럼 굵게 변하며 폭포수처럼 쏟아 부었다.

본격적인 우기가 시작된 것이다.

이런 정도로 하루만 쏟아져 내린다면 강물이 불어나 결국 넘쳐흐르고 말 것이다.

그런 우려에 화답이라도 하듯이 비는 그 기세를 조금도 늦추지 않고 하루 종일 뿌려댔다.

서서히 불어나기 시작한 강물은 결국 누런 흙탕물이 되어 노도처럼 흘러가다가 그것도 모자라 넘쳐 나기 시작했다.

"워, 워."

일조의 조장 서한적이 고삐를 당겼다.

앞을 가로막은 강물은 보이는 것은 모두 쓸어갈 듯 미친 듯이 흘러가고 있었다. 그 결과, 한때 선착장으로 보이는 곳까지 휩쓸어 버려 배를 띄우는 것은 엄두도 내지 못하게 만들었다.

"우회해야겠습니다."

서한적은 장대 같은 빗줄기 속에서 어렴풋이 보이는 산을 보며 말했다.

이런 빗줄기 속에 어디라고 한들 다를 바 없겠지만 강폭이 좁고 바닥이 깊은 이곳은 도저히 건너기가 불가능했다. 그나마 조금이라도 넓고 유속이 느린 곳이면 배를 띄울 수도 있을 것이다.

진우청은 묵묵히 고개를 끄덕인 후 말 머리를 돌렸다.

하늘에 구멍이라도 난 것일까, 비는 그칠 생각은 않고 점점 더 거세어졌다. 이런 기세라면 하류라고 해도 건너기가 만만치 않을 것 같았다.

강을 건너는 것도 문제지만 말을 모는 것도 보통 일이 아니었다.

관도를 벗어나면서부터는 길이 나빠졌고, 폭우 속에서 그 길은 순식간에 진탕이 되어 말들은 푹푹 빠진 발을 빼내느라 허우적거리기까지 했다.

"저 산자락에서 야영을 합시다."

진우청은 이젠 장대비에 막혀 뿌옇게 보이는 산을 가리키며 말했다.

악전고투와 다름없는 행군으로 산자락에 도착했을 때 겨우 비는 그 쳤지만 그 대신 칠흑 같은 어둠이 사방을 둘러싸고 있었다.

기름종이에 싸인 송진 묻힌 막대기를 꺼내 들어 횃불을 켜자 후욱— 어둠이 밀려났다.

그 횃불 아래서 무적대원들은 서둘러 천막을 치고 야영 준비를 했다.

더 이상 비가 쏟아 붓지 않는다는 것이 천만다행이었다.

계속 비가 퍼부었다면 횃불도 밝힐 수 없어 야영 준비가 몇 배로 힘들었을 것이다.

야영 준비가 끝나자 모두들 건량을 꺼내 한 줌씩 입에 털어 넣고 허기를 달랬다.

보통 사람들 같으면 기운이 빠져 몇 번은 쓰러질 만한 행군이었지만, 무적대는 마치 일상처럼 조금의 흔들림도 없이 자기 할 일들을 해나갔다.

젖은 옷을 말릴 수도 없는 상태로 밤을 지새운다는 것은 고역이었다.

이런 상황에서는 여름이라도 한기가 들기 마련이다.

불을 피울 수 없어 한기는 더욱 칙칙하게 전신을 뒤덮어왔다.

"모두 운기조식으로 몸을 말린다."

서한적이 지시를 내리자 천막 안 곳곳에서 긴 숨소리가 들리다가 서서히 열기가 느껴졌다.

모두들 내력을 돋우며 비에 흠뻑 젖은 옷을 말리고 있었다.

고수들이 아니면 흉내 낼 수 없는 일을 이들은 한 명도 남김없이 모두 행하고 있었다.

"장관이군!"

천막 밖으로 나온 진우청은 씨익 웃으며 중얼거렸다.

"나도 저렇게 몸을 말렸으면 좋겠군요."

경설형이 부러운 음성으로 말했다.

이젠 많이 수그러들었지만 여전히 발작의 기운이 혈맥을 떠도는 그는 될 수 있는 한 내력을 끌어올리지 말아야 했다.

"팔을 내밀어보시오."

진우청의 말에 경설형은 왼쪽 팔을 내밀었다.

경설형의 혈맥을 잡은 진우청은 천천히 호흡을 끌어올렸다. 그 호흡에 따라 경설형의 내력이 반응하기 시작했다.

'우웃!'

경설형이 내심 다급성을 질렀다.

마치 해일 같으면서도 한없이 부드러운 기운이 자신의 맥문을 타고 흘러들었다.

그 기운은 이제껏 자신의 발작을 다스려 주던 기운과 사뭇 달랐다.

이제까지의 기운도 그 깊이를 측정할 수 없을 정도로 웅혼했다. 그러나 어딘지 모르게 조심스런 느낌이 있었다면, 지금은 거칠 것 없는 노도 같았다. 그러면서도 한없이 부드러운 봄바람 같았다. 그 봄바람이 자신의 혈맥을 어루만지며 전신 대혈을 휘돌았다.

온몸의 피로가 가시며 깃털처럼 가벼워졌다.

축축하던 옷 또한 순식간에 말라 새 옷을 처음 꺼내 입은 것처럼 뽀송하게 느껴졌다.

경설형의 입가에 절로 미소가 어렸다.

이런 기분은 만금을 주어도 아깝지 않다.

"사숙, 저도요!"

회열에 찬 경설형의 얼굴을 보며 조송령이 아예 팔뚝을 동동 걷어올리며 진우청을 향해 내밀었다.

"휴우— 언제 철들지……."

을지소소가 혀를 찼지만 만류하지는 않았다. 조송령 역시 그때의 전투로 인해 경설형과 마찬가지의 몸 상태였다. 을지소소는 내심 그것이 안타까웠던 것이다.

경설형과 똑같은 미소가 조송령의 얼굴에서도 떠올랐다.

그리고 운가목의 얼굴에도…….

"나도 전투에 참가할 걸 그랬나?"

을지소소와 함께 진가장을 지켰던 장위봉이 부러운 음성으로 말했나. 그러나 그와 을시소소는 이미 내력으로 옷을 말린 상태였다.

그때쯤 천막 안에서도 일주천의 운기조식이 끝이 났다. 무적대원들 모두 젖은 옷을 내력으로 말림과 동시에 피로가 풀린 모습이었다.

그렇게 그날 밤이 지나고 어렴풋이 새벽이 밝아왔다.

모두들 자는 둥 마는 둥 천막 안에서 밤을 지새우고 여명과 함께 밖으로 나왔다.

"사숙! 배고프지 않나요? 사냥이라도 할까요?"

혼자만 제대로 잤는지 해사한 얼굴을 한 조송령이 진우청을 향해 물었다.

건량 한 줌으로 저녁을 때우고 아침이 되니 배가 고픈 모양이었다.

"이런 날씨에 무슨 짐승이 나돌아다닌다고?"

을지소소가 목소리를 높이다가 얼른 입을 다물었다. 수풀 속에서 미세한 기척이 느껴졌기 때문이다.

조그만 동물이 움직이는 미세한 소음이었다.

"토끼?"

낮게 말한 을지소소는 군침이 도는 얼굴로 진우청을 쳐다보았다.

"피하시오!"

진우청이 득달같이 고함을 질렀다.

그 고함의 끝을 따라 커다란 장창 하나가 날아들었다.

엄청난 힘으로 날아오는 장창은 을지소소나 경설형마저도 함부로 막을 엄두를 못 낼 정도였다.

채찍처럼 팔을 흔든 진우청이 장창의 옆면을 거세게 후려쳤다.

까앙! 하는 격타음과 함께 장창이 허공으로 솟구쳤다.

진우청의 고함과 장창을 쳐낸 충돌음에 천막에 있던 무적대원들이 허공으로 솟구쳤다.

그때 또 한 개의 장창이 날아왔다.

진우청은 이번에는 슬쩍 몸을 피했다.

무시무시한 속도로 날아온 장창이 바위에 꽂혔다. 모두의 눈이 그곳으로 향했다.

그건 장창이 아니었다.

그냥 아무렇게나 꺾은 지팡이만 한 나무 막대기였다. 바위를 뚫을 정도로 극강한 힘을 싣고 날아오는 바람에 장창으로 느껴진 것이다.

"포위!"

서한적이 짤막하게 명령을 내리며 입술을 깨물었다.

이렇게 가까이 다가올 정도로 몰랐다면 인근을 경계하던 부하들은 벌써 당했다는 말이다.

서한적은 부하들과 함께 장창이 날아온 곳으로 신속하게 포위하여 갔다.

"크윽!"

답답한 비명이 수풀 속에서 들리며 무적대원 한 명이 포탄처럼 튕겨 나왔다.

진우청은 그곳을 향해 비조처럼 몸을 날렸다.

눈 깜짝할 순간이었는데 그곳에는 아무도 없었다.

진우청은 청력을 돋우었다.

미세한 두 개의 음향이 빠르게 멀어져 갔다.

엄청난 힘에, 엄청난 빠르기였다. 그것만으로도 극강의 고수임을 짐작할 수 있었다.

진우청은 잠시 망설였다.

분기가 이는 마음으로는 끝까지 추적하고 싶었지만 그건 바보 같은 짓이다.

무적대 역시 그걸 알고 이를 뿌드득 갈며 그 자리에 섰다.

"들판으로 위치를 이동한다!"

서한적이 고함을 질렀다.

무적대원들이 야산 자락을 벗어나 들판으로 내려섰다.

누가 이런 기습을 벌였는지, 그리고 그 숫자가 얼마나 되는지 몰랐지만 아무렇게나 꺾은 나무 막대기를 바위에 꽂고 바람처럼 사라진 무위만으로도 충분히 위협적이었다.

"누굴까요?"

다가온 을지소소가 초조한 목소리로 물었다.

비 때문에 길이 늦어진 차에 또 정체 모를 자들로 인해 더 지체되면 도착도 그만큼 더 늦어진다.

"모르겠소. 하지만 엄청나게 강한 놈들 같소."

진우청은 놈들이 사라진 숲 속을 뚫어져라 쳐다보며 말했다.

"다시 나타날까요?"

이번에는 경설형이 물었다.

"아마 그럴 것 같소. 아까 그놈들은 뭔가를 확인하고는 동료들에게 가는 것 같았소."

진우청은 신중하게 답했다.

지금 생각하니 왠지 그런 느낌이 들었다.

누군지 몰라도 놈들은 자신을 확인하자 사라진 것 같았다.

왠지 그런 생각이 들었다.

그때 다시 숲 속에서 한줄기 기척이 느껴졌다.

아까와 같은 미세한 기척이 아니었다.

이번에는 그 기세가 너무 강해 마치 거대한 숲이 괴물처럼 들판으로 달려나오는 느낌이었다.

"검진을 형성하라!"

서한적이 고함을 질렀다.

아직 적들의 모습도 보지 못했지만 그 위험을 충분히 느낀 서한적은 검진으로 그들을 상대할 생각이었다.

파앗—

검진이 채 발동되기도 전에 숲의 끝자락에서 시커먼 물체 하나가 튀어 올랐다.

인간이 아니라 차라리 포탄 같았다.

무적대원이 허공으로 횃불을 던졌다. 아직까지는 완전히 밝아지지

않은 여명 속에서 무지막지한 속도로 날아오는 물체가 사람인지 짐승
인지는 분간하고 싶어서였다.
　"저놈은?"
　경설형이 자신도 모르게 비명 같은 소리를 질렀다.

第八十二章
파천(破天)

호랑이 문신의 얼굴에 칙칙한 회의!

짧은 순간 횃불에 비쳐진 모습이었지만 절대로 잊을 수 없는 존재들이었다.

그들로 인해 자신과 조송령, 운가목의 혈맥은 흑궁의 사람들보다 더 심각한 상태가 되어버렸다.

진저리마저 쳐지는 그놈들이 한 놈도 아니었다. 어림잡아도 스무 명도 넘게 숲 속에서 튀어나오고 있었다.

"내체 어니서 서런 놈들이 자꾸!"

조송령은 자신도 모르게 뒤로 주춤 물러서며 신음처럼 중얼거렸다.

한 번 더 저놈들과 건곤일척의 승부를 벌인다면 혈맥이 폭발해 버리고 말 것이다. 그렇다고 저 괴물들 전부를 진우청과 을지소소, 장위봉에게만 맡길 수는 없었다.

찰칵!

단봉을 꺼낸 조송령은 그것을 쌍검으로 만들었다.

"꿈도 꾸지 마!"

을지소소가 고함을 쳤다. 조송령이나 경설형, 운가목이 더 이상 극성의 내력을 끌어올렸다가는 위험해진다는 것은 누구보다 잘 알고 있었다.

"사질들은 뒤로 빠져. 허튼짓하면 내가 먼저 팔다리를 꺾어놓겠다!"

진우청이 두 눈에 불을 켜며 소리쳤다.

창ㅡ!

검진이 발동되며 무적대원들이 한 사람처럼 검을 움직였다.

그 속으로 선두의 괴인들이 부딪쳐 들었다.

검진이 출렁 흔들렸다. 그러나 곧 제 모습을 찾으며 부딪쳐 오는 괴인들을 향해 공격해 나갔다.

"니희들은 디 뒤로 물러나리."

진우청도 앞으로 쏘아져 나갈 자세를 잡으며 조송령에게 말했다.

아무리 조심을 한다고 해도 가까이 있다 보면 싸우게 마련이다.

이들과 손속을 마주하면서 적당히 싸울 수는 없다. 극강한 힘으로 공격하는 이들을 막으려면 일신의 공력을 다 끌어올려야 하는 경우를 반드시 맞이할 것이다. 그건 경설형이나 조송령, 운가목에게 자살 행위나 마찬가지였다.

"싸우겠어요."

조송령이 단호하게 말을 받았다. 차라리 죽을지언정 굽히지 않는 성격들이었다.

진우청은 눈을 부릅떴다. 그러나 더 이상 티격거릴 새도 없었다.

열 명가량의 회의괴인들이 자신들을 향해 날아오고 있었다.

휘익―

을지소소의 흑편이 춤을 추며 날았다.

흑편에 목을 감긴 회의괴인 하나가 주춤 신형을 비틀거렸지만 이내 아무 일도 없는 듯 달려왔다.

을지소소의 눈에 당혹감이 어렸다.

말은 들었지만 직접 상대해 보니 훨씬 무서운 괴물이었다. 방금 자신이 펼친 편법이라면 아무리 고수라 하더라도 목이 잘리거나 반쯤 꺾어져야 할 것이다. 그런데 괴물들은 꿈쩍도 하지 않았다. 경설형이나 조송령, 운가목이 단 한 번의 전투로 폐인에 가까운 상태가 된 것이 뼈저리게 실감이 났다.

"뒤로 피해!"

경설형 등과 을지소소를 향해 재차 고함을 지른 진우청이 용호곤을 휘둘렀다.

회의괴인 하나가 팔을 마주 휘둘러 용호곤을 쳐왔다.

까앙―!

회의괴인이 뒤로 주르르 밀리며 눈을 부릅떴다. 팔 하나가 뚝 꺾일 뻔했기 때문이다.

진우청은 내력을 돋우어 또 다른 회의괴인의 허리를 가격했다.

갈비뼈가 부러져 나가야 할 상황임에도 회의괴인은 재차 달려들었다.

그리고 다른 두 놈도 같이 달려들고 있었다. 그 뒤로 다섯 명의 회의괴인이 을지소소 등에게로 달려들었다.

진우청은 이를 갈았다.

너무 많은 놈들의 숫자에 되도록 내력을 아끼며 상대하려고 했지만 그게 불가능했다. 이들의 숫자를 빠르게 줄이지 못한다면 여기 있는 모든 사람들이 위험하다. 창룡금시를 믿고 계속해서 극성에 가까운 힘을 쏟을 수밖에 없었다. 단지 모든 힘을 한꺼번에 쏟아낼 상황을 맞지 않기만 빌 뿐이었다.

"하앗!"

진우청은 자신을 향해 달려든 회의괴인들 한복판으로 뛰어들며 기합성을 터뜨렸다.

콰앙—!

제일 앞에 선 회의괴인의 가슴에 천룡후가 터졌다.

"크윽!"

회의괴인의 입에서 신음과 핏물이 한꺼번에 튀었다.

연이어 진우청은 용호곤을 휘둘렀다.

우우웅

천룡후의 호흡이 흘러든 용호곤이 무거운 진동음을 토했다.

콰앙—!

회의괴인의 어깨에서 포탄이 터지는 것 같은 굉음이 터졌다.

도검불침의 경지에 오른 것 같은 회의괴인의 어깨가 푸욱 함몰되며 입에서 선혈이 폭포처럼 터졌다.

진우청은 다시 용호곤을 휘둘렀다.

연속적인 폭발음이 터지며 신들린 듯한 용호곤이 회의괴인들의 몸 곳곳을 치고 지나갔다.

당장 쓰러지지는 않았지만 회의괴인들은 용호곤에 가격당한 충격으로 움직임이 둔해졌다.

"후웁!"

쉬지 않고 열 번도 넘는 공격을 터뜨린 진우청은 거친 숨을 내쉬었다. 목구멍에서 단내가 나는 느낌이었다. 무리하게 내력을 연속 운기한 결과였다. 그럼에도 불구하고 쓰러진 놈은 어깨를 가격당한 한 놈뿐이었다. 이들은 저번에 싸운 놈들보다 훨씬 강했다.

진우청은 핏발 선 눈으로 놈들을 쳐다보았다.

몇 명은 움직임이 많이 둔해지긴 했지만 여전히 전의를 잃지 않았다.

"하앗!"

포위당하다시피 한 진우청의 귓전으로 경설형의 고함 소리가 들렸다.

더 이상 지켜볼 수 없는 상태에서 몸을 날린 것이리라.

진우청은 마음이 급해졌다.

경설형과 조송령, 운가목… 그중 경설형의 상태가 제일 심했다. 그가 다시 한 번 더 극성의 공력을 뿌린다면 어찌 될지 몰랐다.

콰아앙—!

진우청은 다시 천룡후를 터뜨렸다.

한 명의 회의괴인이 피를 뿌리며 뒤로 쓰러졌다.

그리고 다른 두 명도 용호곤에 두들겨 맞고는 무릎을 꿇었다.

"안 돼!"

진우청의 귓속으로 을지소소의 비명이 들렸다.

진우청은 돌아보지도 않고 몸을 날렸다.

조송령과 운가목을 향해 네 명의 회의괴인이 달려들고 있었고, 경설형은 그들을 향해 정면으로 돌진하고 있었다. 그러지 않으면 조송령과 운가목이 위험해지는 상황이었다. 경설형은 자신의 몸을 희생하며 두 사제를 살리려 하고 있었다.

콰앙—!

허공에서 떨어져 내린 진우청이 회의괴인 한 명의 머리를 손바닥으로 내려쳤다.

파악—

회의괴인의 머리가 어깨 속으로 파묻히더니 그곳에서 혈화가 터져 올랐다.

연이어 진우청은 머리가 몸통 속으로 사라진 회의괴인을 받침대 삼아 다른 한 명의 가슴에 용호곤을 찔러 넣었다.

푸욱—

용호곤이 가죽 북을 뚫듯 회의괴인의 몸속으로 파고들었다.

순식간에 두 명의 회의괴인이 바닥으로 쓰러졌다.

진우청은 쉬지 않고 을지소소와 장위봉이 상대하고 있는 회의괴인들에게도 용호곤을 휘둘렀다. 그대로 계속 싸운다면 그들도 경설형이나 조송령처럼 혈맥에 손상을 입을 것이다.

깡!

까앙—

두 명의 회의괴인이 용호곤에 가격당한 채 주춤거렸다.

그곳으로 을지소소와 장위봉이 재차 공격했다.

'됐다!'

을지소소는 내심 외쳤다.

진우청의 용호곤에 가격당한 곳에 채찍이 감기자 쇠토막 같은 회의괴인들의 몸에서 피가 튀었다. 장위봉 역시 그걸 느꼈는지 을지소소와 똑같은 식으로 공격했다. 자신들이 공격한 곳은 멀쩡했지만 진우청이 용호곤으로 한 번 두드린 곳은 약해져 있었다.

그러는 사이 진우청을 공격하던 회의괴인들이 방향을 틀어 조송령, 을지소소 등을 노리고 달려들었다.

"최대한 비껴 막기만 해!"

을지소소는 뒤쪽으로 물러나며 고함을 질렀다.

이런 괴인들과 정면으로 맞부딪치려면 어쩔 수 없이 극성의 공력을 운기해야 한다. 그건 자살 행위이기에 그들의 공격을 비껴 흘리며 진우청에 의해 약해진 자들을 공격하는 수밖에 없었다.

무적대 쪽에서도 사상자들이 속출했다.

처음에는 검진으로 괴인들을 막아가던 무적대도 도검으로 상처를 입힐 수 없게 되자, 그리고 그들의 도검이 하나하나 동강 나게 되자 뒤로 밀릴 수밖에 없었다.

"사숙!"

조송령이 다급한 고함을 질렀다.

이젠 검진이 거의 무너진 무적대에게는 다섯 명의 괴인이 상대하고 나머지가 진우청에게로 달려오고 있었다.

진우청은 숨이 턱에 차는 느낌을 받았다.

벌써 수없이 천룡후를 터뜨렸다. 눈썹 없는 노인을 상대할 때나, 이들 회의괴인보다 또 한 단계 더 강한 청의괴인을 상대할 때만큼 한꺼번에 힘을 다 쓰진 않았지만 여러 차례 반복해서 터뜨리며 숨이 가빠짐을 느꼈다. 만약 가슴에 매달린 창룡금시가 아니었다면 벌써 쓰러졌을지도 몰랐다. 그런데 무적대를 상대하던 괴물들이 더 달려오고 있었다. 처음부터 자신을 공격한 놈들은 움직임이 많이 둔해졌지만 저놈들은 아니었다.

무적대와 싸우던 놈들이 입술을 달싹거리며 달려오자 먼저 싸웠던 놈들은 마치 교대라도 하듯 물러나며 을지소소 등을 공격해 갔다.

자신이 이들에게 묶이면 사질들은 쓰러지고 말 것이다.

"한데 모여!"

진우청은 뒷걸음질을 치며 사질들과 등을 마주했다.

이젠 죽어도 같이 죽고 살아도 같이 살아야 할 때였다.

진우청은 이글거리는 눈으로 자신들을 포위한 괴인들을 노려보았다.

그 눈빛에 질렸는지 그들은 쉽게 달려들지 못했다.

그러던 중 한 회의괴인이 입술을 달싹거렸다.

호랑이 문신 얼굴을 한 채 입술을 움직이는 모습은 기괴함을 넘어 절로 소름이 끼쳤다.

다시 회의괴인들이 공격해 오기 시작했다.

수적 우위와 힘을 바탕으로 한 막강한 공격이었다.

이젠 을지소소와 장위봉의 입에서도 선혈이 흘러내렸다.

그들 역시 경설형 등을 보호하기 위해 극성의 공력을 쏟아 부어 혈맥이 진탕된 것이다.

이젠 어쩔 수 없었다.

창룡금시의 신비한 능력을 믿고 모험을 할 수밖에 없었다.

진우청은 온몸의 호흡을 한꺼번에 다 끌어올렸다.

저번처럼 쓰러졌다가 다시 일어날 수 있을지, 일어나기도 전에 이 괴물들의 손에 쓰러질지는 알 수 없었지만 지금은 이 수밖에 없었다.

콰앙―!

극성으로 끌어올린 천룡후가 커다란 용의 형상으로 터져 나갔다.

그 기운에 휩싸인 회의괴인 두 명이 폭죽처럼 몸이 터져 나갔다.

그리고 다른 놈들 몇 명도 가랑잎처럼 뒤로 날렸다.

휘청—

진우청의 신형이 술에 취한 듯 흔들렸다.

어김없이 이번에도 온몸의 기운이 빠져나갔다. 천룡후에 휩쓸리지 않은 놈들이 있었기에 안간힘을 썼지만 어쩔 수 없었다.

털썩!

진우청은 바닥에 쓰러졌다.

몸은 쓰러졌지만 며칠 전처럼 의식은 멀쩡했다. 좀 있으면 다시 기력이 돌아올 것이다. 하지만 그 시간이 문제였다.

천룡후에 휩쓸리지 않은 두 명의 회의괴인이 벼락 치듯 달려들고 있었다. 그리고 그 뒤로 어디서 나타났는지 청의괴인 한 명도 같이 달려오는 것을 보며 진우청은 절망적인 심정이 되었다.

자신의 가문을 치러 오는 회의괴인과 처음 마주쳤을 때, 마지막에 나타난 청의괴인은 회의괴인들보다 훨씬 강했다. 그땐 그 한 놈을 상대하고자 극성의 천룡후를 터뜨렸다.

청의를 걸친 놈이 지금도 나타났다.

아직 기력은 돌아오지 않았다.

돌아온다 하여도 당장 저놈을 상대하여 싸울 수 있을지 의심스러웠다.

휘익—

마치 만찬은 혼자서 즐기고 싶다는 듯이 청의괴인은 자신에 앞서 진우청에게 달려들려는 회의괴인의 어깨를 각각 잡고 뒤로 던졌다.

청의괴인의 두 손에 잡힌 회의괴인 두 명이 가랑잎 날리듯 날아갔다.

진우청은 누운 자세 그대로 청의괴인을 바라보았다.

회의괴인들과 마찬가지로 호랑이 문신의 얼굴이었다. 그러면서도 그들보다 훨씬 극강한 힘이 전신으로 느껴졌다.

서서히 기력은 돌아오고 있었지만 아직은 옴짝달싹도 할 수 없는 상태였다.

청의괴인은 진우청의 앞으로 다가와 무릎을 꿇었다.

경설형과 을지소소 등이 기겁하고 공격했지만 통하지 않았다.

마침내 청의괴인의 손이 가슴을 향해 다가왔다.

이대로 쑤시고 들면 등까지 관통당할 것이다.

그렇게 모든 것은 끝이 날 것이다.

진우청은 천천히 눈을 감았다.

얼마 전 들판에 쓰러져 있을 때는 온갖 걱정이 다 들었는데 이젠 아무런 생각도 들지 않았다.

그냥 이렇게 마냥 누워서 쉬고 싶었다.

그리고 사흘 밤낮을 이렇게 잠만 자고 싶었다.

심장으로 향하던 청의괴인의 두 손이 우악스럽게 어깨를 잡아왔다.

'어엇!'

진우청은 자신의 신형이 붕 떠오르는 느낌에 단말마를 삼켰다.

허공으로 떠오른 신형은 순식간에 바로 세워졌고 빠르게 기력이 회복되었다.

혼백이 달아난 듯한 진우청을 일으켜 세운 청의괴인은 천천히 등을 돌렸다.

그의 등장과 함께 공격을 멈춘 회의괴인들의 눈에 혼란함이 번져 나갔다.

파앗—

청의괴인의 신형이 얼핏 흔들리는가 싶더니 회의괴인들을 향해 주먹을 뻗었다.

주먹에 가격당한 회의괴인 한 명의 가슴이 왕창 무너졌다. 동시에 입으로는 선혈을 쏟았다.

청의괴인은 다시 손을 뻗었다.

바닥에 떨어진 무적대원의 검 한 자루가 줄에 매달린 듯 끌려왔다.

그 검을 잡은 청의괴인은 회의괴인들을 향해 질풍처럼 쏘아졌다.

파아앗—

파앗—

청의괴인의 검이 쾌속하게 회의괴인 둘을 도륙해 나갔다.

무적대나 을지소소의 흑편에도 끄떡없던 회의괴인들의 몸에 검상이 새겨지더니 마침내 붉은 선혈을 뿌리기 시작했다.

마침내 회의괴인 두 명의 심장이 쩍 갈라졌다.

이젠 완전히 기력이 돌아왔지만 진우청은 아직까지 극심한 혼란에 빠진 채 청의괴인을 쳐다보고만 있었다.

"괜찮습니까, 사숙?"

경설형이 걱정스런 음성으로 물었다.

그세야 세정신을 차린 신우청은 고개를 끄덕였다.

'저 괴물은 대체 뭘까?

뭐길래 자신의 목숨을 끊지 않고 쓰러져 있던 자신을 일으켜 세워놓기까지 한 후, 회의괴인들을 도륙하는 것일까?

진우청은 가중되는 의문을 접어두고 용호곤을 들어올렸다.

천룡후에 휩쓸리며 날아갔던 회의괴인 몇 명이 비틀거리며 일어서고 있었다. 또한 무적대를 상대하는 회의괴인들도 남아 있었다. 그들을 쓰러뜨려야 한다. 청의괴인에 대한 경계심을 늦추지 않은 채 진우청은 용호곤을 굳게 쥐었다.

창룡금시의 위력은 정말 대단했다.

목에서 단내가 날 정도로 고갈되었던 내력이 깨끗이 회복되었다.

북제성의 운명을 바꾸어줄 신물로서의 충분한 가치를 드러내고 있었다.

비틀거리며 일어서는 회의괴인을 향해 진우청은 몸을 움직이려 했지만 그럴 필요가 없었다.

청의괴인이 그들을 향해 한발 먼저 움직였다.

이제까지와 마찬가지로 청의괴인은 그들을 향해 사정없이 검을 휘둘렀다.

콰앙—!

한 번 휘두를 때마다 고막을 파열시킬 만한 굉음이 터져 나왔다.

진우청의 용호곤에 부딪친 회의괴인들의 몸에서 터져 나오는 소리 못지않은 소리들이 연속해서 터졌다.

회의괴인들을 도륙한 청의괴인은 무적대와 싸우고 있는 회의괴인들에게로 다가갔다. 이제 제대로 검을 휘두르는 무적대원들은 반도 남지 않았다.

"물러서!"

며칠 전 들판 싸움에서 청의괴인의 무서움을 뼈저리게 느낀 무적대원들이 주춤주춤 뒤로 물러섰다.

이빨이 뭉턱 빠진 검을 버리고 새로운 검을 하나 주워 든 청의괴인
은 무적대원들을 지나쳐 회의괴인에게로 다가갔다.

파앗—

청의괴인의 검이 바람을 갈랐다.

쉿소리와 함께 회의괴인의 목에서 핏줄기가 튀었다. 그곳으로 청의
괴인의 검이 다시 날아들었다. 놀랍게도 두 번의 검격에 회의괴인의
목이 허공으로 떠올랐다.

까앙—!

이번에는 용호곤이 한 회의괴인의 목덜미를 가격했다. 목이 꺾여진
회의괴인이 바닥으로 쓰러졌다.

적의 적은 친구이다.

이 청의괴인이 회의괴인들을 도륙하는 순간은 친구이다.

진우청은 계속해서 다른 회의괴인을 향해 용호곤을 휘둘렀다.

마침내 남은 회의괴인들이 모두 쓰러졌다.

진우청은 숨을 돌리며 청의괴인을 향해 마주 섰다.

회의괴인들과 똑같은 호랑이 문신의 얼굴과 도검이 통하지 않는 신
체!

그런데 이자는 오히려 그들을 처치했다.

머릿속에 혼란함이 가중되었다.

지금이라도 이 청의괴인이 공격을 한다면 또 한 번 바닥으로 쓰러질
각오를 하고 천룡후를 터뜨려야 한다. 청의괴인은 회의괴인과 달리 혼
신의 공력을 쏟아 붓지 않고는 처치할 수가 없었다.

더구나 이자는 그때 평야에서 만난 청의괴인보다 훨씬 강해 보였다.

검을 비스듬히 내린 청의괴인이 진우청 쪽으로 한 발 다가왔다.

진우청은 움찔 용호곤을 잡은 손에 힘을 주었다. 경설형과 을지소소 등도 급히 진우청 곁으로 모여 만약의 사태에 대비했다.

그때 진우청은 얼핏 청의괴인의 입가에 미소가 어린 것 같은 느낌을 받았다.

어딘지 눈에 익은 차가운 미소!

그 순간!

"곰탱이……."

청의괴인의 입에서 억양없는 한 단어가 튀어나왔다.

진우청은 눈을 끔벅거렸다.

자신이 뭘 들었는지 얼른 인식이 되지 않았다.

귀로는 들었지만 머리는 그것을 받아들이지 못했다.

곰탱이라니?

어떻게 이 괴물의 입에서 곰탱이란 단어가 튀어나온단 말인가.

착각일 것이다!

아니, 착각이다!

세상에서 자신을 그렇게 부른 사람은 딱 한 사람뿐이다.

"곰탱이… 다행이다."

청의괴인의 입에서 다시 그 단어가 흘러나왔다.

진우청의 상의가 폭풍에 휩쓸린 듯 펄럭거렸다.

착각이 아니었다.

이 괴물은 자신을 두 번이나 곰탱이라고 불렀다.

목소리는 유부에서 흘러나오는 듯 달랐지만 유화결만이 자신을 그렇게 불렀다.

진우청은 와락 청의괴인을 향해 다가가서 뚫어져라 그의 얼굴을 쳐다보았다.

온통 호랑이 문신을 한 얼굴은 코앞에서도 진면목을 알아보기 힘들었다.

텅 빈 허공 같은 눈빛 역시 아무런 특징이 없었다.

찌이익—

진우청은 청의괴인의 상의를 우악스럽게 찢었다. 그리고 등 쪽을 살폈다.

"이, 이……."

청의괴인의 등 뒤에 난 커다란 화살 자국을 확인한 진우청은 말을 잇지 못하며 와락 청의괴인의 어깨를 잡았다.

"물렁탱이! 너 정말 물렁탱이 맞는 거야?"

진우청은 미친 듯이 청의괴인의 상체를 흔들었다.

텅 빈 허공 같은 눈빛은 여전히 딴사람 같았다.

그러나 이 괴물은 유화결이었다.

남패천 강서지부에서 수없이 닦아주고 약을 발라준 상처는 절대로 잊을 수 없다.

"대체 어떻게……?"

비틀, 하고 흔들린 신형을 바로 세운 진우청은 신음처럼 중얼거렸다.

"대체 왜?"

진우청은 실혼인처럼 중얼거렸다. 그리고는 재차 유화결의 등에 난 상처를 확인했다.

두 번, 세 번 확인해도 그 상처는 강전에 당한 상처가 맞았다.

진우청은 머릿속이 하얗게 비어옴을 느꼈다.

“대체… 대체 네가 왜… 이렇게 된 거야?”

진우청은 신음처럼 중얼거렸다. 그러나 유화겼의 눈동자에는 별다른 생각이 어리지 않았다.

분명히 자신을 곰탱이라 부르며 자신을 알아보았는데, 아니, 백척간두의 순간에 자신 곁에 나타나 자신의 생명을 구해주었는데 눈동자에는 그런 기색이 조금도 어려 있지 않았다.

혼이 다 빠져나간 텅 빈 허공이었다.

“아냐! 절대로 이럴 수 없어!”

진우청은 자신도 모르게 중얼거렸다.

도저히 현실감이 느껴지지 않았다.

아니, 현실이어서는 안 된다.

진저리쳐지는 괴물!

도저히 사람이라 볼 수 없고 강시에 가깝다는 생각을 한 괴물!

유화겼이 그 괴물 중 한 명이라니?

진우청은 세차게 고개를 흔들었다.

“곰탱이… 다행이다… 내 피, 다 뽑아준다.”

다시 유화겼이 억양없이 중얼거렸다.

그 목소리는 머릿속이 아니라 깊은 무의식 속에 침잠된 생각이 영혼의 울림처럼 흘러나오는 느낌이었다.

“으아아—!”

마침내 진우청은 미친 듯이 고함을 질렀다.

강시는 아니었다. 피를 흘리는 회의괴인들을 통해 이미 여러 번 확인했다. 그렇다고 사람도 아니었다. 사람보다는 오히려 실혼인에 가까웠다.

유화결은 그런 모습으로 나타난 것이다.

"이, 이 망할 자식… 네가 왜? 네가 왜 이렇게 나타난 거야? 으아아—!"

진우청은 쓰러지듯 무릎을 꿇으며 유화결의 허리를 잡고 흔들었다.

유화결의 신형이 갈대처럼 흔들렸지만 눈은 여전히 텅 비어 있었다.

"크으으—"

진우청은 계속해서 절규를 토했다.

"대체 누가, 누가 널 이렇게 만든 거야? 임문정, 그 독사 같은 자식이 널 이렇게 만든 거야?"

벌떡 일어선 진우청이 피를 토하듯 거듭거듭 질문하자 유화결의 눈에 처음으로 생각의 흔적이 엿보였다.

"널 지킨다… 내가 원해서……."

유화결은 의미가 명확하지 않은 두 단어를 토하고는 다시 허공을 쳐다보았다.

진우청은 기가 막힌 심정에 목이 잠겨 한동안 말을 잃었다.

"임문정……."

진우청은 잇새로 뱉어냈다.

서왕문도들 속에서 나타난 괴물들이라 동방회와는 연관시키지 못했는데 그들은 동방회가 만든 것이다.

"크흑! 이 개자식! 기필코 죽인다!"

임문정의 얼굴을 떠올린 진우청은 미친 듯이 용호곤으로 땅을 두드렸다.

땅거죽이 포탄에 맞은 듯 허공으로 터져 올랐다.

"사숙!"

을지소소가 망연한 얼굴로 진우청을 불렀지만 진우청의 몽둥이질은 멈추지 않았다.

정신없이 땅을 두드리던 진우청은 마침내 바닥에 드러누웠다.

그렇게 시간이 정지하고 있었다.

오후가 될 때까지 진우청은 그 자리에 주저앉은 채 머리를 감싸 쥐고 있었다.

그 옆에는 유화결이 석상처럼 서 있었다.

"누군가요, 사숙? 혹시……?"

여태껏 말을 건넬 엄두도 못 내던 을지소소가 조심스럽게 다가와 물었다. 그러면서 그녀는 두려움 가득한 눈으로 유화결을 올려다보았다.

호랑이 문신을 한 얼굴과 텅 빈 듯한 눈동자!

회의괴인보다 더 실혼인에 가까워 보였다.

이 사람이 진우청이 그렇게 걱정하던 유화결 공자라면 진우청이 나담이 어떨지는 짐작이 갔다.

"이 사람이 유화결 공자인가요?"

을지소소는 차마 하기 힘든 질문을 던졌다.

진우청은 여전히 머리만 감싸 쥔 채 미동도 하지 않았다.

'맙소사!'

을지소소는 가슴이 무너지는 느낌을 받았다.

진우청이 그동안 유화결을 얼마나 걱정했는지 자신은 잘 안다. 그런데 그가 이런 모습이라니?

을지소소는 동방회에 대한 진저리와 함께 회의괴인들에 대한 정체를 추측할 단서 하나를 잡았다.

처음에는 이들이 사천당문과 서왕문의 합작품인 줄 알았다.

그런데 그게 아니었다.

유화결은 동방회의 소굴에 잡혀 있다고 어떤 사람의 서찰을 통해 확인했다.

그렇다면 이들은 동방회의 작품이다.

대체 동방회가 어떻게 이런 괴물들을 만들었을까?

을지소소는 머리가 복잡해져 옴을 느꼈다.

휘주에서의 혈사! 그리고 서왕문과 손잡은 그들의 준동!

모든 것이 하나로 귀결되는 것 같았지만 너무 충격적이었다.

을지소소는 더 이상 할 말을 잃고 진우청의 곁에 주저앉았다.

"사숙, 이거라도 좀 드십시오."

한참 뒤 장위봉이 멀건 죽 한 그릇과 더운 물그릇을 가져왔다.

이틀 동안 건량만으로 지낼 수는 없었다.

다친 사람들은 더욱 그랬다.

살아남은 무적대원들이 젖은 나무일망정 주워 와 불을 피우고 물과 함께 죽을 끓인 것이다.

쪼르르—

찻잔에 더운물이 따라졌다.

김이 모락모락 피어오르는 찻잔을 보자 석상처럼 서 있던 유화결이 신형을 움직였다.

"어엇!"

유화결의 손이 물 잔을 향해 다가들자 장위봉이 놀라 다급성을 질렀다. 그러나 공격할 의사가 아님을 안 장위봉은 물 잔을 유화결의 손에 넘겨주었다.

물 잔을 든 유화결은 품속에서 뭔가를 끄집어내어 물 잔에 탄 후 진우청에게 내밀었다.

진우청이 반응이 없자 유화결은 진우청의 손 앞으로 물 잔을 들이밀었다.

더운 물 잔이 손에 닿자 비로소 신우청은 고개를 들어 유화결을 쳐다보았다.

여전히 생각이 어리지 않은 동공이었다. 그런데 무슨 의식이 있어 물 잔을 내미는지 알 수 없었다.

잠시 유화결을 쳐다보던 진우청은 물 잔을 받아 들었다.

물 잔 속에는 찻잎이 들어 있어 파랗게 빛을 발하고 있었다.

물 잔을 코앞으로 가져가던 진우청은 와락 고개를 들고 일어섰다.

오로지 자신만을 위해 만들어진 꽃잎 차!

온 세상의 꽃들을 한곳에 모아놓은 듯한 향기!

잊을 수 없는 그 향기가 문 잔 속에서 흘기나오고 있었다.

"너… 이걸 어디서?"

진우청은 한 손으로 물 잔을 들고 다른 한 손으로 유화결의 멱살을 움켜쥐었다.

"대체 이게 어디서 난 거야? 네가 어떻게 이걸 가지고 있어?"

거듭된 혼란 속에 갈피를 잡을 수 없는 표정이 된 진우청은 한 대 때리기라도 할 듯 고함을 질렀다.

우두커니 서 있던 유화결은 품속으로 손을 넣어 서찰 한 장을 꺼내 진우청에게 건넸다.

이때는 의식이 있는 보통 사람과 똑같았다.

와락 서찰을 뺏어 들은 진우청은 서둘러 그것을 펼쳤다.

여인의 글씨였다.

온통 얼룩이 진 서찰은 그것을 쓸 때 흘린 여인의 눈물인지, 유화결의 땀인지 알 수가 없었다.

第八十三章
옥령인(玉靈人)

옥령인(玉靈人)

이 글이 무사히 공자님께 전해지길 천지신명께 빌며 두서없이 적습니다.

이제 저에겐 이 글을 고쳐 쓸 수 있는 여유조차 주어지지 않는군요.

이여옥의 글은 그렇게 급박하게 시작되었다.

제비 삶의 희망을 주었던 공자님을 제 손으로 위험에 빠뜨릴 줄은 꿈에도 생각지 못했습니다.

저주받은 운명은 저주받은 능력을 한꺼번에 주었습니다.

처음에는 내 능력이 죽어가는 사람을 치료할 수 있는 축복의 힘인 줄 알았습니다.

내 체질과 불가분의 관계인 유가검보 한복판에서 솟아오르는 청옥수라

불린 옥령수(玉靈水)!

그 옥령수 샘물에 몸을 담가두었던 중상자들을 내 능력으로 살려낼 수 있었습니다. 그리고 유가검보에는 온몸에 치명상을 입고 옥령수 샘에 몸을 담근 채 내 손길을 기다리는 사람들이 셀 수 없이 많았습니다.

죽어가는 그들을 내 손길과 내 능력으로 살릴 수 있다는 사실에 처음에는 며칠씩 뜬눈으로 지새우며 피로감도 잊은 채 그들을 살려냈습니다. 그리고 그 대가로 동방회는 내 다리를 치료해 주었습니다.

그땐 너무 행복했지요.

공자님께서 추게 해주었던, 그렇게 아름다운 춤을 다시 선녀처럼 출 수가 있을 것 같았으니까요.

하지만 그건 나에겐 너무 가당찮은 꿈이었나 봅니다.

그들은 철저히 숨겼지만 차츰 내 능력으로 살아난 사람들이 정상인과 다르다는 것을 느꼈습니다. 또한 그렇게 살아난 사람들은 동방회의 마수에 의해 청옥(靑玉) 같은 신세를 지니고, 그들이 마음대로 부릴 수 있는 꼭두각시로 재탄생된다는 것을 알게 되었습니다.

옥령인(玉靈人)!

내가 살려낸 사람들을 동방회는 그렇게 부르더군요. 그리고 난 옥령수와 떨어질 수 없는 운명인 옥령지체(玉靈之體)를 타고났다는 것도 알게 되었습니다.

저주받은 운명!

그리고 저주받은 능력!

그 능력에 의해 새로이 태어난 사람들이 어떤 일을 저지르게 될지 어느 순간부터 꿈속에서, 또는 환상 속에서 훤히 보이기 시작했습니다.

그들이 공자님을 해치려 하는 장면이 보일 땐 차라리 죽고 싶었습니다.

그때 화결 공자님이 다른 환자들과 똑같은 모습으로 제 앞에 나타났습니다.

다른 환자들과 달리 너무나 심한 상처를 입어 제 능력으로도 어쩔 수가 없을 정도였지만 화결 공자님은 어린 시절부터 옥령지기를 받아들여 오히려 훨씬 강하고, 훨씬 빨리 살려낼 수가 있다는 것을 알았습니다.

처음에는 누군지도 몰랐지만 머릿속에는 온통 공자님 생각밖에 없던 화결 공자!

그 생각을 읽은 후 화결 공자님의 정체와 또 두 분의 사이가 어떤지 알 수 있었기에 내 모든 능력을 다 동원하여 정상인으로 살리려 하였지만, 이렇게밖에 살릴 수 없었습니다.

어쩌면 진 공자님을 걱정하는 화결 공자님의 영혼이 스스로를 이렇게 환생하게 했는지도 모르겠습니다.

내 마지막 힘을 다 짜내어 화결 공자님만큼은 동방회의 마수가 스며들지 못하게 했습니다.

힘이 조금만 더 남아 있다면… 화결 공자님을 정상인으로 되돌릴 수 있을 것도 같은데… 그래서 내 인생의 큰 의미가 되어준 공자님과 기쁘게 상봉하도록 해줄 수도 있을 것 같은데… 저주받은 운명은… 그럴 여력마저 남겨주지 않는군요.

이여옥의 글은 서서히 힘을 잃어가고 있었다. 그리고 희미하게 흐려져 더 이상 보이지 않을 정도까지 되었다.

숨도 쉬지 않고 글을 읽던 진우청은 손바닥에 호흡을 불어넣었다.

그러자 희미하게 사라져 버린 글이 부분 부분 나타났다.

돌이 되어서라도 공자님을 다시…….

희미하게 흐려진 글은 그 한 줄만 겨우 나타내고는 완전히 사라져 버렸다.

진우청은 온갖 노력으로 사라진 나머지 글들을 나타나게 하려 했지 만 소용없었다.

그녀의 서찰을 다 읽은 진우청은 유화결처럼 멍한 시선을 허공에 둔 채 한참 동안 꼼짝도 않고 서 있었다.

"그녀는… 죽어간다."

한참이 지난 뒤 유화결이 불쑥 말했다. 말을 하면서도 그의 눈은 초 점이 맞춰지지 않았다.

"무슨 소리야? 다시, 다시 말해봐!"

다시 들려온 유화결의 목소리와 범상치 않은 내용에 진우청은 흠칫 몸을 일으켰다.

한마디 내뱉은 유화결은 더 이상 말을 하지 않았다.

진우청이 세차게 어깨를 흔들자 유화결의 입술이 움직였다.

"날 만들어서… 그녀는… 죽어간다."

유화결은 텅 빈 눈으로 말했다.

진우청은 기가 막힌 표정을 지었다.

하는 양을 보아서는 자신이 누구인지도 모르는 것 같았다. 그런데도 어떤 이야기는 정상인처럼 하고 있다.

도대체 얼마만큼 본연의 모습을 잃어버리고, 또 얼마만큼 간직하고 있는지 몰랐다.

자신의 의지대로 움직이는 것인지, 이여옥의 의지대로 움직이는지도 짐작이 가지 않았다.

어쨌든 옛날의 유화결이 아니라는 것, 그리고 옛날의 모습으로 돌아갈 수 있을지 알 수도 없다는 것이 미칠 듯한 기분이 들게 만들었다.

"네가… 네가 그걸 어떻게 알아? 네 이름이 뭔지는 알고 있냐, 이 망할 자식아?"

진우청은 고함을 지르며 유화결에게 거듭해서 이름을 물었다.

예상대로 유화결은 고개를 흔들었다.

진우청은 아득한 심정이 되었다.

자신의 이름마저 기억 못한다면 실혼인이나 마찬가지다. 그런데도 몇 가지 생각은 바위에 새긴 것처럼 간직하고 있었다.

"네 이름도 모르는 놈이 뭘 안다고 중얼거리는 것이냐?"

진우청은 털썩 주저앉으며 말했다.

"그녀의 생각이 우연히 내 머릿속으로 스며들었다. 굉장히 슬픈… 네가 너무 걱정되어… 죽는 줄 알면서도 날 만들었다. 그래서 죽어간다."

그 말을 끝으로 유화결은 입을 다물어 버렸다.

더 이상은 어떤 말이나 고함으로도 유화결의 입을 열 수 없었다.

그 다음부터는 '내 피를 다 뽑아서라도 널 지켜준다' 는 머릿속에 각인된 한 가지 생각만으로 움직이는 것 같았다.

진우청은 낙백한 표정으로 그 자리에 하염없이 앉아 있었다.

을지소소마저도 이젠 아무 말도 못하고 진우청을 바라만 보고 있었다.

멍한 시선과 함께 진우청은 이여옥의 모습을 떠올렸다.

아련한 기억의 장막 저편으로 그녀의 모습이 떠올랐다.

애처로움!

결코 다정다감하지 못한 성격과 너무 많은 일을 겪은 탓에 그렇게 자주 생각하지는 못했지만 그녀를 생각할 때마다 제일 먼저 떠오르는, 아니, 머릿속에 떠오르기 이선에 가슴 밑바닥으로 한발 앞서 스며드는 생각은 애처로움이었다.

몇 발짝 걷기도 힘든 모습으로 거듭 쓰러져 가며 마당 가운데로 나와 춤을 추려고 하던 모습!

그것이 안타까워 도움을 주어 춤을 추게 해주었을 때 피를 토해내듯 울던 모습!

다시 한 번 춤을 출 수 있게 해달라며 절벽에서 내려진 한가닥 밧줄을 잡은 듯한 눈빛으로 애원하던 모습!

그리고 자신만을 위한 꽃잎 차로 고마움을 전하던 그녀!

임문정의 마차에 태워준 때 너무 가벼웠던 그녀의 몸무게!

그 모습들이 영원히 잊을 수 없는 꽃잎 차 향기와 함께 한꺼번에 떠올랐다.

자신을 만나 그녀의 운명이 이렇게 바뀐 것일까?

자신과의 만남 후 그녀는 예상치 못한 동방회 행을 결정한 것 같았다.

임문정의 손에서 그녀를 집으로 데려다 주려 했을 때, 동방회로 가는 것은 그녀 스스로의 결정이라 했다.

그녀와 임문정!

결코 어울리지도 않고, 절대로 가까이조차 할 수 없는 사람들이다.

임문정으로서는 그녀가 절대적으로 필요한 존재였을 것이고, 모든 수단을 강구해서라도 그녀를 손에 넣으려 했을 것이다. 하지만 그녀는 죽어도 그런 인간들과 무슨 일을 함께하려 하지 않았을 것이다.

그런 그녀가 마음을 바꾸어 운명의 격류에 몸을 맡긴 것은 어쩌면 자신 때문일지도 모른다는 생각이 들었다.

창공을 날아다니는 새는 자유로운 비상의 기분을, 그런 일상의 소중함을 모른다. 하지만 새장에 갇힌 새는 단 한 번이라도 날 수 있기를 온 영혼으로 염원한다.

다시 한 번 춤을 출 수 있게 해달라던 그녀의 눈빛에도 그런 염원이 담겨 있었다.

그 염원이 격랑의 물길 속으로 그녀를 뛰어들게 했을까?

어느 것 하나 확실치 않았지만 이제 그녀는 그렇게 염원하던 춤을 한 번 더 추지 못하고 그 격랑의 운명 속에서 생명의 불꽃이 스러져 가고 있다.

희미해져 가는 그녀의 필체는 그녀가 지닌 생명의 불꽃처럼 느껴졌다.

다시 한 번 춤을 추게 해주겠다는 약속!

이젠 그 약속을 지키고 싶어도 지킬 수 없는 것인가?

가슴속에 격랑이 일었다.

그녀의 생명을 밝히고 있는 그 불꽃이 꺼져 버리면 모든 것이 형언할 수 없는 아픔으로 가슴에 남을 것 같았다.

유화결은 저런 모습으로 언제까지가 될지 모를 남은 생을 살아야 한다. 그건 결코 길지 않을 것이다. 저런 괴물 같은 모습으로 인간과 똑같은 수명을 누릴 수는 없을 것이다.

이대로 그녀가 죽는다면 자신의 피를 다 뽑아주겠다던 유화결의 목소리와 함께 그녀의 눈망울이, 한 마리 새처럼 가볍던 그녀의 몸무게가 평생 한으로 남을 것이다.

그때는 아무 생각 없이 한 번 더 춤을 추게 해주겠다고 한 약속이 그녀의 간절한 눈빛과 함께 가슴을 아리게 파고들었다.

진우청은 시선을 들어 하늘을 쳐다보았다.

하늘이란 것이 정말 있는지도 의심스러웠다.

"사숙!"

유화결과 같이 실혼인이 된 것 같은 진우청을 보며 경설형이 다가왔다.

그러나 진우청은 여전히 똑같은 모습을 유지하고 있었다.

이젠 아무것도 생각나지 않았다. 아니, 너무 많은 생각들이 머릿속에 휘몰아쳐 어떤 생각도 제대로 할 수 없었다.

유가검보 한벌에 흐르디는 옥령수!

옥령지체인 이여옥!

옥령인!

유가검보의 몰락!

호면괴인!

그 모든 것들이 하나로 뒤섞이고 있었다.

결국 동방회 놈들, 아니, 임문정은 옥령수와 옥령지체인 이여옥의 비밀을 알고 옥령인을 만들기 위해서 유가검보를 몰락시켰단 말인가?

그렇게 만들어진 옥령인은 지금 무림을 온통 뒤흔들고 있다.

그리고,

유화결마저 옥령인이 되어 자신의 앞에 나타났다.

“임문정… 이 악마 같은 자식!”

진우청은 진저리를 치며 고함을 질렀다.

여전히 유화결은 그의 곁에 호신상처럼 서 있었다.

어느 순간, 진우청이 천천히 일어섰다.

“휘주로 가야겠소.”

몸을 일으킨 진우청은 충혈된 눈빛과 함께 말했다.

그 말을 들은 경설형과 을지소소의 눈에 긴장의 기운이 어렸다.

휘주와 황산은 가까운 거리이지만 황산으로 간다는 말과 휘주로 간다는 말의 의미는 천양지차였다.

황산으로 간다는 말은 동방회와는 무관하게, 수련을 받았던 동굴에 들러 창룡금시를 가져온다는 말로 여기면 되었다.

그런데 휘주로 간다는 말은?

동방회의 소굴로 가서 그들과 부딪치겠다는 뜻이다.

돈의 위력이란 정말 무서운 것이다. 동방회는 돈의 힘으로 서왕문을 움직여 남패천을 궁지로 몰아넣고 있었다.

그것만으로도 동방회는 충분히 위협적이었다.

그런데 그들은 돈의 힘으로 옥령인이라는 괴물들까지 탄생시켰다.

그들 때문에 자신들의 혈맥은 서서히 피폐해져 가고, 어제는 죽을 고비마저 넘기지 않았던가? 그런데 그곳으로 간다면 기름을 지고 불속으로 뛰어드는 것과 마찬가지이다.

“사숙!”

을지소소가 우려 섞인 음성으로 진우청을 불렀다.

진우청의 심정을 모르는 바는 아니었지만 그건 너무 위험했다.

자신들은 물론이고 진우청에게도 그곳은 사지가 될 것이다.

"그건 안 됩니다. 우린 죽어도 상관없지만… 사숙은 남은 문도들을 책임져야 합니다. 사숙께서 그곳에서 변을 당하면 북제성의 미래도 사라집니다."

을지소소는 애원을 하듯 말했다.

그러나 그녀는 자신의 말이 아무 소용 없음을 느꼈다.

진우청의 표정은 그녀의 말을 듣고도 미세한 변화조차 없었다.

그의 눈빛에는 유화결을 그곳으로 데려가 정상인으로 만들고, 그를 걱정하다 죽어가는 여인을 구하고자 하는 염원만이 가득했다.

"북제성의 사람들을 모두 그곳으로 오게 하면 되오. 그곳에서 금제를 풀면 될 것이오!"

진우청은 단호한 목소리로 답했다.

"그건…….."

을지소소는 입을 다물었다.

지금은 어떤 말로도 진우청의 미음을 돌릴 수 없을 것 같았다. 그동안 같이 지내며 진우청이 유화결을 어떻게 생각하는지 어렴풋이나마 느낄 수 있었다. 또한 언뜻언뜻 느끼긴 했지만 진우청의 가슴속 깊은 곳엔 한 여인이 자리잡고 있는 것도 같았다.

겉으로는 그런 것을 전혀 표현하지 않는 사람이라 다른 일행들은 전혀 느낄 수 없었겠지만 자신은 느낄 수 있었다.

여자의 육감만이 감지할 수 있는 그 무엇!

그것이 진우청의 가슴속 깊은 곳에 자리하고 있었다.

서찰을 보낸 그 여인일지도 몰랐다.

서찰에는 그런 감정은 최대한 억누르고 사실들만 간략하게 써놓았지만 그 행간에는 목숨을 바쳐서라도 진우청을 지켜주고자 하는 의지가 고스란히 담겨 있었다.

그 서찰에는 남은 기운이 조금만 더 있어도 유화결을 정상인으로 돌릴 수 있을지도 모른다는 내용과 함께 필체가 급격히 흐려졌다.

'과연 아직까지 살아 있을까?'

을시소소의 마음도 급해졌다.

그녀가 살아 있어야 진우청에게도 뭔가 희망이 있다.

만약 죽어버렸다면 진우청은 친구와 연인을 한꺼번에 잃어버리는 결과를 맞이할 것이다.

서찰의 마지막 부분에 적힌 글자는 급격히 흐려져 갔다.

무엇에 쫓겨서 급하게 쓴 글이 아니었다. 그런 글은 마음과 같이 글씨 자체가 날아갈 듯 흐르지 희미해지지는 않는다.

마지막 부분은 더 이상 붓에 힘을 줄 수도 없이, 다시 먹을 찍을 수도 없이 급격히 기운이 떨어지며 필사적으로 쓴 글이었다.

그것만으로도 그녀의 상태를 짐작할 수 있을 것 같았다.

유화결이란 저 사내는 같은 괴인들보다 몇 배는 더 강해 보였다. 서찰을 쓴 여인은 진우청을 생각하며 혼신의 기운을 다해 저 사람을 만들고 쓰러졌을지도 모른다.

그렇다면 저 사람은 다시 옛 모습을 찾을 수 없는 것인가?

낙담한 진우청의 지금 모습을 보면 그건 너무 슬픈 일이다.

'아직은 모르는 일!'

을지소소는 억지로 희망을 가지려 했다.

아직은 그 여인이 죽었는지는 장담할 수 없다. 그건 휘주로 가봐야만 알 수 있다.

결국 휘주로 가는 일은 불가피하게 되어버린 것 같다.

“휴—”

긴 한숨과 함께 을지소소는 고개를 끄덕였다.

“그럼, 무림맹과 연락이 되는 제일 가까운 곳에 들러 맹주님께 전서를 띄우도록 해요.”

을지소소의 말에 경설형도 북북히 고개를 끄덕였다.

잠시 후, 진우청 일행과 살아남은 무적대는 방향을 돌려 진군하기 시작했다.

*　　　*　　　*

“무림인은 믿지 말아야 할 족속들이다.”

임지건이 감정이 느껴지지 않는 목소리로 말했다.

그 앞에 선 임문정은 묵묵히 고개를 끄덕였다.

“네 할아버지께서는 모든 걸 이루시고 매사에 실수가 없었지만 마지막 순간, 무림인에게 모든 걸 맡겼기에 운명을 달리하셨다.”

임지건은 여전히 메마른 목소리로 말을 이었다.

“그림자처럼 아버님을 호위하던 무진(戊辰)! 그놈도 결국은 무림인이었지……. 마지막 순간에 남패천의 주구로 돌아섰어.”

이때만큼은 평정을 유지하기 힘들었는지 임지건의 목소리에 감정이 실렸다.

“그렇게 보면 우리 상인이 믿을 수 있는 무림인은 단 한 명도 없다. 차라리 자기 자신이 절정고수가 되는 것이 낫다.”

“그렇게 되기엔 상인은 한계가 많지요. 돈을 벌어야 하고, 번 돈을 관리하기 위해서 동분서주하다 보면 무림인들처럼 심산유곡이나 지하

석실에서 폐관수련을 하는 짓 따윈 할 수 없지요.”

임문정은 빙긋 미소를 지으며 말을 이었다.

“저도 그렇게 했다면 지금보다 더 고수가 될 수 있었을 텐데 말입니다.”

임문정은 아쉬운 듯 자신의 손을 내려다보았다.

“넌 장사에 더 큰 소질을 타고났다.”

임지건은 단정하듯 말했다.

“핏줄이 어디 가겠습니까. 무공을 수련하는 도중에도 쉴 새 없이 돈이 눈에 떠올라 절정고수는 도저히 불가능하다는 걸 깨달았습니다.”

임문정은 입맛을 다셨다.

“그만해도 됐느니라. 대신 돈을 많이 벌어, 그 돈으로 우리 말밖에 따르지 않는 절정고수들을 만들었으니 되지 않았느냐? 돈으로 산 절정고수는 배신을 하지만 돈으로 만든 절정고수는 배신을 모르지.”

“그렇지요. 마지막 순간에 자신의 몸을 거리낌없이 폭사시킬지언정 배신을 모르지요. 멋진 제품이지 않습니까, 숙부님?”

“제품이라…….”

“시체나 다름없는 몸뚱이들을 되살려서 만들었으니 제품이지요.”

임문정은 잔인한 미소를 배어 물었다.

“그렇긴 하지만… 제품이란 말은 어쩐지 어폐가 있는 것 같구나. 옥령인이란 말이 더 좋지 않느냐?”

“그렇습니까? 너무 멋지게 만들어서 그냥… 뭐, 앞으로는 그렇게 부르지요.”

임문정은 고개를 주억거렸다.

“이젠 남패천을 무너뜨리고 구양천, 그놈을 발아래 꿇어앉힐 날도 머지않았구나.”

“그렇지요. 초기 제품… 아니, 초기 옥령인은 백회혈에 유일한 약점이 있었지만, 그 뒤 제조된 옥령인은 그것마저 보완했으니 남패천을 휩쓸 수 있을 겁니다. 그 다음에는 서왕문, 그리고 무림맹…….”

거기까지 말하던 임문정은 짓궂은 웃음과 함께 고개를 들었다.

“이참에 무림인들이 하지 못한 정사일통을 우리 장사꾼이 한번 해보는 것이 어떻겠습니까?”

“뭐든지 과하면 부족한 것만 못하느니라. 우린 우리의 복수를 하고, 완벽한 파수꾼을 얻었으면 됐느니라.”

임지건이 엄한 표정으로 말했다.

“그렇지요. 그러려면 제품, 아니, 옥령인을 좀 더 만들어야 하는데… 기술자가 드러누워 있으니…….”

임문정은 아쉬운 듯 입맛을 다셨다.

“니가 무리한 짓이 아니냐?”

“그렇지는 않습니다. 옥령수와 옥령지체! 그건 정말 기막힌 조합이지요. 그 두 가지는 서로 보완하며 상생을 이루기에 그런 일은 일어나지 않습니다. 또한 강시처럼 제조 과정이 복잡하지도 않으면서 훨씬 더 뛰어난 능력을 보유하지요. 그러면서도 속성, 대량 생산이 가능하고 말입니다. 물론 그 제조법과 옥령수의 정체를 정확히 알고 있어야 하겠지만…….”

“그걸 알기 위해 네 아버지와 난 억만금을 아끼지 않았다.”

“저 역시 관련된 자료를 찾고자 수천 권의 고서를 읽고, 또 그것들을 찾아 온 대륙을 헤맸지요.”

“그만큼 고생이 컸기에 열매 또한 단 것이 아니냐?”

"그렇지요. 그런데 기술자가 저러는 것은 아무래도 좀 마음에 걸립
니다."

"옥령지왕을 만드느라 무리한 것이 아니냐?"

"옥령지왕은 그놈 체질이, 아니, 그놈이 오랫동안 옥령지기를 흡수
해서 탄생한 것이지 그녀가 특별히 다르게 만들어서 탄생한 것이 아닙
니다."

"그렇더냐? 그래도 모르는 일이니 매사 소홀히 여기지 않도록 해
라!"

"여부가 있겠습니까?"

임문정은 더욱 짙은 미소를 피워 올렸다.

*   *   *

여러 개의 접시가 탁자 위에 놓여 있었다.

그 접시에는 각각 다른 색깔의 액체가 담겨져 있고, 그 액체마다 제
각각의 향기를 뿜어내고 있었다.

향기라기에는 뭔가 색다른, 정확히 말한다면 그것은 여러 가지 성분
의 약 냄새였다.

쪼르르—

백봉령주는 작은 항아리 속에다 접시 속의 액체를 조심스럽게 따라
붓고 있었다.

그 옆에서 유화경이 돕고 있었고, 주변으로는 유화성과 칠지검 임전
성, 그리고 강서지부의 의생인 듯한 사내들이 신중한 표정으로 백봉령
주의 손끝을 지켜보며 서 있었다.

접시 속의 액체가 항아리 속으로 부어져 섞일 때마다 각각 다른 반응들이 일어났다.

들끓어 오르는 것 같기도 했고, 달군 쇠를 물에 담그는 것처럼 치이익! 하는 소리가 나기도 했다.

마지막 접시에 든 액체가 부어졌을 때 항아리 속에서는 아무런 반응이 일어나지 않고 오히려 잠잠하기만 했다.

"됐어요!"

백봉령주가 이마에 흐른 땀을 닦으며 조심스럽게 항아리를 들어올려 흔들었다.

항아리 속의 액체가 고루 섞인 것을 확인한 백봉령주는 걸음을 옮겼다.

주변을 둘러선 사내들이 옆으로 물러서자 그곳에는 또 다른 탁자가 모습을 드러냈다.

이제껏 작업을 한 탁자와는 전혀 다른 쇠로 만들어진 탁자였는데, 가장자리에는 밧줄을 걸 수 있는 고리들이 한 뼘 간격으로 촘촘히 만들어져 있었다.

그 탁자 위에는 호랑이 얼굴 문신을 한 사내가 온몸에 쇠사슬이 감긴 채 누워 있었다.

며칠 전 전투에서 백회혈에 강침이 꽂힌 후 생포되어 계속 의식을 잃고 있었지만 워낙 위험한 존재인지라 수십 개의 쇠사슬로 결박해 놓은 것이다.

백봉령주는 들고 온 항아리를 호면괴인의 옆에 조심스럽게 내려놓고는 그 속에 면포를 담갔다.

하얀색의 면포가 짙은 갈색으로 물들었다.

백봉령주는 녹피 장갑을 낀 손으로 그 면포를 쥐고는 호면괴인의 얼굴을 닦기 시작했다.

지금까지의 모든 일들은 괴인의 얼굴에 입추의 여지없이 그려진 호랑이 문신을 닦아내기 위한 작업이었다.

슥!

슥!

백봉령주의 손이 몇 번을 거듭해서 호면괴인의 얼굴을 닦았지만 호랑이 문신은 여전히 그대로였다.

"실패한 건가요?"

유화경이 조심스런 음성으로 물었다.

백봉령주는 가볍게 고개를 젓고는 항아리에서 더 많은 양의 액체를 면포에 묻혀 닦아내기를 반복했다.

그렇게 열 번도 넘게 반복해 닦았을 때, 호면괴인의 이마 한곳에서 살색의 기운이 돌기 시작했다.

그것을 시작으로 호랑이 문신이 닦여 나가기 시작하며 괴인의 얼굴이 조금씩 드러났다.

괴인의 얼굴이 점점 드러나며 진면목을 알아볼 수 있게 되면서부터 유화성의 표정은 얼음처럼 굳어졌다.

뿌드득!

어느 순간 유화성의 입에서 이 갈리는 소리가 새어 나왔다.

놀란 백봉령주가 얼른 고개를 돌려 유화성을 쳐다보았다.

이 사이에서 피가 새어 나올 정도로 이를 갈고 있는 유화성은 주먹마저도 혼신의 힘으로 움켜쥐어 상체까지 덜덜 떨리고 있었다.

"왜, 왜 그러세요, 공자님?"

백봉령주가 주춤 뒤로 물러서며 물었다.

그러나 유화성은 대답하지 못하고 온몸으로 분노하고 있었다.

'설마?'

백봉령주는 머릿속을 스쳐 가는 한줄기 생각에 소스라치게 놀라며 괴인과 유화결을 번갈아 쳐다보았다.

"왜 그러세요, 큰오빠?"

유화경이 두 눈을 동그랗게 뜨고 물었다.

"우리… 우리 검보의 검대원이다!"

유화성이 질겅질겅 씹어내듯 답했다.

"오, 오빠!"

유화경이 도저히 수긍하지 못하겠다는 듯 고개를 저으며 사내를 쳐다보았다.

극강함과 잔인함에 치를 떨게 만든 호랑이 얼굴 괴인들이 자신 가문의 검대원이라니?

자신들을 지키기 위해 목숨을 내던지는 것도 마다 않고 싸운 검대원들이 어떻게 자신들을 죽이려 하는 이런 잔인한 괴물일 수가 있단 말인가?

유화경은 머릿속이 하얗게 비워져 감을 느끼며 연신 고개를 흔들었다.

"아, 아니야! 큰오빠가 뭔가 잘못 본 걸 거예요. 그렇죠, 큰오빠?"

유화경은 발악하듯 말했지만 유화성의 반응은 달라지지 않았다. 오히려 더 처절하게 표정이 굳어지고 있었다.

거의 전멸하다시피 한 유가검보의 검대원!

그들 중 하나가 어떻게 호면괴인이 되었는지는 모르겠지만, 이 사내가 호면괴인이 되었다면 다른 검대원들도 그렇게 되었을 것이다.

어쩌면 모든 호면괴인들이 그때 쓰러진 검대원들로 만들어진 것일 지도 몰랐다.

머릿속이 하얗게 비다가 터질 듯이 복잡해졌다.

서왕문이나 사천당문에서 만들었을 것이라는 처음의 예상과 달리, 이들 호면괴인들은 유가검보에서 동방회 놈들이 만든 것이란 말이다.

이런 괴물들을 만들기 위해 동방회 놈들은 유가검보를 순식간에 휩쓸어 버리고 그 터전을 차지했단 말인가? 그렇게 놈들은 그 터전과 함께 시체나 마찬가지로 만든 검대원들의 육체도 함께 차지했단 말인가?

"크으윽!"

유화성의 입에서 억눌린 신음이 선혈과 함께 새어 나왔다.

생각을 거듭할수록 모든 것이 하나하나 짜 맞춰졌다.

그럼과 동시에 절대로 추측하고 싶지 않은 생각 한가닥도 뇌리 한목판을 꿰뚫고 지나갔다.

호면괴인들은 붉은 피를 흘리는 사람들이다. 그러니 강시처럼 시체로는 이렇게 만들지 않았을 것이다.

산 사람 중에서 상처를 입고 거의 죽어가는 자들을 골라 이렇게 만들었을 것이다.

그렇다면 동생 화결은?

화결 역시 생사를 가늠할 수 없는 큰 상처를 입고 놈들 손에 잡혀 있다고 하지 않았던가?

우두둑—

으스러져라 쥔 주먹에서 뼈가 부러지는 것 같은 소리가 들렸다.

콰앙—!

유화성은 더 이상 참지 못하고 쇠 탁자를 주먹으로 내려쳤다.

살갗이 터지고 주먹에서도 피가 튀어 올랐다. 그럼에도 유화성은 멈추지 않았다.

"고, 공자님!"

"큰오빠……."

백봉령주와 유화경이 유화성의 팔을 붙들었다.

이제까지 그 어떤 어려움에서도 얼음 같은 냉철함으로 형제들과 남은 검대원들을 이끌었던 사내가 지금은 무너질 듯 흔들렸다.

"이 악마 같은……."

씹어 삼키듯 말한 유화성은 처절하게 자제하며 본래의 모습으로 되돌아왔다.

"비원각에서는 이들에 대해서 더 알아낸 것은 없소?"

유화성은 충혈된 눈으로 백봉령주를 바라보며 물었다.

백봉령주가 주춤거리며 입을 열었다.

"그건 특급 비밀이라 접근할 수 없었어요. 각주님께선 뭔가 알아낸 듯했어요. 그래서 범어가 적힌 제령침(制靈針)을 만들어주셨어요. 하지만 전……."

백봉령주는 두려운 표정과 함께 고개를 저었다.

그녀 역시 이젠 유화결의 안위에 대해 생각이 미치기 시작한 것이다.

"자, 작은오빠!"

유화경도 거기까지 생각이 미쳤는지 벼락 치듯 고함을 질렀다.

"설마, 작은오빠도 저렇게……."

유화경은 차마 끝까지 말을 뱉지 못하고 사시나무처럼 몸을 떨었다.

그녀는 결국 풀썩 그 자리에 주저앉았다.

그 누구도 자신의 질문에 대답하지 않았지만 칼날같이 날카롭게 뇌리를 저미고 가는 예감은 대답을 필요로 하지 않았다.

"죽여 버릴 거야… 모두 죽여 버릴 거야!"

유화경이 악령처럼 중얼거렸다.

"진정하세요. 괜찮을 거예요. 아무 일도 없을 거예요!"

백봉령주가 유화경의 어깨를 세차게 감싸 안으며 소리쳤다.

"언니… 으흐흑!"

유화경이 백봉령주의 품에 얼굴을 묻으며 공포에 질린 울음을 토했다.

*   *   *

대지급으로 도착한 서찰을 보며 남패천주 구양천은 얼굴을 굳혔다.

그 옆에는 비원각주 원다영도 굳은 표정으로 서 있었다.

"확실한 것인가?"

서찰을 다 읽은 구양천은 원다영을 보며 물었다.

"그렇습니다. 처음의 예상과 달리 호랑이 얼굴 괴인들은 서왕문이나 사천당문에서 만든 것이 아니라 동방회에서 만든 것입니다."

원다영은 두려움이 섞인 음성으로 답했다.

"그놈들이 대체 어떻게 그런 괴물들을 만들 수 있단 말인가?"

태상호법 나유백이 불신 가득한 눈으로 원다영과 구양천을 번갈아 쳐다보았다. 그는 도저히 지금의 보고를 믿을 수 없었다.

"사로잡은 호면괴인 한 명의 정체는 유가검보 검대원이었습니다. 그건 무적대주가 직접 확인한 사항입니다. 그것으로 보아 호면괴인은 유가검보를 무너뜨리고 그곳에 자리를 잡은 동방회 놈들이 만든 것이 확실합니다."

"허허! 이런 변고가 있나. 수백 년 동안 암기와 함께 독을 다뤄온 당가에서 그놈들을 만들었다면 수긍이 가겠지만, 장사꾼인 동방회에서 그런 괴물들을 만들다니… 대체 그게 말이나 되는 소린가?"

나유백은 여전히 불신의 심정을 누르지 못했다. 아니, 어쩌면 절대로 그것을 바라지 않는 심정이 더 강했다.

남패천 지부 다섯 곳을 순식간에 무너뜨리는 데 결정적인 역할을 했던 호랑이 얼굴의 괴물들!

그들이 서왕문 병사들 속에서 나타났다는 소식에도 모골이 송연했다.

그런데 동방회라면?

그건 더 큰일이다.

서왕문은 단순히 자신들의 욕심과 야망을 위해 남패천에 칼날을 들이대고 있다. 그러나 동방회는 남패천에 짙은 원한을 가지고 복수의 칼날을 들이대고 있는 것이다.

야망을 위해 전쟁을 일으킨 자들은 타협의 여지가 있다.

최악의 경우, 그들이 목적으로 하는 땅이나 재산을 내어주면 되는 것이다.

그러나 원한을 가지고 싸움을 일으킨 자들은 싸움에 승리했을 때부터가 시작이다.

그때부터 본격적으로 원한을 갚고자 원한의 당사자나 당사자 가족들의 목덜미에 칼날을 들이댄다.

만약 전쟁에서 그들이 이기게 된다면, 동방회 회주 임초건과 그의 동생 임지건은 남패천주의 가족들과 수뇌부를 단 한 명도 살려두지 않을 것이다. 놈들은 충분히 그럴 것이다.

그런 생각을 하며 나유백은 내심 진저리를 쳤다.

"그놈들의 정체에 대해서 좀 더 얘기해 보거라. 강시도 아닌 것이 어떻게 그렇게 강할 수가 있단 말이냐?"

구양천은 무거운 음성으로 지시했다.

원다영은 잠시 생각을 정리한 후 입을 열었다.

"워낙 괴이한 존재들이라 온갖 서적을 다 뒤졌지만 비슷한 경우조차 찾지 못했는데… 너무 낡아 읽기조차 힘든 고서에서 그들에 대한 자료 몇 가지를 얻었습니다."

"어서, 어서 말해보시게."

나유백이 가만 앉아 있지를 못하고 재촉했다.

"먼저… 그들은 옥령인이라고 부릅니다."

"옥령인?"

구양천의 눈썹이 모아졌다.

"옥의 정기를 흡수해 탄생되는 괴물로서, 수천 년 전, 상고시대에 이야기처럼 존재했을 뿐 실제로는 그런 것이 존재하지 않았습니다. 그런데 동방회에서 그것을 실체화시켰습니다."

원다영은 잠시 보고서에 눈길을 주었다.

"그것이 탄생하기 위해서는 몇 가지 조건이 만족돼야 합니다. 거대한 옥 광산이 있어야 하고, 그 광산에 수천 년 동안 옥의 기운이 응축된 옥령수라는 물이 다량으로 있어야 합니다. 그 다음으로는 옥령지체를 타고난 사람이 있어야 합니다."

"그, 그게 모두 휘주에 있었다는 말이구먼?"

나유백이 말했다.

"그렇습니다. 청옥수라 불린 옥령수는 유가검보 한복판에 있었습니다. 그래서 놈들은 유가검보를 쓸어버린 것입니다. 또한 옥령지체를 타고난 사람 역시 휘주에 있었습니다. 옥령수가 용출될 때면 옥령지체를 타고난 인간이 태어나기 마련인데, 옥령지체를 타고난 인간은 다른 곳에서는 살 수 없고 옥령수가 존재하는 곳에서 옥령지기를 받으며 살아간다고 했습니다. 휘주 외곽의 꽃집에 사는 이여옥이라는 여인이 옥령지체를 타고났습니다."

원다영은 잠시 설명을 멈추고 차를 한 모금 마셨다.

"그럼 그 여인이 그 괴물들을 만들었다는 것인가?"

구양천이 무거운 음성으로 물었다.

"옥령지체를 타고난 여인은 옥령인에 의식을 불어넣을 수 있는 능력을 가지고 있습니다. 그러기 위해서는 전제 조건이 필요한데……."

원다영은 잠시 뜸을 들였다. 뭔가 말하기 거북한 점이 있는 것 같았다.

"먼저 시체에 가까운 사람들이 있어야 합니다. 강시는 완전히 죽은 사람으로 만들지만 옥령인은 시체는 아니되 살아 있는 인간을 거의 시체에 가깝게 만든 후, 옥령수의 기운이 잘 스며들게 온몸을 난자하여 옥령수에 담가서 일 년간 제련한 후 만든다고 합니다."

"악머구리 같은 놈들이군!"

구양천이 고개를 저으며 신음처럼 말했다.

강시라는 것도 소름끼치고 잔인한 느낌이 들었지만 방금 설명을 들은 옥령인은 그보다 훨씬 더했다.

강시는 죽은 시체를 이용한다. 생을 마치고 영면에 들어야 할 시신을 훼손하고 대법을 거는 행위도 천인공노할 일이다. 그런데 옥령인은 그것을 제조하기 위해 산 사람을 난도질하여 시체에 가깝게 만들어야 한다는 말이다. 그 후에 강시의 제조와 같은 사악한 짓을 벌이는 것이다.

그건 사람을 두 번 죽이는 일이다.

동방회는 유가검보의 검대원들을 두 번 죽여서 옥령인으로 만들어 남패천과 무림을 파멸시키려 하고 있다.

구양천은 자신도 모르게 진저리를 쳤다. 아울러 남패천의 앞날이 바람 앞의 촛불처럼 걱정되었다.

"놈들은 유가검보에서 혈사를 일으켜 옥령수 샘을 차지하고, 그 혈사를 통해 시체나 다름없는 부상자들도 함께 확보했구먼. 정말 소름끼치는 놈들이야. 쯧쯧!"

나유백도 동방회의 잔인함에 치를 떨었다.

"그렇게 만든 옥령인에 옥령지체를 타고난 여인이 의식을 일깨운 다음, 동방회 놈들은 자신들의 의지를 각인시켰을 겁니다. 그런 면에서는 강시와는 많이 다르다고 볼 수 있습니다. 강시는 주술로서 조종하는 자가 있어야 하지만, 옥령인은 시술자가 초기에 불어넣는 의지를 가지고 스스로 움직입니다. 그들의 의식은 거의 본능에 가까울 정도로 제한적이지만 그것만으로도 강시와는 비교할 수 없을 정도지요. 그러면서도 그들의 신체는 옥처럼 단단하여 결코 강시에 뒤지지 않습니다. 보고에 의하면, 무적대의 도검으로도 거의 상처를 입힐 수 없을 정도입니다. 그런 여러 가지 장점 중에서도 가장 무서운 점은 강시보다 훨씬 속성으로 대량 제조가 가능하다는 것입니다. 휘주에서 참사가 일어난

지 일 년이 조금 넘은 지금 그들이 탄생되었지요."

원다영의 설명이 끝나고 실내에는 무거운 정적이 흘렀다.

"그 괴물들을 막을 방도는 없는 것이냐?"

한참 후 구양천이 물었지만 원다영의 표정은 무겁게 가라앉았다.

"현재로선 제령침이란 것밖에 없습니다. 침 표면에 범어로 주술을 건 제령침을 그 괴물들의 정수리에 남김없이 꽂으면 제압이 가능합니다. 하지만 그것도 단 며칠뿐입니다. 며칠 후에는 이도 소용이 없습니다. 또한 영능력이 강한 괴물들에겐 그것마저도 통하지 않습니다."

원다영은 우려 섞인 목소리로 답했다.

"대체 그런 괴물들이 얼마나 있단 말이냐?"

"아마도 기백은 되지 않을까 생각합니다. 작년 휘주혈사 때 유가검보의 대원들 중 반 이상은 그 자리에서 죽었고, 큰 부상을 입고 겨우 목숨만 연명하고 있던 사람들도 이백 명 정도 되는 것으로 알고 있습니다. 또한 서왕문 문도들도 그런 부상자들이 많았지요. 그들을 모두 옥령인으로 만들었다면, 그 숫자는 기백이 넘을 것으로 추정됩니다."

"도검이 통하지 않는 절정고수 기백 명이라……. 다섯 명만으로도 우리 지부 다섯 곳이 초토화되어 버렸는데 몇백 명이 한꺼번에 쏟아져 나온다면… 정말 상상조차 하고 싶지 않구먼."

구양천이 탄식처럼 중얼거리다가 벌떡 자리에서 일어났다.

"무림맹에 급전을 띄워라. 옥령인에 대해 상세히 밝히고, 동방회 놈들의 천인공노할 만행도 함께 밝혀라. 산 사람을 억지로 시체나 마찬가지로 만들어서 그런 괴물을 탄생시킨 놈들의 행위는 무림공적으로 몰아 처단해도 모자랄 일이야."

구양천은 방 안을 서성거리며 온몸으로 분기를 뿜어냈다.

지금으로서는 무림맹과 북제성의 도움만이 남패천을 구하는 길이었다.

서왕문과 동방회의 금력으로도 힘이 부칠 것이라 생각했는데, 몇백 명의 옥령인이면 남패천은 한 달도 버틸 수 없을 것이다.

"그들을 맞상대할 수 있는 사람들은 북제성뿐이다. 북제성주, 아니, 무림맹주 앞에서 무릎을 꿇고 도움을 청해서라도 그놈들이 이곳 총단으로 들이닥치기 전에 막아서게 해야 한다. 그러지 않으면 남패천은 무림에서 영원히 사라지게 될 것이야!"

구양천은 한시가 급한 표정으로 목소리를 높였다.

第八十四章
옥령지 왕(玉靈之王)

옥령지왕(玉靈之王)

지겹던 장마가 그치고 부분 부분 하얗게 탈색된 구름 사이로 햇살이 내비쳤다. 그리고는 폭염이 온 세상을 지배했다.

장마의 소멸과 함께 서왕문의 공격은 점점 더 거세어졌다.

이제까지는 무림맹에 막혀, 장마에 막혀 조금 소강 상태였다면 지금부터는 본격적인 공격이었다.

그 공격의 정점에는 항상 호랑이 얼굴 문신의 괴인들이 있었다.

처음에는 다섯만으로 남패천 지부를 휘젓던 그들은 열 명으로 수가 늘어나더니, 그 다음에 다시 열 명, 얼마 후 또 열 명이 더 나타났다.

그리고 이젠 얼마나 되는지 알 수도 없이 곳곳에서 출현했다.

이젠 그들의 정체가 동방회에서 만든 옥령인임이 밝혀졌지만 대책이 없기는 마찬가지였다.

제령침에 대한 위험을 알고는 그들은 본능적으로 제령침에 당하는 상황은 만들지 않았다.

더구나 그들 중에는 제령침이 아예 안 통하는 자들도 많았다.

결국 제령침마저도 거의 무용지물이 되어버렸다.

이젠 이렇게 하든 그들 몸에 치명적인 상처를 입혀 그들이 폭열마공을 터뜨려 스스로 자폭하게 하는 수밖에 없었다.

그건 절대로 쉽지 않았다.

최소한 그들은 신체의 어느 한곳이 잘려지기 전에는 자폭하지 않았다.

이제껏 남패천 지부에서 그들은 그렇게 해치운 곳은 강서지부뿐이었다.

그 이후로는 연전연패였다.

이젠 남패천 총단으로 그들이 들이닥칠 날도 머지않았다.

장마가 그친 후의 전세는 그렇게 급격하게 바뀌어갔다.

"그렇게 서 있지만 말고 제발 말 좀 해봐라, 이 자식아!"

진우청은 호랑이 얼굴 문신을 한 채 석상처럼 자신의 곁에 서 있는 유화결의 어깨를 흔들며 고함을 질렀다.

이여옥의 편지를 전해준 그날 이후부터 휘주로 향하는 지금까지 유화결은 더 이상은 단 한 마디도 하지 않았다.

언제나 진우청과 가까운 곳, 그러면서도 위험이 도사릴 수 있는 곳을 본능적으로 선점하며 걸어가거나 호위를 하듯 서 있었다.

또한 그동안 아무것도 먹지 않았다.

몇 번이고 음식을 코앞으로 들이밀었지만 고개만 돌릴 뿐 먹지 않았다.

인간이라면 먹어야 산다. 아무리 천하장사에 왕후장상(王侯將相)이라도 먹지 않으면 죽는 것이다.

인간이라면 그게 정상이다.

진우청은 유화결에게서 그걸 확인하기 위해 계속 음식을 주고 말을 걸었지만 유화결은 인간으로서의 특징을 자꾸만 외면했다.

진우청은 그것이 미칠 듯이 답답했다.

"넌 먹지로 않고 어떻게 사는 거냐? 음식이 싫다면 피를 먹든지, 그것도 싫으면 풀뿌리라도 먹어야 할 게 아니냐?"

진우청은 계속 소리를 질렀지만 유화결은 들은 척도 하지 않았다.

여전히 그는 텅 빈 눈동자로 앞만 주시하거나, 아니면 위험 요소가 느껴지는 곳만 응시하고 있었다.

그러던 그의 눈에 생각이 어렸다.

"위험하다!"

유화결의 목소리가 짤막하게 흘렀다.

그건 옥령인이 되기 전 쌀쌀맞고 칼날 같은 모습을 했을 때의 목소리와 똑같았다.

진우청은 위험하다는 목소리의 내용은 제쳐 두고 귀에 익은 그 목소리에 와락 반가움이 일었다.

"그래! 제발 그렇게 말 좀 해라, 이 물렁탱이 자식아!"

"비켜! 따라오면… 다리 몽뎅이… 부러뜨린다."

유화결은 더욱 냉기가 흐르는 목소리로 말하고 훌쩍 몸을 날렸다.

한 치의 망설임도, 한가닥의 군동작도 없는 깨끗한 경공이었다. 옥령인이 되기 전 본신의 무공보다 한참 더 높아진 것 같은 무위였다.

그 모습을 본 진우청은 잠시 이중적인 두 가지 감정을 느꼈다.

등에 화살을 맞고 혈맥 한 군데가 완전히 끊어진 채 죽을 정도로 낙

심하던 유화결이 그런 것을 아랑곳 않을 정도로 고수가 된 데 대한 말
도 안 되는 안도감과, 그런 것은 괴물이 되었기 때문에 얻은 악마의 힘
이라는 절망감이 동시에 들었다.

"미친!"

짧은 순간이지만 그야말로 말도 안 되는 안도감을 품은 자신을 힐책
하며 진우청은 유화결이 날아간 방향으로 같이 몸을 날렸다. 그 뒤로
을지소소와 경설형 등이 따라서 신형을 날렸다.

"산개하라!"

남패천 정양(正陽)지부 소속 철기대주(鐵旗隊主) 사도건(司到建)은 대
원들을 향해 목이 터져라 고함을 질렀다.

서왕문 졸개들과의 난전 중에 마치 구름처럼 둥실 떠올랐다가 급전
직하로 떨어져 내린 호랑이 얼굴 문신의 괴인 네 명!

처음 그들이 허공에서 떨어져 내릴 때는 정말 호랑이인 줄 알았다.
호랑이가 짙은 회의를 걸치고 자신들 앞으로 뛰어내리는 줄 알았다.

그들 네 명의 기세는 도약하며 먹이를 향해 덮치는 호랑이보다 더했
으면 더했지 결코 덜하지 않았다.

뛰어내림과 동시에 부하 두 명의 머리가 박살나며 뇌수가 튀었고,
다른 부하들은 심장이 갈라지고 목이 꿰뚫렸다.

그렇게 그들 네 명이 파죽지세로 공격해 오자 순식간에 전열이 흐트
러지고, 더 나아가 전열 한가운데는 포탄이 떨어진 것처럼 공동이 생겼
다.

그 공동은 점점 커졌다.

치명적인 위험을 내포한 공동에 접근하지 않기 위해서는 사방으로

전열을 팽창시킬 수밖에 없었다. 그런데 그 외곽을 어느새 서왕문의 무사들이 포위하며 조여오고 있었다.

놈들은 이런 결과를 미리 예측하고, 아니면 벌써 몇 번의 전투에서 얻은 경험으로 이런 식의 전법을 터득하고 가장 효율적으로 공격하고 있었다.

"산개!"

사도건은 다시 핏빛 고함을 질렀다.

이젠 전열이나 진형을 따질 때가 아니다. 안에서 무자비하게 공격하고, 밖에서 그물처럼 조여오는 놈들의 마수에서 벗어나 살아남는 것이 중요했다.

산개하여 놈들의 그물을 벗어나야 그게 가능했다.

그게 가능하다 치더라도 더 이상 전투가 가능하다는 보장이 없었다. 한 번 전열이 무너지면 산사태가 나듯이 휩쓸리게 되고, 적보다 더 많은 숫자라도 오합지졸이 되어 등 뒤에서 날아오는 창칼에 맞아 죽거나 추적대의 칼에 하나하나 도륙될 수 있다.

그렇게 되든 필생의 용기를 모아 재집결하여 싸우게 되든 그건 차후의 일이고, 지금은 죽음의 포위망 속을 빠져나가야 한다.

"크으윽!"

"아악!"

아비규환의 비명이 울렸다.

전열이 흐트러지자 예상대로 놈들의 공격이 거세어지고, 대원들은 본신의 실력을 반도 쓰지 못하고 허둥거렸다.

"저쪽 산이 있는 측면을 뚫어라!"

사도건은 그중 허술해 보이는 울타리를 향해 공격 명령을 내렸다.

그곳이 뚫리고 나면 바로 산이라 놈들의 추격을 피하기도 쉬울 것이다.

"어딜!"

놈들 역시 예상했다는 듯 그쪽으로 병사들을 집결시켰다.

허술해 보였던 것은 올가미에 확실히 가두기 위한 미끼였다. 그걸 알았지만 이젠 기호지세였다. 죽자살자 저곳을 뚫어야만 대원들을 반이나마 건질 수 있다.

사도건은 계속 고함을 지르며 필사적으로 검을 휘둘렀다.

피가 장맛비처럼 쏟아졌다.

적도의 피도 있었고 아군의 피도 있었다.

"크윽!"

한쪽 어깨에 극심한 통증을 느끼며 사도건은 신음을 토했다. 그러나 신음은 더 이상 길게 이어지지 않았다.

산속에서 또 한 명의 호랑이 얼굴 문신을 한 괴물이 그야말로 비호처럼 날아오고 있었다.

죽음으로 인도하는 완벽한 진형이었다.

놈들은 우수한 전력에다 병법에도 조예가 깊다는 걸 절로 인정하게 만들었다.

산속에서 튀어나온 저 괴물은 대원들의 마지막 숨통을 끊어놓을 것이다.

이로써 정양지부는 전멸할 것이다.

사도건은 마지막 힘을 다해 검을 휘둘렀다.

그의 머리 위로 호랑이 문신 괴인이 날아갔다.

사도건은 반사적으로 머리를 어루만졌다.

가운데서 무자비하게 설치는 네 명의 호면괴인이 스치듯 날아간 뒤에는 부하들의 머리가 터져 올랐기 때문이다.

퍼억―!

놀라운 광경이 벌어졌다.

자신과 부하들 머리 대신 네 명의 괴인 중 한 명의 머리가 터졌다.

사도건은 망연한 눈으로 산 쪽에서 내려온 괴인을 쳐다보았다.

또 한 명의 괴인이 가슴이 갈라진 채 가랑잎처럼 날아갔다.

두 명의 호면괴인이 폭혈마공을 터뜨릴 기회도 주지 않고 처치한 청의괴인은 주춤거리며 뒤로 물러나는 다른 두 괴인의 목을 검으로 날리고 있었다.

순식간에 야차 같던 네 명의 괴인이 쓰러졌다.

사도건은 믿어지지 않는 상황에 멍한 눈을 떴다.

뒤에 나타난 호면괴인의 괴력 때문이 아니었다. 괴물들은 어차피 이해가 불가능한 일들을 하기 마련이기에 지금까지의 괴물보다 훨씬 강한 괴물이 나타난다고 해서 특별히 더 놀랄 일은 없었다.

도저히 이해가 되지 않는 것은 저 괴물, 그러니까 숲 속에서 나타난 저 괴물이 왜 같은 용모의 괴물 네 명을 죽여 버렸나 하는 것이다.

괴물이 미쳐 버려서?

그게 말이 되는 것인가? 괴물이 미칠 수도 있는가?

사도건은 머릿속이 실타래처럼 엉키는 기분이었다.

어쨌든 이젠 사정이 달라졌다.

산속에서 튀어나온 괴물이 앞을 차단하지 않았으니 산속으로 전력 질주해야 한다.

그래서 서왕문의 공격과 저 괴물의 위험에서 벗어나야 한다. 비록 저 괴물이 동료 괴물들을 죽였지만 나중에 어떻게 나올지 모르는 일이니까.

"모두 숲 속으로!"

사도건은 온 공력을 돋우어 고함을 질렀다.

혼란스런 상황에 우왕좌왕하던 부하들이 숲 쪽을 향해 치고 나가기 시작했다.

궁지에 몰린 쥐는 고양이를 깨문다.

안쪽에는 괴물이 쳐나오고, 바깥쪽에서는 서왕문의 포위망이 좁혀져 오는 궁지에 몰린 남패천 정양지부 병사들은 고양이를 깨무는 쥐처럼 포위망 한곳을 무너뜨렸다.

이젠 숲 속으로 스며들면 새로운 국면에 이룰 수 있다. 아니, 최소한 전멸은 면할 수 있다.

그런 심정으로 앞서서 치고 나가던 사도건은 단말마의 비명을 질렀다.

숲 속에서 또 한 명의 괴물이 튀어나오고 있었다.

호랑이 문신 얼굴은 아니었지만 그런 괴물들보다 훨씬 큰 덩치의 곰만 한 괴물이었다.

그 뒤로 다섯 인영!

과연 적일까, 아니면 아군일까?

그건 차후에 따질 문제였다. 우선은 포위망을 뚫고 숲으로 숨어들 수밖에 없었다.

"치고 나간다!"

사도건은 고함을 지르며 더 세차게 달려나갔다.

휘익—

휘익—

곰 같은 사내와 그 뒤를 따르는 다섯 인영이 가볍게 자신의 머리 위를 뛰어넘었다.

사도건은 다시 한 번 자신의 머리를 쓰다듬었다.

여전히 머리는 멀쩡했다.

부하들을 이끌고 숲 아랫자락에 도달한 사도건은 비로소 한숨을 돌리며 뒤쪽을 쳐다보았다.

자신과 똑같이 호랑이 얼굴 문신을 한 네 명의 괴물을 도륙한 청의를 걸친 괴물은 자신들을 쫓아오지 않았다. 네 명의 다른 괴물을 처치한 후 더 이상 자기 할 일은 없다는 듯, 오로지 호면괴인들만이 자기의 상대라는 듯 그 자리에 우두커니 서 있었다. 그리고 뒤에 나타난 곰만한 덩치의 사내와 다섯 인영은 그 괴물 주변을 호위하듯 둘러섰다.

사도건은 아직도 저들이 적도인지 아군인지 구별이 가지 않았다.

산으로 뛰어드는 자신들을 막지 않은 것을 보면 아군 같았지만 괴물과 같이 서 있는 것을 보면 적도들 같았다.

어쨌든 저들의 출현으로 포위망을 뚫고 여기까지 왔다. 더 나아가 몰살이라도 시킬 듯 조여들던 서왕문도들의 추격도 멈추었다. 그렇다면 더 이상 숲 속까지 숨어들 필요가 없다.

"전열을 정비하라!"

사도건은 고함을 질렀다.

그때 다시 날렵하게 경공을 날리는 소리들이 들렸다.

그 소리만으로도 머리끝이 쭈뼛 설 만한 고수들이란 것을 느낄 수 있었다.

사도건과 그의 부하들은 본능적으로 전투 태세를 갖추었다.

"혈랑대다!"

"무적대다!"

"살았다!"

사도건은 온몸에 힘이 쭉 빠지는 것을 느꼈다.

남패천 최고 전투대인 혈랑대, 아니, 무적대라면 더 이상 걱정이 없었다.

그의 생각대로 무적대는 땅에 내려서자마자 피에 굶주린 늑대들처럼 서왕문도들을 베어 나갔다.

그런 와중에도 산속에서 나타난 호랑이 얼굴의 괴물은 적도들 한가운데서 우두커니 서 있기만 했다.

"미치겠군!"

회의괴인 넷을 처치하고 나서 넋이 나간 듯 우두커니 서 있는 유화결을 보며 진우청은 소리를 질렀다.

이렇게 무방비 상태로 서 있다고 해서 서왕문 졸개들이 어떻게 할 수 있는 존재는 아니었지만, 삼 간 이지가 되살아난 것 같던 유화결이 다시 실혼인처럼 돼버린 것이 진우청으로선 견딜 수 없었다.

"사숙!"

장위봉이 진우청의 주의를 일깨웠다.

처음에는 적인지 아군인지 구별하지 못해 어리둥절하고 있던 서왕문도들이 호면괴인들을 모두 처치한 유화결을, 그리고 유화결의 곁에 있는 진우청 일행을 적으로 간주하고 공격하기 시작한 것이다.

진우청은 주변을 둘러보았다.

며칠 전의 전투에서 살아남은 무적대원들이 바깥쪽에서 서왕문도들을 도륙해 오고 있었다.

숫자는 서왕문도들이 몇 배는 더 많았지만 호면괴인들이 모두 쓰러진 지금 그들은 무적대의 상대가 아니었다. 자신들은 가만히 있어도 반 시진만 지나면 모두 쓰러질 것이다.

하지만 가만히 있을 수 없었다.

며칠 전부터 미칠 듯한 심정으로 참았던 분노가 어딘가 폭발할 틈을 찾아 들끓기 시작했다.

진우청은 검을 휘두르며 다가오는 사내들을 향해 마주쳐 갔다.

그러자 유화결이 움직였다.

영원히 넋을 잃고 서 있을 것 같던 유화결이 한발 앞서 나서며 진우청을 향해 휘두르는 서왕문도의 검을 붙잡았다.

쨍강ー

서왕문도의 검이 유리 조각처럼 부서져 나갔다.

퍼억ー!

뒤이어 휘둘러진 유화결의 주먹에 가슴을 가격당한 다른 사내 하나가 피분수를 토하며 튕겨 나갔다.

"이, 이 망할 놈!"

미칠 듯한 심정 속에 쌓였던 참을 수 없는 분노를 터뜨리려던 진우청은 자신에게 날아드는 검과 도를 한발 앞서 쳐내고, 자신이 두드리려 하는 상대들 역시 한발 앞서 날려 버리는 유화결을 보고 분통을 터뜨렸다.

"저리 비켜, 이 망할 자식아!"

분노를 터뜨릴 기회를 박탈당한 진우청은 고함을 질렀다. 그러나 유화결은 아랑곳없이 진우청을 향해 달려드는 자들을 모조리 쳐내거나 날려 버렸다.

마치 내 피를 다 뽑아서라도 널 지킨다는 듯이 유화결은 진우청을 향한 단 일 격의 공격도 허용하지 않았다.

"우린 할 일도 없네, 뭐……."

조송령이 손가락을 쪽쪽 빨며 바람처럼 움직이는 유화결을 쳐다보고 서 있었다.

그녀의 말대로 자신들은 할 일이 없을 정도로 유화결은 서왕문도들을 진우청 근처에도 접근하지 못하게 하고 있었다.

단 한 번의 손짓이면 목이 꿰뚫리거나 갈비뼈가 왕창 내려앉게 만드는 유화결의 공격에 서왕문도들 한복판에는 커다란 공간이 생겼다. 서왕문도들은 그 공간을 피해 밖으로 퍼져 나갔다.

그렇다고 밖으로 뻗어나가는 것도 절대 만만치 않았다. 동료들의 복수를 하기라도 하는 듯 미친 듯이 검을 휘두르는 무적대와 전열을 정비한 정양지부의 철기대가 바깥으로부터 조여들고 있었다.

그렇게 이각여의 시간이 더 지나자 서왕문도들은 모두 쓰러졌다.

전멸 직전에서 목숨을 구하고, 오히려 적도들을 섬멸하는 전과를 올렸지만 정양지부 병사들은 환호성을 지를 여력도 없이 그 자리에 주저앉았다. 그들은 되도록 유화결과 멀리 떨어진 곳을 골라 앉아 피비린내 가득한 숨을 토해내고 있었다.

진우청이 움직이지 않자 유화결은 다시 석상처럼 서 있었다.

이럴 때는 전혀 이지가 없는 실혼인이었다.

진우청은 다시 억장이 무너지는 듯한 느낌을 받으며 산자락 쪽으로 걸음을 옮겼다.

우두커니 서 있던 유화결도 진우청을 따라 걸음을 옮겼다.

"구명지은에 감사드립니다."

사도건이 다가와 진우청과 무적대에게 인사를 했다. 그러면서 그의 눈은 뚫어져라 유화결을 쳐다보았다.

자신들을 전멸의 위기로 내몰았던 네 명의 호랑이 얼굴 괴인!

그와 똑같은 모습을 했지만 그 괴인들을 처치하고 자신들을 살린 유화결!

궁금하기 짝이 없는 일임과 동시에, 남은 철기대원들을 이끌고 지부로 돌아가 보고해야 하는 그로서는 어떻게 된 영문인지 알아야 했다.

"이 친구에 대해서는 설명하기가 쉽지 않소. 그냥 모른 체해주시오."

진우청은 선수를 치며 말했다.

그렇게 하는 것이 당분간은 나을 것이다.

유화결의 존재가 동방회에 알려진다면 그곳에 있는 이여옥의 안위가 위태로워진다. 물론 그녀가 지금까지 살아 있다면…….

영원히 비밀로 할 수는 없겠지만 유화결의 존재는 최대한 늦게 알려져야 한다.

"난 그렇게 할 수 있겠지만 부하들의 입까지는…….

사도건은 고개를 끄덕이면서도 자신없는 표정을 지었다.

"대주께서 의도적으로 허황된 소문을 몇 개 퍼뜨려 주시오. 우리 쪽에서 얼굴에 용 문신을 한 괴물이 나타나 해치웠다든지, 아니면 한참 잘 싸우다가 자기들끼리 치고받고 자멸했다든지……. 어쨌든 이곳에서 일어난 일의 전모를 파악하기 어렵게 해주시오."

무적대 제일조장 서한적이 피칠을 한 얼굴로 말했다. 유화결과 이여옥에 관한 일을 비교적 소상히 알고 있는 그는 진우청과 같은 생각을 하고 있었다.

그제야 사도건이 흔쾌히 고개를 끄덕였다.

"그거야 어렵지 않소. 어쨌든 저런 친구가 계속 나타났으면 좋겠군
요."

두려움과 안도감이 반반씩 어린 눈으로 유화결을 한 번 더 쳐다본
사도건은 자기 대원들 속으로 파묻혀 부상자들을 보살폈다.

"앞으로는 복면을 하는 게 낫겠습니다."

유화결을 보며 잠시 생각하던 장위봉이 품속에서 검은색 복면 하나
를 꺼냈다.

척백대의 추적을 받는 북제성 문도로 온갖 험한 상황을 거치며 야행
을 할 때 착용했던 복면이었다.

복면을 씌우고, 옷 역시 청색에서 무적대와 마찬가지인 흑의로 바꿔
입혔다.

그렇게 유화결은 진우청 일행이 되어 정양지부로 향했다.

정양지부에 도착한 후 무적대 대원들은 부상자들의 치료와 함께 전
열을 정비했다.

그러는 동안 진우청은 을지소소에게 이여옥의 편지 내용, 그리고 유
화결의 일 등을 북제성의 비문으로 적게 한 후 남패천의 연락망을 이
용하여 무림맹주에게 대지급으로 보냈다. 물론, 자신들의 휘주행도 같
이 전했다.

저녁때가 되어 진우청은 다섯 사질을 정양지부의 한 실내에 모이게
했다. 그리고 그곳 주위로는 아무도 접근하지 못하게 했다. 그 역할은
복면을 쓴 유화결이 맡았다.

자연 실내에는 긴장된 분위기가 느껴졌다.

"왜 그러세요, 사숙?"

조송령이 눈을 반짝거리며 물었다.

그녀의 목소리와 함께 무겁던 실내 분위기가 한결 가벼워졌다.

"모두 이걸 한 방울씩 몸에 뿌리시오."

진우청은 품속에서 홍와향이 담긴 병을 꺼내 경설형에게 건네주었다.

"이게 뭔지……?"

경설형은 뚜껑을 열고 그 안에 든 액체의 냄새를 맡아보며 물었다. 그는 홍와향의 정체를 알지 못했다.

북제성 총단에서 이곳으로 떠나기 전에 주완 사저가 건네준 홍와향은 북제성 사람들만이 맡을 수 있는 냄새였다. 그것도 주완 사저처럼 몇 년씩 수련을 하며 감각을 일깨워야 가능하다고 했다.

중원 곳곳에 흩어져 아직까지 다 모이지 않고 있는 천궁과 다 모인다는 보장도 없는 흑궁의 사람들 중에는 홍와향의 냄새를 맡을 수 있는 사람들이 더 있을 것이다.

휘주로 향하는 앞으로의 여정은 지옥길이 될 것이다. 그곳으로 가는 도중에 도움받을 수 있다면 최대한 그들의 도움을 받을 생각이었다. 아울러 모든 북제성 문도들이 자신의 바람대로 휘주로 와준다면 더 좋을 것이다.

"홍와향이군요."

뜻밖에도 조송령이 그 정체를 알았다.

"넌 맡을 수 있는 것이냐?"

진우청은 대견스런 눈빛과 함께 물었다.

"아직 완벽하진 않고… 어렴풋이 흉내는 내요."

조송령은 연신 코를 킁킁거리며 답했다.

"굼벵이도 구르는 재주가 있다더니……."

을지소소가 피식 웃으며 말했다.

"사저는… 이렇게 예쁘고 깜찍한 굼벵이 봤어요?"

눈을 흘기며 조송령이 뾰족하게 소리를 질렀다.

그 말에 을지소소는 입을 다물었다. 맞받아 몇 마디 더했다간 천하절색 양귀비까지 튀어나올까 두려웠던 것이다.

앞으로의 혈로를 예상하고 있으면서도 내색 않고 농을 주고받는 그녀들을 쳐다보며 진우청은 가슴속으로 손을 넣어 창룡금시를 매만졌다.

이들을 여기에 모이게 한 것은 창룡금시의 비밀을 이들과 함께 풀어 보고, 할 수 있다면 그 신비한 힘을 이들에게 시험해 볼 생각이었다.

거듭된 옥령인들과의 전투로 인해 이젠 다섯 명 전원이 혈맥에 상처를 입고 발작의 증상을 보이고 있다. 이대로 휘주로 가다가 한 번이라도 더 건곤일척의 대결을 벌이면 모두 피를 토하고 죽게 될 것이다. 그러기 전에 어떻게든 해볼 생각이었다. 확신은 없지만 남궁석천에게 했던 느낌을 되살려 볼 생각이었다.

그때 남궁석천의 혈맥에서 역현강이 펼친 복마폐혈수법의 흔적을 씻어낸 건 그야말로 전혀 예상 밖으로 이루어진 일이다. 이리저리 온갖 궁리를 하다가 어느 순간에 자신 몸속으로 스며든 청량감과 함께 남궁석천의 폐혈 증상을 치유한 것이다.

그땐 어떻게 그렇게 했는지 생각나지 않았다. 옥패에 몇 번 내력을 불어넣어 보기도 하고, 옥패에서 뿜어져 나오는 기운이 있는지 느껴보려고도 했다.

그런 과정에서 특별한 건 없었다.

아니, 한 가지 있긴 했다.

내력을 불어넣을 때 작은 옥패는 커다란 항아리처럼 자신의 호흡을 모조리 빨아들여 버렸다는 것이다. 만약 다른 돌에 그렇게 했더라면 금방 금이 가거나 산산조각이 나버렸을 것이다.

그런데 어린아이 손바닥만 한 옥패는 늪처럼 빨아들였다.

그것 한 가지는 특별한 느낌이었고, 그 외 다른 느낌은 없었다.

그렇게 이리 만지고 저리 쳐다보고 하는 사이, 일순간 온기와 함께 청량감이 스며들었다. 그 느낌을 다시 살릴 수 있으면 이들의 혈맥도 치료할 수 있지 않을까 하는 생각이 들었다.

어쩌면 전혀 잘못 짚었을 수도 있다.

남궁석천의 폐혈 증상은 이들에 비하면 조족지혈의 수준이었고, 전신 혈도에 흐르는 내력 자체도 완전히 달랐다.

하지만 실낱같은 가능성이라도 잡고 시도해 볼 수밖에 없었다. 그러지 않고는 이들을 사지로 내모는 것이나 마찬가지니까……

'그런데 창룡금시를 손에 넣은 것은 어떻게 둘러댄다……?'

진우청은 머리를 흔들었다. 이젠 그런 것이 문제가 아니다. 한시라도 빨리 창룡금시에 숨겨진 비밀을 풀어야 했다.

"보여줄 것이 있소."

진우청은 창룡금시를 꺼냈다.

용의 문양과 함께 찬란한 황금색 열쇠 문양이 온 방 안을 환하게 밝혔다.

"그게 뭔가요, 사숙? 혹시……?"

을지소소가 동그랗게 뜬 눈으로 다가앉았다.

조송령과 운가목, 장위봉도 긴장된 눈빛으로 고개를 들이밀었다.

"창룡금시란 옥패이오."

진우청은 있는 그대로 밝혔다.

다섯 사질은 한동안 아무 말도 없이, 심지어는 숨소리마저 죽이며 창룡금시에 시선을 고정시키고 있었다.

자신들의 운명, 아니, 북제성 전 문도들의 운명을 결정할 물건!

그동안 진우청의 행동으로 보아 정말 그것이 존재하는지도 의심케 했던 창룡금시가 눈앞에 있다는 것이 모두들 믿어지지 않는 표정이었다.

"만져… 봐도 되나요, 사숙?"

조송령이 조심스럽게 두 손을 내밀었다.

진우청은 옥패를 목에서 풀어 조송령의 손바닥에 올려주었다.

조송령은 황제에게서 하사품이라도 받듯 온 주의력을 기울려 조심스럽게 옥패를 손에 쥐었다.

"이게… 이게 징말 창룡금신가요?"

눈으로 보고, 손에 올려놓기까지 하면서도 믿기지 않는 듯 조송령은 확인에 확인을 거듭했다.

"나에게도 좀 줘봐."

을지소소 역시 갓 태어난 병아리를 만지듯 조심스럽게 옥패를 손바닥에 올리고는 손끝으로 거듭 쓰다듬었다.

"정말 아름다워요!"

여인들은 할 수 없었다.

창룡금시가 지닌 의미에 앞서 을지소소와 조송령은 옥패가 내뿜는 색채와 보석으로서의 아름다움에 먼저 매료되었다.

뒤이어 을지소소는 자신들의 운명을 바꿔줄 열쇠로서의 의미를 떠올리고 신중한 눈빛과 함께 옥패의 곳곳을 살폈다.

온 안력을 돋우어 살폈지만 진우청과 마찬가지로 그녀 역시 옥패의 외양에서는 아무것도 특이한 점을 알아내지 못하였다.

"그런데 이게 어떻게 우리 운명을……?"

을지소소는 마침내 가장 핵심적인 질문을 했다.

이젠 그녀의 표정은 창룡금시를 찾았다는 안도감을 넘어 근심의 기운이 번져 나갔다.

보지 않았을 때는 그러려니 했는데 막상 대하고 보니 너무 작았다. 이렇게 작은 옥패가 정말 모든 북제성 사람들의 천형을 말끔히 씻어줄 수 있을지 걱정이 되었던 것이다.

"나도 그걸 모르겠소. 이 옥패에 어떤 비밀이 숨겨져 있는지……."

진우청은 남궁석천을 해혈할 때 느낀 심정들을 접어두고 조금 냉정하다 싶을 정도로 잘라 말했다. 남궁석천을 해혈했던 일은 아직까지 일 푼도 확신할 수 없다. 그걸로 괜한 기대감만 부풀리게 할 순 없었다.

"그래서 사질들과 같이 풀어보려 하오."

진우청은 그렇게 덧붙이며 옥패를 쳐다보았다.

"그런데 사숙?"

을지소소가 조심스럽게 말을 꺼냈다.

"이걸 언제 손에 넣었는지……? 이제까지는 분명 지니지 않은 것 같았는데……."

을지소소의 눈에 여러 가지 생각이 어렸다.

남패천에서 장안으로 오는 길에도 분명히 지니지 않았고, 장안에서 이곳으로 오는 길에도 지니고 있지 않았다. 그녀가 알기로는 분명히 그랬다. 그래서 그녀는 지금 휘주로 가는 길에 황산에 들러 찾을 것인 줄 알고 있었다.

"혹시 그때 취경원에서……?"

을지소소는 갑자기 생각난 듯 물었다.

이제까지 진우청이 예상외의 행적을 보인 것은 그곳뿐이었다.

"너무 많은 것을 알려고 하지 마시오. 눈썹이 빠지기 전에 머리카락부터 먼저 빠질지 모르니까 말이오."

진우청은 대답을 회피하며 겁을 주었다.

"그것보다는 어떻게 창룡금시가 우리의 운명을 바꿀 수 있는지 풀어 봅시다. 그래야 다른 분들을 만나도 그 자리에서 바로 혈맥을 다스릴 수 있을 테니까 말이오. 흑궁에는 한시가 급한 사람들도 있다고 들었소."

"그래요, 사저. 지금은 그게 제일 급해요. 그것부터 의논해 보아요. 한시라도 빨리요!"

조송령의 말과 함께 모두들 머리를 맞대고 옥패의 앞뒷면을 뚫어질 듯 쳐다보기도 하고, 두드려 보거나 힘을 주어보며 진우청이 남궁가에서 했던 일들을 반복했다.

진우청은 혹시 자신이 찾아내지 못한 무언가를 그들이 찾아내기를 기대하며 물끄러미 쳐다만 보았다.

거의 한 시진에 걸친 다섯 사질의 노력은 수포로 돌아갔다.

그들 역시 옥패의 표면에서는 어떤 특이점도 발견하지 못했다. 옥패는 그 속에 뭔가 다른 장치나 빈틈이 없는, 완벽한 한 덩어리로 된 물건이었다.

"그럼, 이제부터 이 문양들의 상관 관계나 숨은 의미를 생각해 보도록 하지."

경설형의 말과 함께 다섯 사람은 또 아까처럼 온갖 궁리들을 다하기 시작했다.

음양오행에서부터 구궁팔괘, 육합… 그들이 알고 있는 모든 지식들이 동원되었다.

진우청은 약간은 미안한 생각이 들었다.

그런 시도는 이미 자신이 먼저 했던 것이다. 그래서 생략하고 곧바로 내력을 불어넣어 남궁가에서 느꼈던 그 기운을 몸속에 느껴보려 할 수도 있었다. 하지만 그렇게 쉽게 생각하기엔 너무 중요한 물건이라 만전을 기하고 싶었다. 자신보다는 훨씬 견문이 넓고 치밀한 이들이 그렇게 하고 나서도 안 되면, 자신이 마지막으로 시도했던 단도직입적인 방법을 다시 시도해 볼 생각이었다. 그것이 이번에도 통한다는 보장은 없었지만…….

"혹시… 열쇠와 용을 상징하는 지명 같은 것이 중원에 있나요?"

"용이 여의주를 탐한다는 말은 들었어도 열쇠를 좋아한다는 말은 도무지…….

"용과 열쇠는 어떤 관계일까요? 용이 여의주 대신 열쇠를 삼키면…….

아무리 생각을 거듭해도 뭔가 풀리지 않자 푸념들이 한 가지씩 흘러나왔다.

두 시진이 지나도 풀리지 않았다.

사질들에게서 해결책이 얻어지기를 포기한 진우청은 옥패를 건네들었다. 그리고는 그때 남궁세가에서 했던 것처럼 옥패에 호흡을 불어넣었다.

그때처럼 단전 깊은 곳에서 끌어올린 호흡은 큰 항아리 속으로 빨려들 듯 옥패 속으로 스며들었다.

진우청은 계속해서 내력을 불어넣기도 하고, 옥패에서 흘러나오는 기운을 느끼려고도 하며 거듭 시도해 보았다.

마침내 진우청도 고개를 흔들었다.

이번에는 아무런 느낌도 성과도 없었다.

최대한 그때의 기분과 기억을 되살려 보았지만 소용없었다.

숨만 가빠오고 실망만 커져 갔다.

실망감과 함께 금박을 입힌 곳도 유심히 쳐다보았지만 마찬가지였다.

그때는 착각인 양 금박의 색깔이 변한 것처럼 느껴졌는데, 이번에는 아무런 느낌도 없었다.

다섯 사질의 얼굴에도 실망감과 조급함이 어렸다.

창룡금시를 찾았다 해도 그 속에 담긴 비밀을 풀지 못하면 그건 빛깔 좋은 옥패에 불과할 뿐이다. 아직까지 시간은 남아 있었지만 언제까지고 비밀을 푸는 데 허비할 순 없었다.

"후흡!"

옥패를 다시 넘겨받은 경설형이 진우청과 똑같이 그것에 내력을 불어넣었다.

경설형의 눈에 놀라움이 번졌다.

어린애 손바닥만 한 옥패에 자신의 내력이 허공처럼 빨려들어 가는 것이 의외였던 것이다.

경설형은 좀 더 깊은 호흡과 함께 내력을 계속 불어넣었다.

진우청은 손을 들어올렸다. 경설형에게 이런 행위는 가장 경계해야 할 것이었다.

진우청의 만류에 한발 앞서 경설형의 코에서 선혈이 흘렀다.

옥패의 신묘함에 이끌려 자신도 모르게 많은 내력을 불어넣은 결과였다.

"그만!"

진우청이 고함과 함께 경설형의 맥문을 쥐고 기혈을 다스렸다.

"정말 신기하군요."

자신의 혈맥이 조금 더 손상된 것은 생각도 않고 경설형은 이채 띤 눈으로 옥패를 쳐다보았다.

"사숙! 이것 좀 보세요."

옥패에 흐른 피를 닦던 조송령이 뭔가 발견한 듯 소리쳤다.

조송령은 피를 닦은 면포를 펼쳤다.

양각으로 된 용 무늬가 낙관처럼 면포에 찍혀 있있다.

"면포 위인 데도 너무 선명해요."

"어디 줘봐!"

을지소소가 옥패를 잡아채고는 양각으로 된 용 무늬에 먹물을 묻혀 종이 위에 찍었다.

오히려 면포에 찍힌 것보다 더 흐릿했다.

을지소소는 계속해서 먹을 묻히고 이런저런 각도로 찍었지만 소용없었다.

"다시 아까처럼 해보지!"

경설형이 소도로 손등을 찍은 후 먹물 대신 자신의 피를 묻혀 종이 위에 찍었다.

피를 묻혀 시도하자 선명한 용 무늬가 금방이라도 비상할 듯 종이 위에 찍혀졌다.

"이리 줘보시오."

눈을 빛내고 지켜보던 진우청은 열쇠 문양에 먹을 묻혔다. 그리고 피로 찍은 용 무늬 문양의 테두리와 정확히 맞춰 겹쳐 찍었다.

피로 된 용 문양과 먹물로 된 열쇠 문양이 겹치며 새로운 문양 하나가 나타났다.

"쩝! 별거없네……."

한참 그 문양을 쳐다보던 조송령이 한숨을 푹 쉬며 말했다.

을지소소도 따라서 한숨을 쉬었다.

"그렇지 않아!"

그들 뒤에서 뚫어지게 문양을 쳐다보던 진우청이 온통 이글거리는 눈빛과 함께 손을 뻗었다.

〈9권에 계속〉